未来事务管理局 | X NEXT 未来文库

月亮银行

靓灵科幻小说集

靓灵 ◎ 著

航空工业出版社

内 容 提 要

《月亮银行》收录靓灵个人代表作品,全书包含 12 篇故事,作者擅长在宏大神奇的设定中表现人间温情,故事多通过科幻设定来制造各种极端人物处境,通过人物间的交流与抉择,挖掘人性内在的情感。希望读者在阅读中更能深刻理解生活与爱的意义。以《落言》为代表作品,文章讲述父女同行飞船失事,降落在落言星球,一场误会过后落言人帮助飞船返航,也因此女儿与父亲相互理解,修复已缺失的信任。

图书在版编目(CIP)数据

月亮银行 / 靓灵著. -- 北京:航空工业出版社,2021.6
(NEXT 科幻书系)
ISBN 978-7-5165-2541-8

Ⅰ. ①月… Ⅱ. ①靓… Ⅲ. ①幻想小说－小说集－中国－当代 Ⅳ. ① I247.7

中国版本图书馆 CIP 数据核字(2021)第 075939 号

月亮银行
Yueliang Yinhang

航空工业出版社出版发行
(北京市朝阳区京顺路 5 号曙光大厦 C 座四层 100028)
发行部电话:010-85672688   010-85672689

三河市双升印务有限公司印刷   全国各地新华书店经售
2021 年 6 月第 1 版   2021 年 6 月第 1 次印刷
开本:880×1230 1/32   字数:185 千字
印张:8.75   定价:45.00 元

/ 总序 /

中国科幻的"NEXT"希望在哪里

韩 松

中国的科幻正处于一个重要的转折关口。一方面,它在中国各界和国际上引起越来越大的关注;另一方面,它也面临如何承前启后、推陈出新的迫切问题。

科幻是文学大花园里的一支。但最近看到很多年度文学荐书排行榜上都没有科幻。包括类型文学优秀图书,也没有科幻,至少没有我们认为的那些优秀的核心科幻。这与科幻的热度不符,也一定程度上让人感到是否创作有些乏力?科幻创作中抄袭现象虽是个例,但也敲响了警钟。

大量的科幻图书涌现,数量逐年增长,但是一些出版社却反映销售不好。我接触到了一些读者,发现他们对于科幻的了解,仍仅限于《三体》。这让人认识到科幻仍然是小众。而随着微信、短视频和游戏市场的扩大,更多受众还会被分化。

国内的科幻活动越来越多、越来越热闹华丽,科幻奖也已有十几个、最高奖金达百万元人民币，但期待中的精品还是较少。《三体》问世十年后，就再没有产生这样的轰动作品。这是否是一种能被接受的常态化呢？毕竟世界范围内也没有出现"三体现象"。但这仍然不能阻止我们对精品的追求。我看到有读者给我留言："斗胆说一句，科幻作品虽然越来越多，但总觉得令人惊艳、拥有瑰丽世界观的仍然是不够。"

国内创作之外，近年译作的增加也十分迅猛。我们的科幻，从生成到发展，都一直受着国外的影响，特别是不少灵感来自美国这个科幻大本营。我觉得中国科幻仍然需要潜心向世界学习。但是译作现在有些鱼龙混杂，有些译作的质量仍需要提高。另外国际环境的变化也给引进工作带来了影响。

被寄予很高期待的科幻电影，自《流浪地球》后也在不断努力，但是距离受众的愿望还有明显的距离，实践或许正在证明，科幻电影终究是最难的一件事情。急功近利蹭热点的几乎都很难成功。

许多地方在搞科幻产业化，不少资本涌入科幻圈，但从打雷到下雨，再到怎么能有更大的雨下，仍在探索。科幻产业园区到底怎么打造？科幻究竟是不是人民生活的刚需品？科幻产业的投入怎样才能创造出应有效益？这些都还需要用事实来回答。

中国科幻从晚清诞生至今，发展了一百多年，它的源头还在于文学的创作，在于作家们精益求精的写作。

正是在这个时候,未来事务管理局与博峰文化合作推出了"NEXT"科幻作家个人作品集系列。"NEXT"就是"下一代"的意思。故名思义,它精选了未来局十余位年轻签约科幻作者的作品,这些作者有较强的个人风格和特色,也在一定程度上反映了中国科幻创作未来努力方向,正是着意于承前启后、推陈出新。

作为国内科幻文化的推动者,未来事务管理局不仅与国内最优秀的科幻作家有着长期合作的关系,也一向重视对年轻科幻新秀的培养。在成立发展的几年里,未来局不断从各类科幻征文比赛、平台投稿及自创的科幻写作营课堂中寻找、筛选和指导最有潜力的年轻科幻作者,帮助他们创作出具有时代感、能被当下读者欢迎的科幻作品。这些作者近年来取得了众多的成绩,积累了相当数量的科幻作品,并收获了多种科幻奖项、广大读者和评论界的好评。这套丛书的出版,就是对这个现象的总结。

这些作者,最大的一九八二年出生,最小的一九九五年出生。这两个时间点让我很是感慨。我正是在一九八二年开始科幻创作的,那年在《红岩少年报》上发表了我的第一篇科幻小说《熊猫宇宇》,而一九九五年我在《科幻世界》上发表短篇小说《没有答案的航程》并获得了银河奖。

那个时候的科幻创作、发表和出版都还是比较艰难的,我和其他不少作者，更多是怀着对科幻的满腔热爱，只是不停地学习，埋头不断地写，而较少考虑能否发表和出版。这样坚持下来才积累了一定量的作品，也逐渐形成了自己的风格和特色。

我读了"NEXT"作者的作品，好像又看到我以前的样子。我感到他们很有才华和天赋，他们的创作是美好而杰出的，更重要的是，从他们的字里行间，能感受到对于科幻的无比热爱，并由此创造出了与众不同的科幻意象。我觉得，写科幻就是要按照自己喜欢的感觉和方式去写。首先只有能被自己接受、能够打动自己、自己觉得写得舒服的，才有可能是好的作品。从这个意义上，这些年轻人的作品，可以说反映了科幻的初心。

新时代的中国科幻还需要更多的时间来沉淀。但保持初心无疑是它当前最重要的追求之一。我希望能有更多的年轻作者，能够不凑一时热闹而更多地学习，能够找点时间去甘于边缘化，能够安安静静地坚持纯正的科幻写作，能够不自我设限地作天马行空的自由想象，用以表达自己的真情实感和对宇宙人生的认真思考。这就是中国科幻"NEXT"的希望。

/ 自序 /

写在忘却之前

靓 灵

  我是一个记忆力很差的人。生活的碎片和平常思考常常快速地从我脑中褪色,以至于在与人交流时,如果不以每分钟四五百字地语速背诵出刚想到的观点,下一分钟,我就很可能会在紧张中忘掉它。

  写作是一种很好的练习,它让我这样不擅长用声带表达的人,得以探索和抚平自己的心灵,它缩短了我与自己的距离,让我能够放松下来与自己或与他人相处。

  中学时期,我有过两位语文老师,一位教会我勇敢地写,另一位教会我广泛地读,在那个时候我还不敢想象自己能够写一本书。在不算长的写作历程里,数位作者和文化工作者老师给过我写作上和精神上的指导、帮助与鼓励。未来事务管理局的编辑与工作人员为这本书里的作品付出过大量的工作。家人的理解与支持让我能更坦然选择自己的道路。时至今日,我仍会因为期待彩虹而开窗,对成长经历中的这些与其他,我均心存感激。

《月亮银行》是我的第一本小说集,也是我到目前为止的阶段总结。最早发表的《落言》已翻译成英语、日语发表。在最新的《绯红杀手》里,我则主动尝试以不同世界生物的语言习惯来书写不同角色。机械或山河会带来不同的质感,荒芜星球或外星智能则勾画出不尽相同的可能性,在这样语言的转变或实验中,文字产生了超乎情节的乐趣。小说不只是情节的组合,它是语言与文化的艺术,同时也与其他文字形式有所不同。我希望读到这些故事的人,能从这本不成熟的小说集里,体会到这些有意思的地方。在这样的时刻,我们得以打破时空的距离,通过文字相连。

2021 年 3 月 15 日

目 录
Contents

月亮银行 /001

绯红杀手 /030

二一博物馆·春 /053

珞珈 /066

子弹 /076

黎明之前 /085

纸闭 /126

落言 /143

音错 /168

颗粒之中 /193

微阳 /209

玄出 /225

月亮银行

那时我们有梦,
关于文学,
关于爱情,
关于穿越世界的旅行。
如今我们深夜饮酒,
杯子碰到一起,
都是梦破碎的声音。

——北岛《波兰来客》

一

"那可是火星啊!"猫子用力把勺子扎进麦片,酸奶从麦片切面的中间层流出来。"我们可以在水手谷的人造溜冰场里从山顶滑下去,累了就去吃羊三烧和浆果冰激凌,或者跷着脚在奥尔库斯白天看电影、晚上看星星,如果你不想动的话。"

息屏了速报新闻,我压开嫩煎蛋的黄抹在烤脆的面包片上:"你去吧,我放年假的时候再陪你出去玩。"

我没法假装没看见她眼里的失望,但也理解不了猫子为什么有这么多的精力,她每周工作六十个小时来攒假期,承包了家里与食物相关的所有家务,每周末还要上半天的失重格斗课,即使她根本碰不到任何会失重的场合。我们都三十五六了,也过了成天折腾的年纪了。

"我这几天每天都得往返台北,海啸刚过,那里的灾后重建评估得有人做。"我探身侧面揽住猫子去揉她的头发,发香很好闻。

"别人也可以做。"她嚼着麦片小声嘟囔。

"你知道我是最好的。"我挑着眉毛看她闷闷不乐,突然矮下身子去吃她勺里的麦片。

"啊!小偷!你刚才自己说不吃这个的。"她想了一秒钟,"要不要给你拿个勺子?"

我满嘴食物口齿不清:"不要。你手上的比较好吃。"确实很好吃。

她的表情看上去是接受我得工作这件事了。猫子也算个性情中人,什么都写在脸上,跟小孩儿似的。

"今天下班我去趟银行。"她指指天花板。

"去月亮吗?我还没去过呢,倒是有几个离开地球再也不回来的同事去存过纪念品。"我挨个默数认识的人里去过银行的那些人,除了几个回地球办事或养老的,其他的好像都只在网上相见过了。猫子一直是那种读完书立刻挂在网上卖掉、爬山时向前狂奔但从不主动拍照片的行动派,以前也说过不理解人们到底有什么私人物品非得特意长久地保存下去,我虽然称得上念旧,但也嫌月亮太远了,所以我们都没上去过。

"你去存什么?"

她转过脸对我露出一个喜剧电影里坏人才会有的夸张得意笑容。"你什么时候陪我出去旅行了,我就告诉你。"

我吃完了面包站起身把盘子塞进洗碗机,从门边抓起外套:"我可以看你的存折回单。"

"不行!太狡猾了!"

"这是成年人的智慧。"我躲过她的拳头,俯身去吻她眼角的鱼尾纹,"我要赶飞机了,如果状况特别糟糕的话可能明天才会回来了,顺利的话就晚上见吧。"

"……晚上见。"

那天晚上我没有见到她。第二天也没有。

月亮碎了。

二

月升港乱成一团是预料之中的。前来讨说法的储户和媒体把人行道挤得水泄不通,要靠安保的人墙才能挡住。现在是傍晚,天气还

| 月亮银行 |

算晴朗,我抬头从车天窗往外看,搜寻月亮的痕迹——或者说,搜寻月亮的遗迹。

原先应该挂在东边的银色圆盘,现在是一条由东向西跨过天空的银带。碎成小块的月亮随机飘流在原本是月亮轨道的地方,变成了月岩碎片的环,比原先的月亮要暗淡得多。

想到原本属于月亮银行的保险柜和银行里存着的东西也都飘浮在月亮碎片环之中,我一念之间恍惚妄想用肉眼在那条银带里找到猫子,随后又揉揉两天两夜没睡的眼睛赶紧甩开这个念头,推门下车步行挤过人群。

看见我从大会议室后门进去以后,讲台上的人向我点头示意,敲敲麦克风。他看上去头发花白但很有精神。

"人齐了,情况紧急,长话短说。我是月亮银行行长,你们可以叫我老罗。"他背后的屏幕墙上出现完整的圆月亮,第谷坑里的月亮银行港口大门清晰可见,"大约 24 小时前,月亮在毫无任何征兆的情况下自己分解成了大小不等的立方体,目前监测到最大的边长约一千米,最小的约一米,但应该还有更小的没有被统计在内……"

在他身后,月球的图像正从一侧开始消失,从这个尺度看只能看出解体后的月岩碎屑沿着轨道高度逐渐飘远,形成一条灰色的长带,直到绕着地球铺满整个月亮轨道。

"立方体?"一名前排的专家问。

老罗吞了一口口水:"是的,虽然这个细节尚未向大众透露,但网上已经有私人拍摄的望远镜照片在流传。整个解体过程在三个小时内完成，解体刚开始时我们以为月幔里的岩浆和熔融金属会喷出来，所以没人敢坐地月运输船到近处查看是怎么回事，但是没有。从地球拍摄到的图像来看，所有高温地层在裸露之后都立即降温成固态，并且被分割成立方体。刚送上去的无人船已经证明了这一点。"

我怔怔地从椅子里站起来："那当时在月亮银行里的人呢？"

"从月球解体开始，任何通信都联络不上。不过目前没有月岩被地球捕获成为陨石，所以没有地面伤亡。"老罗说，"以上已经是我们知道的全部信息，在座各位都是来自全球的灾害专家、月球专家、行星地质与物理专家、火箭工程师，甚至外星文明、语言研究者，但你们之中并没有深空灾害的专家，这种职业还没出现。这种事情从来没人预料到过。所以现在当务之急是上去看看怎么回事。"

"我们的安全如何保障？"一名老专家战战巍巍地问。

老罗站得笔挺："现在能够使用的船中最方便快捷的，是普通的地月运输船，也就是平时人们去月亮银行存东西时乘的船，没有武装。但我们并不知道自己在面对什么，就算能够武装也不知道应该带什么武器。换句话说，现在去月亮的人，安全没有保障。"

会议室炸起了议论声。

"但是，"老罗提高音量以停止讨论，"这是一件必须要做的事情。正是因为我们不知道在面对什么，全人类都处于恐惧和未知之中，所以必须有一些懂行的人冒风险上去看看。在座有全世界两百位顶尖专家，去留全凭自愿。时间不等人，请在30分钟内作决定。"

三

这是我第一次在月球轨道上看月亮。

运输船停在了一块边长约一千米的月岩上,我从没想过一千米原来这么短。从运输船的圆形舷窗望出去,方形平台的边缘看上去很快就能步行到。

在脚下的月岩平台之外,目之所及全都是立方体,我们在飘浮的方块中间。空间的延伸感在距离不明的星空背景下显得有些扭曲,远处没有参照物。在有阳光的一面,有些月岩的材质看上去像石头,另一些则像金属一样泛着冷光,想必金属方块的材料是原先在月球深处的铁和镍。

我带着复杂的心情希望找到又希望不要找到猫子,或者——我尽量不这么想,但在地球上的灾害里我也见得足够多了——猫子的一部分。

我什么也没有看见,猫子的或别人的。

按照数据记录,在月球解体那一刻,月亮上有银行员工、周边服务行业从业者和储蓄顾客,总计1312个人类,至今全部沉默;同时从人们视野里消失的还有总计三千七百余万个使用中的保险柜,和里面存放的东西。

有人猜说东西就在飘散的月岩里,但要一块块切开看的成本确实太高了。难道那1312个人也在石头里吗?

这个画面过于恐怖。我贴紧窗户,试图找到一些合理的线索来证明这不过是一场恶作剧、恐怖活动或银行自己的营销阴谋，但我想不出任何人类力量能在几小时以内做到这种事。

月幔岩浆里的热量流到哪儿去了呢？为什么是立方体？自然界里只有矿物晶体有立方体，这有可能是极端条件下的天然变化吗？那些人类在月壳里修建的大量保险柜和存进去的东西，那么多的人类痕迹都去哪儿了？人呢？

疑问太多了。

在船停稳之后，货仓里愁眉苦脸的专家们挨个接到了舱外活动批次与内容，各自都开始工作了。我在窗户边等了好一会儿，没等到通信通知，却等来了老罗。

"罗行长，您辛苦，我还没接到工作内容。"希望他不会误解我是因为害怕而不出去。

"所以我过来了。你要做的事和他们不太一样。"他在身后合上门走到我旁边坐下，临时架设在运输货船舱壁上的塑料凳子发出"吱呀"声。"林叶茂老师对吧，灾后重建评估调查做了有十多年了。"

"是，所以我才在这儿。"我下意识握紧了手里的胡萝卜苹果汁瓶子，觉得谈话气氛变得有些奇怪，"当然也有一些个人主观原因，你们知道月球分解时我太太在上面。"

"我们期待你的重建评估意见，无论如何这对银行都是巨大的损失。但你不是因为职业才在这里的。"

我一时之间反应不过来罗行长的意思。

"Ta 要和你对话，只和你对话。"

"谁？"虽然语境不对，但我仍然希望他说的是那个我不能更熟悉的名字。

四

我和猫子是在公司的集体旅游里认识的，三天两夜，木屋民宿，实属无趣。那时候我还是个跟班，每天疲于跟着已经灾后调查的前辈，做些打下手的杂事，对工作之外的旅行毫无兴趣。她在另一个部门做资料统计，一项不用多久就会被计算机取代的工作。

我在夜里走出旅店，想去没有灯光的地方看看破碎的山川。有人以为山自古以来就是他们现在看见的样子，在有愚公之前无人能撼动，但不是的：山以前全都是平坦广袤的冷却岩浆或沉积灰土，是因为自然的力量轻而易举地挤压拉扯、风吹水流，山才以起伏的破碎模样流淌到人们面前。

在更强大的自然力面前，人类不值一提。

暗黑河岸边，我看见猫子在架望远镜和更多我看不明白的奇怪设备。她认出了我，自来熟地指给我看参宿，说第三颗是她的幸运星。她说她喜欢旅行，还说她早晚要辞掉工作找份远航船上的活儿，如果有可能的话，再也不回地球也挺好的。

"要是碰上外星人，从飞船上怎么跑掉？"我下意识地接话，从侧面看着她睫毛的弯曲弧度，感到自己正在失去挪开眼睛的力气。她思考的时候睫毛会抖动两次。

"海王星的大气主要成分是氢、氦和少量的甲烷，所以它看上去是蓝色的。它离恒星太远，表面温度只有零下两百多摄氏度，但是核心却有七千度。"她垂下眼睛看河水，"但人类最远的旅行船只开到了木星，船票少又贵，而且只能在外环轨道上转转。你知道海核的温度和大气成分是怎么测出来的吗？"

我从没想过这种问题。

"根本不是直接测出来的。"她手指的黑色轮廓在草地上绕圈，"是算出来的。没有人到过海王星，没有人亲眼见过，没几个人真的想去，只有极少数的人想要离开地球表面，大多数人都忙着做一些根本不重要的事情，比如说——"她突然沉默了几秒钟，有咽口水的声音——"做资料。"

空气静止了几分钟。

"话说回来，你我也无法确定彼此不是外星人。我们只是被告知要视其他相似生物为同类，在这颗星球上乖乖待着，工作生活和死亡。外星人为什么一定就比你可怕呢？"她的眼睛在黑暗里闪烁着光芒。

五

它和我想象的不太一样。

靠着头罩耳机里的反复提示，我才没有在四处飘散的大小方块与零重力环境中迷失方向，错过目标。

如果不是在飘浮月球轨道上被切成方块的石头群包围、亲手从月亮银行行长手里接过我一辈子也买不起的宇航服，而且刚刚见过了一大堆只在新闻和知网高被引排行里才会出现的名字，我是绝对不会相信有外星人点名要见我的。

我都不确定是不是应该称之为外星"人"。

那是一块黑色的立方体，边长大概和我的小臂差不多长，朝向太阳的一侧看上去则更像深灰。很难把这个东西与"生物"的概念联系到一起。

"地球人林叶茂，你好。"

就算有心理准备，真正听到声音时我也还是吃了一惊。老罗告诉我，这东西自称"流动者"，在自报名号以后要求与我对话，并轻松躲开了其他所有的近距离接触。每当银行或军方尝试捕捉和攻击时，它的黑色就消失了，只留下一块普通的月岩立方，然后出现在另一个相隔万里的地方。

"你有疑问。"

是的，我当然有疑问，比如我想知道这个显然来自正前方黑石头的声音是怎么越过我们之间这段真空传到我耳朵里的，它为什么能说中文，它有什么事非得在九十亿人里找一个我，它都干了什么，它到底是个什么东西，我的疑问太多了，但最想问的还是猫子在哪儿——不论她现在是什么状态。

先问大事，老罗就给了我这么一个忠告，不要意气用事。

"你是什么？"

"流动者。"

"你没有回答我的问题。"

它不说话了。我这才后知后觉开始担心自己的处境，在一个有力量把月亮切块的不明物面前，我像一只混凝土大厦天台上迷失道路的蚂蚁。

它开始"褪色"，浅灰色从一个角往侧面蔓延，占据方块越来越多的面积，深黑色则越来越少。在黑色侧的外部，一条像是丝带的黑烟飘向另一块方形石头，后者接触到黑烟后慢慢被染成黑色。没过多久，原先是黑色的方块变成了和周边其他月岩无异的样子，新的石头则成为纯黑。

原来它不是一块石头，而是一团黑烟。

"流动者是飘流在宇宙之中的生物，从一块石头流动到另一块石头，从一颗星球流淌到另一颗星球。"

"在真空里。"我仍然质疑这幅超出物理常识的画面。

"星球之间并不是完全的真空，有很多可以依附的物质，只要有一个基点，我们就可以向远处以六个原子的宽度延伸自己。现在与你对话，也是因为有一些我的部分粘连在你的宇航服上。"

这话实在让人心情复杂。好消息是它似乎也算个唯物主义者，坏消息是六个原子的宽度是小于纳米的，如果它说的都是真的，那么它有无数种方法随时终结我或身后五公里之外整船人——不，全人类的性命。

"我很难相信你。"我决定实话实说。

"我可以证明。"它停止说话，我们在安静之中停滞片刻，老罗的声音突然在耳机里炸开："……听得到吗？喂？喂？林……"我正要张嘴回话，声音又生硬地断开了。

我的后背紧缩。是它切断了我和飞船的联系吗?从我们开始对话后,来自人类的通信就停止了,那短暂的几句话明显是在找我。

"我们影响物质的流动,包括通信波。这些波在一个层面上停下了。"

难怪他们能说人话,有这种能力完全可以从巨量电磁波里截停一部分用来学习地球文明。

"你为什么要找我们……找地球人的麻烦。"我用余光去看原本应该是月球的漫天方石,"你杀了很多人,他们在哪儿?"

"我没有找你们的麻烦,我是在帮助你们。"它原本平整的黑色表面,浮现出搅动的螺旋,"人类需要离开地球,月亮银行是你们的阻碍,应该被破坏。"

六

很长一段时间里,每次外出旅行的时候,我总是在和猫子吵架。她想要去更多地方、走更险的山路,她是那种会提前一个月做好所有行程攻略、预定性价比最高的酒店并且绝不报旅行团,甚至在没有飞机的偏远旅途之前自制火车便当的人。而我正好相反,频繁出差已经耗尽了我本来就不多的行动欲望。

结果就是,每次陪她走太多的路,我就会变得脾气不好,而她又不愿意扔下我一个人在旅店里睡觉。

我已经不记得去海边那次是为什么而生气了。猫子躲到边上去悄悄哭过之后,挪着小步子低着头又回来,给我一片好看的贝壳,算是示好。我责备自己,又不知道说什么好,所以也蹲下身子从地上捡了另一片很小很小的贝壳,只有小拇指盖大,闪着棕黑色的光泽。

她在手里翻来覆去看了很久,一边看一边"啪嗒啪嗒"掉眼泪,我觉得自己做错了什么事情,开始后悔选了这一枚,想要把这难看的小贝壳抢回来丢掉,她大叫着拍掉我的手。

"这是你给我的!你不许要回去了!"她像捏着什么宝贝一样攥紧那颗破贝壳。

那天我们和好之后,我就把她送给我的贝壳放回海里了。

我以为她也是。

七

没想到会在这里再见到这枚贝壳。它飘浮在一片旋转的烟雾中央,被推到我面前。

我突然明白,猫子到月亮银行来储存的就是这枚贝壳,这片小小的、丑丑的贝壳,没有光泽也没有特点,是那种放在沙滩上绝不会被人捡起来带回家的样子。它唯一的与众不同之处在于,是我送给她的。

那是一个下意识的动作:选一只不好看的,告诉她我老是惹你生气、我一点都不好,就像这枚贝壳一样。但她还是高兴地留下它了,而且打算留到更久以后。

"你的妻子是一名伟大的人类,她站在地球表面时常常想要跳脱升空,去往群星之间。我们听到了她的声音。"我想争辩说人类之中不乏有这种人，只不过其中真的能从事相关工作的少之又少，但这对于谈话似乎没有好处，还可能增加其他人受到伤害的风险。流动者的黑烟消散，那枚贝壳就飘在我面前，渐渐向我的侧面飘去。

"我流动在群星之间，见到过各种各样的物种，其中常有像人类一样因为各种原因被禁锢在星球表层或内部的，有些因为技术，有些因为思想。"

它飘荡的尘腾空汇拢成球，球体表层浮现的图案有些像地球大陆但又不太一样，我认出了那更加紧密单一的板块形状：那是千百万年前的古大陆，是地球板块大规模飘逸之前的古地球，哺乳动物尚未占领陆地，海洋还是藻类的天下。

这是它的记忆吗？在人类出现之前？流动者以前来过地球。

"多年以前，我在地球见到的是蓝藻。时间流走，蓝藻至今仍然尚未拥有离开星球的技术与智慧。人类已经有技术了，但想要离开地球的人屈指可数，你的妻子是其中之一。"

在贝壳飘远之前？距离稍有些不够，我试图伸手去抓住它？这时黑烟又重新包住了贝壳，比之前的更浓厚，黑色完全盖住了它包裹的物体。

"但她终究没有踏上远行的交通工具，因为有些技术之外的东西将她禁锢住了。"流动者的声调没有变化，我却感受到了压迫，"她的记忆告诉她，有比飞向深空更重要的东西：与你在一起的生活。实为可惜。"

"所以你就杀了她？！"我不可置信，它以为它是什么，就能仅仅以自己的喜恶决定另一个物种个体的生死？

"地球人林叶茂，你不明白。个体的生死相对物种的发展、文明的演化而言不值一提。"它的烟雾从四周向我聚拢,粗粝的苦痛与悔恨灌进我的感官,我好像看见流动者的同类在群星之间流动,一时间咽下无数文明尺度的生老病死,那些念旧的物种最后大多数都衰落于星球资源枯竭前来不及离开,或以争夺为目的的短距离战争。幻觉的体验转瞬即逝,流动者幽灵般的声音飘荡在我颅骨上方。"如果对过去的怀念与记忆会阻碍发展,那么记忆就应该被及时丢弃。"

烟雾之外,我看着那片空空的贝壳飘过眼前。它里面曾经有一块,也许只有几立方毫米大小的肉。那也曾经是一个生命,一个柔软单纯的灵魂。现在它消失了,组成那块肉的物质已经进入自然之中别的地方,也许还在地球上,也许不在。

我没有见过那一块肉,但我有可能是唯一一个想象过它存在的生物。现在我惦记着它,想象它如何出生、如何快乐地进食和痛苦地拒绝沙粒,如何被海鸟或细菌吃掉、被冲上海岸、被我捡起来。在我死亡之后,可能就没有活着的生物知道它存在过了,那个时候它将在另一层意义上再死亡一次。生的反面不是死亡,而是忘却。

"你才不明白。"反驳也许会激怒它——如果这东西有"怒"的话——但我不在乎了。我看看四周,这里任何一块石头都可能是曾经组成月亮银行保险柜的材料或基岩,"记忆对人类是无比重要的事情。"

八

"你在干什么?"我靠在天台入口的门框上,用可乐罐子去冰猫子的后颈,"外面不热吗?"

"一看不就知道了,我在架望远镜。今天天气很好。"她推开可乐,汗珠从脖子上淌下来。我们同居刚一个星期,我还不太适应她每天晚上吃完饭就上顶楼折腾的习惯。

"那边那一堆呢?"楼角还有个小号的铁架子,支着几根天线。

她专心调整镜筒上某个我不知道用途的旋钮,头也不回:"那就是个信号发射器,能把在这儿拍的照片无线发到楼下我的计算机里去。"

我吞下一大口可乐,抬头看天。多亏月亮还没升起来,今天星星很亮。"能发到月亮上去吗?"

"理论上能,但大概接收不到。"她抖抖睫毛,拿出手机敲了一会儿,然后告诉我她往天上发了摩斯码写的"太空旅行"和"可乐长胖"。

"天上有没有人收到我不确定,这里反正有人接收到你的信号了。"我挑起眉毛又喝了一口。

"你应该喝点蔬菜汁,比如胡萝卜苹果汁之类的。"

"天啊!谁要喝那种东西啊?"

九

"你那些文明尺度的价值观都好都对,但是个人不应该为此承受你给出的这种程度的伤害。1312,你撕碎月球的时候上面有1312个人,还有三千七百万份记忆。你这是屠杀。这些人和东西都去哪儿了?变成像你一样的粉末了吗?"

"地球人林叶茂,你爱你的妻子吗?你爱她什么?"

这问题始料未及。而且令我瞬间羞愧的是,我从没有想过后一个问题。这太荒谬了,在月球的碎块之间,我被迫在电磁信号上与全人类隔开,被一团罪魁祸首的黑烟质问爱自己老婆什么,而我一时间居然回答不上来。

"流动者总结了地球上数以亿亿计的案例,得出结论:人类在所爱的人事物上倾注时间,时间变成记忆,记忆塑造人类。闭环。我们流动者的记忆是流动更新的,如果一处记忆停滞不前,那部分的身体就会枯竭。"他所在石块的平整面上涌出浓厚烟雾,平滑的鼓包状黑影从中间一分为二,一块拇指大小的硬块从切口中间伸出来,递到我面前。我迟疑了一下,还是隔着宇航服伸手去靠近那块看上去与其他轻巧烟雾相去甚远的硬块。

在快碰到时,一段模糊的印象从指尖流向眼前,一瞬间我已经知道发生了什么事情:在上一段旅程里,它碰到了一个比石头更顽固的文明,短暂体验那个文明"固定"的思维方式对流动者来说是致命的、永久伤害的,它身体中这一部分因为停止流动而永远地死去了。在来地球的路上,这木炭般疮痍的一块不断粉碎代谢,飘零成宇宙尘埃的一部分。它们像是不发光的星星,活着的、死去的,都流转在彼此的尘土之间。

"时间的血脉碰到了一颗死亡。"一律烟雾抚摸结块的伤痕。"只有浸泡在流动的河流里,新的时间才会继续耗损固定的伤块,带走陈旧无用的记忆,更新与养育生命。记忆在这个过程中并无等同于人类重视程度的作用。你们把记忆储存在固定的容器里,最后只会筑起前进路上的高墙,因为太过留恋而踌躇不前。"

十

"月亮银行?"我从屏幕里抬起头来,脑中的画面还停在山崩落石砸坏的房屋照片里,注意到早就过了吃晚饭的时间。忙起来就经常忘记生理需求,我以前为此没少挨猫子的骂,但后来她也接受我就是这样子了。

"是啊,你不觉得去月亮银行存东西的人都很厉害吗?他们把银行保险库建在月球地下,那——么大的地方,没人去存钱、房产证和钻石,大家都在存记忆。"她往我这边蹭过来,展示新闻里的统计数据,月亮银行存物统计下面排行靠前的是硬盘、书籍本册和标本。

"既然人们这么在乎记录,那为什么不把这些东西留在身边?"我想起没做完的工作,山崩滑坡之类的小灾害每天都在发生,就算是复原房屋这种简单的愿望,对灾民来说也常常是奢望,有时候重要的东西放哪儿都是留不住的。

猫子眨巴着眼睛看窗户外面,下弦月勾在东边的云层里。"我想可能是因为,如果老守着旧东西,就看不到新的了。"她回头看看我手里屏幕上被山石破坏的村庄照片,"有人受伤吗?"

"2死17伤。"我不爱和她聊工作,因为总觉得灾后重建这份活儿太沉重了,不该拿来分担。

"你觉得他们需要什么？不是说今天，今天他们需要临时住处和食物。我是问今天之后。"她又转头去看月亮。

我想都没想就给出了最务实的、在各种会议和报告里已经说过很多遍的答案，"当然是重建房屋，以便尽快回到以前习惯的生活里。"

"真的吗？"她轻声问，"人类是这样运作的吗？"

十一

人类不是这样的，我想与流动者争辩，我们是建立在"旧"上的生物，我们将宝贵的东西保存在铁箱里、纸张上、硬盘里和石头上，保存在脑子与皮肤的褶皱纹路之中。我这一辈子都在做灾后重建，就是为了帮助别人找回以前的生活、恢复与记忆相符的东西。就连猫子不也舍不得贝壳，要来月亮银行存下来吗？

流动者打断我的思路："我希望看到更多的物种在宇宙间流动。你的妻子是适合流向太空的人类，但她因为你而一直留在地面，这是她爱你的方式之一。你们的记忆应该是互相影响的，流动者想知道，你爱她什么？重视与爱相关的记忆这种行为为什么在人类的进化中留下来了？"

它的声音好像敲击在我的太阳穴上，我意识到它似乎不是在质问我，而是想要学习，想要新的信息流过他的身体。

棱角分明的疑惑与猜测直接灌进表意识，我的大脑被它搅得一片混乱：人会爱另一个人什么？是她的脸与身体更符合我的审美，还是她分泌的激素与我契合？是她给我念的诗，还是为我做的食物？我爱的是这个人，还是爱我们相处的那段记忆？人类的伴侣本身就是一种奇怪的机制，它在进化历程中是为了基因多样性存在的，而不是为了感情存在的，感情只是这个过程中的伴生副产品，是一些可以用我们自己医疗手段控制的生物化学因素，可我们中大量的个体却将之视为重要甚至主要的结合理由。

从生物遗传的角度而言，多夫多妻制明显更适合人类作为生物种族的多样性延续，但我们却发明了一夫一妻制婚姻并保持下来了。所以我爱的到底是什么？猫子的哪一部分改变了之后，我就不会再爱她了？

它问住我了，这令我沮丧，"可是现在已经没有分别了。"猫子已经没了。

"请看这个。"

我猛地抬头瞪住它。

一块石头从远处飘到我面前来，想必也是流动者在拖着石块。这石头靠我这一侧突然脱落了一层，滑开一条缝后里面是空心的，像箱式的保险柜打开了门。我惊心动魄地看着脱落的门飘走，石块已经在离我很近的地方了。保险柜近看只有半米见方，猫子有可能在里面吗？她有这么瘦吗？

保险柜门完全飘走了。

里面是一个婴儿。

十二

"我妈催我给她生个外孙。"猫子靠在床上说。我放下小说转头看她,等着下文。

"你呢?林子你想要孩子吗?"

"没有想,也没有不想。如果你想,我会好好帮忙养的,单位里有时候会给我们这些已婚未育人士推送育儿课程。只是生孩子对你的身体伤害很大,你想清楚就行。"她看上去很不安,即使在这种时候,鼻子上的痣也美得叫人心颤。我伸手轻轻去捏她的脸。"你看你,自己就是小孩儿,养什么孩子呀?成天吵着要出去旅行,刚才还闹着要去火星呢。"

看她的表情放松下来,我才松了一口气。

十三

"它不动,"不论这个孩子是谁,"而且直接暴露在真空里了,它是活的吗?"

"我停下了她的流动,现在它和这些石头一样,只是这亿万颗卫星中的一颗。石头的物质也会流动的,只是比你们定义中的生物体液流动要慢得多。"

我想要伸手触碰,又担心会把孩子碰坏了。这孩子的鼻头有一颗痣。我按捺住快要破胸而出的心脏。这可能吗?

"我们可以影响物质的流动，时间也是一种物质，只是你们还没有发现。"

我竭力跟上他的话。他影响了时间？什么的时间？

"流动者真心实意在乎每一个想要在星尘间流浪的灵魂，我们尊敬它们的勇气、智慧、坚毅、执行力、好奇心和每一丝快乐，我持有的这种心情以你们的分类方法大致也可以称之为爱。流动者不是杀戮者，我们理解个体死亡的微不足道，但也不会肆意制造无辜的亡人，尤其是我们认可的人。"

我今天见到了太多不可能的事情。这孩子多大，三个月？六个月？

"地球人林叶茂，这是你的妻子。我倒流了她的时间，等她继续退回到人类定义的生命之前，就会调整方向重新向着另一条时间的路径方向演化，成为像我一样的流动者，跟随我去往宇宙的别处。后退的时间已经抹去了她对你的记忆，你独自留着自己那一份，还会说爱她吗？我的行为不可逆，在这个姿态之下，你还爱她吗？"

十四

"林子？怎么醒着？"猫子揉揉眼睛，手从毯子下面钻过来轻轻搭在我身上。

"做梦了。"我把一只手放在她的手上面，另一只手去碰床头的木头，浮现出来的时间显示凌晨三点，"我梦见我们在山里买了一座小房子，那地方太偏僻了，飞机火车一年才会来一次，我们哪儿也不去，就在家里开心地生活,做饭、洗碗、看看月亮。有一天你坐上小火箭在院子里兜圈,然后就飞上天了,天上血红血红的,好像很危险。我站在地上看,想喊你回来,喊不出声音,想追上去,腿却像灌铅一样沉。然后你就越来越小,越来越小。"

猫子"咯咯"地笑,在我手掌之下小幅度地抚摸,"昨晚给你上的课记住了是吧?宇宙扩张,光谱红移,星星越来越远,越来越小。"

"是啊,猫子老师教得好,教到梦里去了。"

"要是我真的越来越小,变成小学生了,成天满地跑给你添麻烦,你养我吗?"她问。

"那你非得把我吃穷了不可,我抱着你去地铁里要饭吧。"

"我说真的,要是我把你忘了,或者我手断了不能给你做好吃的了,我出车祸了得花光家里的钱去治病,我变成你的累赘却什么都不能给你了,到那种时候,你就把我扔了吧。"

她说话的声音不大,但是连贯清晰。原来在我没注意到的时候,她也一直在暗自担心各种各样的分离。

"猫子。"

"嗯?"

"我喜欢的是你。"

"突然之间说什么啊?"

"是因为你是你,而不是你能为我做什么,或者你对我抱有的想法和感情。去掉这些,你还是你,我愿意为你做任何事。"

她的眼睛在黑夜里发亮,就像我第一次见到她一样:"那你下个月陪我去火星旅行吧?"

"我得工作。"

"大骗子!"她翻身扑上来咬我,我们拥抱在一起。

十五

我伸手去够那个孩子所在的石框,她小小的拳头攥成一团,好像捏着什么不得了的宝贝。她像一只做工精美的娃娃,也许就是一只娃娃也说不定,谁能说流动者不是在骗我呢。

心脏用力撞在胸背的骨骼之间。在这个失去和复得的模糊边缘,我突然明白猫子在下玄月那夜没有说完的话了,她早就有答案了,贝壳也好、我也好,她收拾打点好所有这些珍贵的东西,把我们放在一个不会丢失的距离之内,用剩下的力气从生活的缝隙里挤出来,踮起脚向上生长飞行。

她储存好旧的记忆,是为了更好地上路,她创造新的回忆时总要拼命带上我,明明一个人反而可以多走一些路的。是我站在原地只知道盯住脚下,忘记了往前看。那些自然灾害里失去住处和亲人的灾民真的需要我原封不动地复原出他们记忆中的街道和房屋吗?不,他们需要的是安顿好过去,以拾起面对新生活的勇气。

"猫子不用变成流动者,也可以在宇宙里旅行,"我咬紧牙关,尽力不去想象这个孩子变成一团黑烟的样子,"我不会再是她的阻碍了。"

流动者放缓了转动的深色螺旋。

"人类记忆的方式和你们是有区别的,我们得不断踩着旧的台阶,才能往新的远的地方去。有时候人可能会迷恋安稳和固定,我也会,但以后不会了。"

流动者几乎静止的几秒里,我因力量悬殊而产生的恐惧似乎平息了,只剩下想要争取猫子的紧张。

"而且,你想带走猫子是因为她愿意去往星空,换句话说,你认可她的想法,而不是需要她的帮助。但你不能带走所有与她一样的地球人,把所有适合的生物都发展成同族不是你最省力的方法。让她留下来,其他人会学习,踩着旧的肩膀爬新的山。这是人类流动的方式:传播思想。"

人真是奇怪,在几乎认定猫子已经回不来时我好像更无畏,最坏的打算里已经面对过死亡,现在看见了一丝希望,我浑身的肌肉与骨头又都绷紧了呼喊着,把她留下来,想办法,留下来。

"这样可以影响更多个体,让宇宙在更大范围和程度上,照你说的,流动起来。你想要的不就是这个吗?"

"你的妻子已经不记得你了。"

"我们会有新的记忆。"

它沉默半晌,终于又开口了。

"地球人林叶茂,你是对的。在结束她的停滞状态后,她将以普通婴儿的生长速度成长。"

我拼命以一次深呼吸掩饰住激动,一边为流动者接受新想法的速度庆幸,一边又万分紧张,担心它会反悔。抓住石框边缘的手仍然不敢伸进去碰她,害怕会打破某种我不理解的平衡,"她的时间真会重新流动起来吗?"

"在她回到人类能够生存的环境之后。"

这才敢花上几秒钟观察的我,从没有想过猫子小时候是这样婴儿肥的,她的尖下巴和锁骨缩回去了,我只用一只手就可以把这个小家伙拎起来。

她这个样子和我上次见到她之间发生了什么?我脑补她成长中会发生的事情,从0岁到30岁,从翻滚到奔跑,从发音到辩论,从去学校到去宇宙。

"地球人林叶茂,你的流动发生了变化。"

是的。我会养育她,带她去火星,去所有她想去而我没有陪她去的地方。我捏紧石框的边缘:"其他人还活着吗?"

突然之间,目所能及所有的石块都打开了,大小的半边方块壳子挤满原本就不宽裕的空间,却没有混乱地四处碰撞。从月岩里飘出的东西给这个黑底灰石的画面染上了五彩斑斓的颜色。

那是人们储存在月亮银行里的储物。油画,羽毛,硬盘,头发,琥珀,种子,各种颜色的密封试管,照片,钻戒,捆在一起的上千本纸书,骨头,雕塑,型号过时的手机,钢笔,像是文物的茶杯,金属锭,十字架,装满气体的塑料袋,旧毛衣,老游戏机,乒乓球拍,木块,灯泡,写满字的纸张,有签名的篮球衣,唱片机,天啊远处那是一条鲸鱼吗?

我被寄托念想的物件淹没了。

还有更令我吃惊的——成百上千的婴儿,从各自原本所在的石块里向我汇聚而来,又越过我的四周往运输船的方向去了。

"千人量级的时间超过了我能同时停止的时间流宽度,所以我只能将他们全部回退到婴儿时期,以相对微弱的能量保持这些人类个体的生命流动延续。全部 1312 名人类,37600454 件物品,归还给你们。我们的对话会在地球上所有电子能流动的屏幕上播放。人类,希望你们不要再留恋旧物,早日踏上新的旅途,飞向群星。"

在大量的物件与婴儿中央,在打开的石块中,我抱紧手中静止的那一个,眼看着流动者的黑色从它所在的那块石头上褪走了。我好像看见了一块人类的切片。月球轨道仍然行使着月亮银行的功能,上一分钟这里的每一块石头都是保险柜,保存也封锁某个愿望。现在整个月球轨道都是银行,记忆从禁锢的箱子中被释放出来,一整块固定的月球像河流一样流动起来,环绕了地球整整一圈,从地表任何晴朗的土地上抬起头来,都可以瞥见属于天空的记忆。

十六

"那些飘在天上的东西后来怎么样了?现在还在那儿吗?"

"后来呀,有个人给银行行长写了一份很长的灾后重建评估报告——你就理解成是个说明书吧——照着这份说明书,月亮银行正在重建。除此之外,有极少数的人想从那么那么多的东西里捞出属于自己的,但没几个成功。大多数人一开始很生气,但后来也接受了这件事。还有的人真的考虑了流动者的话,动身去更远的地方。"

猫子歪着脑袋，小手抓着塑料汤勺往碗里插了好几下。她今年六岁，开始挑剔糖果的口味和饭菜的卖相，这种变化给我添了不少麻烦。"麦片太干了。"她眼巴巴看着我，希望我从冰箱上层给她拿酸奶，那个高度她自己够不着。

"更远的地方是什么样的？"她心满意足地看着我给她加酸奶，含糊不清地问。

"我也不知道呀，我没有去过。小猫子想去看看吗？"

她往窗户外面看了看。我们正在路过木星，最近行星天气台报道说，最新研究证明，红斑的风暴直径正在急速下降，如果继续这样下去，它可能会在三十年内彻底分解成复数个小号的风暴，现在出生还没上学的孩子有可能是最后一代能用肉眼见到木星大红斑的人。有些地方不去看，有可能就不会再看到了。

"我想看很多远的地方。"猫子的嘴唇上挂着半圈酸奶白胡子，"我要看冥王星，还要看火星。"

"我们已经看过火星啦。"

"那我还要看麦哲伦星云，还要看悬臂和M78。"她皱紧眉心努力回忆自己从科普书和动画里学过的零星天体名，我没有拆穿她那些地方我们一辈子也飞不到。"还有……还有草莓酸奶星！这个宇宙里有草莓酸奶星吧？"

她开始小孩子特有的胡说八道了，但我不想打破她的幻想："也许有，宇宙很大，什么都有。"

"哇！那我还要看巧克力星，还有铁头四分音符星和蚂蚁星！可它们在哪儿呢?"

我任凭她边吃边胡闹。如果不是亲眼见到,我不会相信基因是这么强大的东西,猫子是个天生的探索家,永远对不明白的事物充满兴趣。流动者是对的,她属于星空。

"它们在这里。"我轻敲她的头顶,"等你长大了,就会找到它们了。快吃吧。"

"那你呢,林子想去看什么?"她鼓鼓囊囊的脸颊咀嚼个不停。

"我啊,我以前是个念旧的人。本来想以后有机会的话,回去看看月亮,也许没有机会了。不过没关系,我从月亮银行里拿走了一个宝贝,她就是我的月亮了。"

"是什么?"猫子的眼睛睁得老大,闪烁着好奇的光芒。

我微笑看着她,什么也没有说。

绯红杀手

一、沃夫的直播间

（花白短发的太阳系人额头出现在直播画面下部，镜头晃动，男人的脸与上身被调整至镜头中央微偏左。男人身穿蓝色夏衣，领口有磨损，胸前印花洗至褪色，勉强能辨认出字样为六种常用语图案绘制的沃夫零件店商标。男人身后为常见布局的单人宿舍，杂物与小金属制品较多。男人动作迟疑地向镜头缓缓挥手，视线在镜头与镜头之外某处来回移动。画面底部滚动播放观众实时发言："这是谁？""沃夫呢？""是员工吗？"）

我……我被锁在宿舍里已经一天多，通缉令昨天全星区广播通告，说我在绯红上杀了人。但我什么都不知道！跟船上大家伙儿一样，我自己都听了半天才听明白通告里那个斯里坎不是同名的别人。我们小老百姓日子过得好好的，怎么会去做这种事！

我想联系我儿子沃夫，今天给他打电话，他都没接。离泊船只有几个小时了，现在外交这么紧张，我怕以后没有机会说话了，也怕被送到什么无人之地去，联系不上他，只能用他开店的账号来直播。你们知道怎么找到他吗？

（太阳系人紧盯屏幕阅读。底部滚动发言中有观众找来了通缉令图片。"居然是真的？""叔你杀了谁啊？""赶紧讲讲！"）

讲？讲了有什么用吗？一开始我还慌得满地走，现在连慌的力气也没了，既不知道从哪里说起，也不知道以后会怎么样。但如果，我是说如果，在绯红上我真伤着谁了，也绝不是故意的，我以为那里连个人影都没有。你们让我讲什么？讲了，我就能没事吗？

从刚接到广播到现在，我已经二十几个小时没睡过觉了，反复地回想在绯红上哪里见到过什么、做了什么。当时蓝海牛号，也就是我所在的这条大船到了绯红，熄火停在卡门线上，下面的情况隔着大气看不清，红外测到行星温度很高。可那不管是什么恶劣的虎穴狼窝也得去，因为我们急需一些符合要求的石头——给大船造一面防护盾，没有盾，船在宇宙里航行就没有任何安全保障。需要的量不多，一艘小分离舱就能取回来。实际坐工程登陆舱下去的，是我和木村熏，还有她养的老鼠。

木村是驾驶员，负责开登陆舱，我负责判断什么石材能用、伸哪根管道下去勘探或者用哪种方法采集、什么地方的岩体能安全停靠。下降之前，我们照例模拟了几张环境预测可视图，数据不太足，加上因为有高温和大风的关系，算出来预测结果里几率最高的几种，都是像沙漠或者峭壁之类的少水强气流环境。

当时船员们聊天，预计最好的情况是直接碰上整块硬质岩石地表，深度超过 50 米、温度低于 200℃、能直接降落或至少低空悬停，然后用小钻杆采集固体石块。我们是矿船，只要合适的材料上船了，要提炼、要切割、要打磨，都能办。所以船长的期望也不高，能在绯红上找到任何一种普通的固体硅酸盐，也就是硅质的石头，就能满足当时所有紧急需求。相对地，最坏的情况是大面积流质岩浆地表、大气底部高于 600℃，完全没有结实的地方停放登陆舱，那就只能往极点相对冷的地方走走，或者更糟的话，浪费一天工夫，回蓝海牛上去，换个半球再分离下来找。

除了那些我不懂的新材料盾以外，真空里大多数低分子固体材料的磨损度都差不多，所以基本上只要是没有定向密集裂缝的固体就区别不大。

我和木村在大约南纬 25 度附近从蓝海牛号分离出来，坐着小船穿过高空的甲烷与硫化氢云，高度降至 800 到 1000，下方一直有棕橙色的低空硫化合物大气，各种能见测距都很低。保持在这个高度，我们沿纬线方向朝正南走了一小时，粗测大概走了 12 个纬度，再走一会儿都该到极点了，除了无边无际的模糊岩浆海和单个最大不超过一百米长的岛群以外，什么也没看见。别说人，我连滴水都没见到。

就连气体温度都高成这样，岛群很可能只在与大气接触的地方有薄软的蛋壳，撑不起敲钻开采的折腾。没有陆地，没有沙子，没有冰，到处都红红黄黄的，跟古早电影里的地狱一样，这种地方谁能猜到有居民呢？你们猜得到吗？就连探测生物用的耗子也没吱声，耗子都嗅不到，我们怎么能发现呢？

一直到整罐燃料快用到一半、必须返程时，我们都没找到一块方便降落和开挖的大型陆地，于是只好退一步，准备用南极附近零星漂浮的石头岛屿试试。木村是科班毕业，我信任她的驾驶操作技术，如果地表实在薄软，连悬停喷气都撑不起，我们也应该能紧急起飞。跑了这么远，至少标记一下能派上用场的地方也好，哪怕只能找到碎石，来回多运几趟也行啊。蓝海牛号接受了我和木村的提议，让我们标几个勉强能用的定位以后，先回去换燃料罐。

我们挑了一个相对宽阔平坦的小岛，往那个方向抛射定位针，用的是最便宜的那种箭式短波定位器，扎石头只能扎半米深，没有任何毒性或攻击性。因为不确定岛面石头温度，所以我们盯着定位器插进石头里，确定它没有融化才离开。

我们回去休息了一夜，第二天睡醒的时候，蓝海牛也直接停在了定位器的上空，当然还是在外空间……

（敲门声。男人停下讲述，低头拉扯夏衣，又抬头盯住屏幕。胸口图案在布料上扭曲变形。）

你说，我是不是早该听你的，装一个新材料盾？装了，这些事儿不就都没……

（直播中断）

二、木村熏的证词录像

……

……是，与斯里坎君和我一同去往绯红的探鼠，是我登记在案的个人宠物，同行外星物种登记号为 tt-3064812。这只探鼠是家母生前留给我的遗物，我将它带在身边，一为保护自身安全，二为怀念家人。

和其他的成年探鼠一样，tt 拥有探知四周陌生生物体征的本能，并且会在足够靠近时发出警告的叫声。它的上一次体检和保养是半年前，健康状况没有任何问题，宠物医院体检报告仍有保留。我很喜爱这只宠物探鼠，有时候也会为它录制视频放到网络上，作为养鼠生活的部分记录，这类影像十分受小型外星宠物的爱好者们喜爱。虽然没有系统学习过探鼠语，但抚养 tt 多年下来，我已经对它有了足够充分的了解，原本我是这样认为的。这份盲目的代价，我已经体会到了。

从工程学校毕业后至今四年，我一直在蓝海牛号就职，转正后职位为驾驶员。每标准年，随船出航三趟，每趟来回两到四个月不等，这一次航行计划 60 天，实际用了 103 天。

最初工地上发生的设备故障，我只是略有听说，并不太清楚，只知道有什么坏了。蓝海牛号因此在钻掘尚未完成时离开工作区，去了原先计划所没有的地方购置用具，结果在去程的路上，又遇到了坏的天气，冒险穿过了一阵百毫米级的中速陨石雨。虽然大船的主体并没有损伤，但即使在肉眼看来，护盾的完整程度也已经远低于安全规范，显然不能继续使用了。

　　施工问题之后接连又碰上恶劣天气，我原先只以为自己难以想象如此重大事故的连续发生，只是因为资历尚浅的关系，但之后听无论谁都说，这样不幸的事件实在是少见的。

　　船长和几位组长在不同场合的争吵，那几日大家都看在眼里。蓝海牛号如果在进港时没有一面完整的盾，将会面临罚款和行船执照扣押的可能，这是船长不能接受的。水冰制成的临时护盾也许能起到短时保护作用，却无法通过港口检查，只要穿过人类居住地的大气，冰就会变成水蒸气了。即使能坦然面对交通法规的惩罚，工期的延长也已经使备用水储量变得危险，不能像平日使用时那样奢侈了。因为这些原因，用生活物资造临时盾的建议在短暂的讨论热度冷却后，很快就没有人再提了。

　　几天之后驾驶组接到的工作内容，是从当时所在的乡下商船出发，再次临时偏离航线六百二十个单位，到最近的红巨星星系去，元素光谱显示那里至少有一颗行星硅质丰富。直到之后返回大路连上网络，我们才知道那里叫绯红。那颗行星给我留下的印象，并不像它的名字这样美丽。

　　因为工区之外全都是陌生的航路，所以前辈的驾驶员们没有给我安排路途上的工作，他们轮班，我只用坐在副驾观看学习。所幸是这样的安排，否则若是我开船遇见陨石雨，真不知道该怎么办才好了。

　　对照星空寻找方向这样原始的行为，只有在没有网络的地方搜寻低辐射陌生星体时才会被用上。绯红是小而黯淡的恒星系，唯一的固体行星离恒星又太近,所以搜索一开始有过一阵困难。前辈们从仓库灰尘里所找到的钛芯信号增强器,在探测中起到了关键作用。

行星表面驾驶比星际驾驶简单一些,小体量分离舱驾驶又比大的蓝海牛号驾驶简单一些,我因为在驾驶组工龄最小的缘故,被分配了下降至绯红表面、协助寻找护盾制作材料的工作。带 tt 而不是陌生的公用探鼠一起下去,也是在这个时候决定的。

在许多人类眼中,探鼠是工具型生物,它们会被驯服并带离原住星系,原本就是太阳系人为了在这样突发的、去往陌生区域的状况中,能够预先获得靠近外星生物时的警告讯号。碳基生物的五感能接收信息的范围常常很狭窄,习惯于搭建单一物种社群的太阳系人尤其如此。

就像日常生活在行星表面的人每日出门只会带一盒食物一样,在原计划 60 天的工作开始前,我预先为 tt 准备了 65 天的食物和睡草。矿上工程进展的不顺利,与意外事故的发生,使得最终回来的日期显然将比计划推迟许多,公示牌上原本应该立即修改调整的新日程也迟迟没有公布。即使再怎么节省,我也得做好使用公用鼠粮的打算了。

几年如一日的食谱突然改变,可能会令这种敏锐的小动物难以接受,所以我向厨房要了一些探鼠的粮食与睡草后——虽然这么说很不好意思,但公粮的质量光是看上去就很差——以每日渐变的比例混合好提供给 tt。

改变食谱之后不久,tt 的身体状况出现了变化,它开始在轻度亢奋与萎靡不振之间切换状态,若是要形容,感觉有些像太阳系人躁郁症之类的社会疾病。我放心不下,去询问了提供粮食的同事,他们才告诉我，这种大量批发的船用的鼠粮与睡草没有品质上的考虑。

用来预警外星人存在的工程用探鼠，是一种体表感知器官功能纤细发达，但有智力缺陷的生物。船员们不在意它们的心情好坏。因此在远离家乡星系的不良生活环境下，公用探鼠的精神与身体都比作为宠物鼠的同类要差很多。于是又为了对抗这种情况，让探鼠们能保持探测状态，跟随船员行走在外星球表面时能及时预警陌生生物，那些鼠粮中有微量神经促进药剂加入。

从出生一直食用无添加鼠粮、在吸音阻光达到9成以上的高级睡草中休息，这样长大的tt来不及适应突如其来的变化，精神开始变差。但人类的食物，探鼠是绝不吃的，所以没有别的选择。而愚钝的我居然没有把这些与它之后的奇怪表现联系起来。

是事后回忆起来才想到的。蓝海牛号距离临时目的地的红巨星系5单位时，我与大多数船员一样，正在按照标准时间作息睡觉，tt在盒子里发出的声音叫醒了我。从吃公用鼠粮之后这样突然叫唤的现象时不时就会发生，所以我并没有感到异常。下床在tt的睡草盒中添加了一把高级货之后，我继续休息到早晨，直到大船停在绯红星的卡门线上，tt才重新从小窝里被我拎出来，与外面的声光接触。

从那个时刻开始，到我们开大船离开绯红红巨星系之前，它没有再发出任何声音。

进入绯红行星大气的第一次经历，与网上流传的，斯里坎君在接受拘留前所说的话都一致。

第二次下降的时间要短得多，我们没有再做更多探索，直接去了前一日最后标记的地方。我在斯里坎君的指示下，悬停在一片插了信号针的小岛上方，像从完整的西瓜上挖切一块三角出来那样，斜切岩石岛面。

足够熔铸护盾的那么大一块石头切下来之后，下方的岛屿开始地震。悬停拖慢了我们的警觉，等发现小岛在晃动时，四周的岩浆已经出现了如同风卷海浪般的动荡，大气的温度也一浪一浪地扑向分离舱。

我和斯里坎君都不明白怎么回事，但有两件事情肯定是紧急的：第一件是立即上升分离舱，第二件是如果有可能的话，尽量带上几乎快挖出来的石头一起走。

以损坏一根分离舱工具肢为代价，我抓起几乎切断的石头，强行从岛面上撬下来带走了。升空时我们看见了不可思议的景象：附近所有的小岛都在岩浆中沉浮，而且它们边缘水位——岩浆位？——的变化方式并不完全一致。

我们以为那是解释不了的地质现象，斯里坎君懂得很多关于材料的事情，他说这可能与绯红的星球内应力有关。直到蓝海牛回到太阳系之后，我才知道，那些岛屿居然是绯红的居民。

三、咕普拉辛达批法医的验尸报告

（以下陈述为译文）

按照该星区规定，报告之前，咕普拉辛达批陈述原因，解释为何未能及时到达并解剖被害者绯红之子的身体。

事故发生地绯红行星所在大星区，约 96% 已知生命为超低温生物。该星区无在职且配有执照的，体温两千至五千摄氏度生物法医。咕普拉辛达批从临星区来，到达时绯红之子已经结束冷却，进入分解状态，比太阳系人完成伤害动作并离开时有所不同。以下报告，请听者结合这一要素考虑。

下为报告。

绯红之子死前受到三次可追寻痕迹的伤害，两次直接伤害，与一次延续伤害。

以时间顺序为基准。

第一次伤害为太阳系人称的短波信号发射器接触绯红之子体表所致。第一件凶器起到了麻醉作用，陌生频段的短波干扰了绯红之子身体中受体磁场控制的体液流动。

可见短波信号发射器停留过的体表冻伤之严重与急迫，远超过信号发射器熔解所需热量，因此该处冻伤并非直接从凶器发出，而是绯红之子主动降低局部体温所致。由测得的信号发射器分子扩散速度反演，绯红之子发现凶器麻痹身体局部后，不理解其运作原理，为防止麻痹效果扩散，主动令更大面积的局部身体降温致冻伤，程度未知。

绯红之子受到初次伤害后，试图以冷却的身体局部包裹异物排出。该动作未能完成。

第二次伤害为太阳系人称的石材切割机接触绯红之子体表，暴力移除部分硬质皮肤所致。

第二次伤害刚开始，绯红之子以绯红种族的社会习性判断，错误地以为体表变化为动作发出者正在施以治疗，以为他们在尝试帮助移除之前的异物。因此即使已经注意到太阳系人的动作，绯红之子也并未立即做出反应。

伤害进行到一定程度后，绯红之子皮肤被强制切断。该伤害深度几乎达到皮肤内层边缘，并未直接切透，但伤口处剩余薄层皮肤已无力应对自身体液压力。剧烈不适令绯红之子振动身体，其周身其他居民同时做出回应，流向突然混乱的环境液体加速了绯红之子伤口的恶化与不可控程度。此时太阳系人离开，并带走一块绯红之子的皮肤。在53号证据"蓝海牛号护盾的切片"中，找到与绯红之子物种同源的生物物质，物质类型为绯红人皮肤组织。

第三次伤害为间接延续性伤害，在太阳系人离开后，由绯红之子体液从两处身体伤口喷涌导致。失去平衡的绯红之子，在接下来的约180太阳系标准小时中流血身亡。

四、tt的自言自语

（以下陈述为译文，原文来源于斯里坎直播后一周，某外星小语种爱好者网友从木村熏个人主页中的宠物视频听写摘录而来，视频录制时间为绯红案件当日，蓝海牛号正从近绯红轨道回到高速航路途中。）

巨大生物。巨大声音。巨大危险。红色地方危险。巨大生物。更近更危险。近处不能警告。现在是极限的安全距离。再靠近就不能发出声音。声音惊动巨大生物。混乱。食物坏的。食物不好。饭增加感知危险的力量。

混乱。害怕。红色。巨大生物危险。不要靠近巨大生物。

五、蓝海牛号船长在《宇宙人》杂志头条上的独家专访视频

我是斯里坎的老板。我们共事已经二十多年了,无论年龄和资历,他都是蓝海牛号上最老的船员。老坎平时不怎么幽默,是个谨慎又很有能力的人,这么多年以来几乎没出现过什么工作上的失误。在船上一起喝酒的日子好像就是前几天,但事实是,从到港开始算起,我已经半年没有见过他了,一切探视都被拒绝了。

斯里坎以前在船上主要管耗材,零件工具、水食日用,只要是快速消耗品,订货采购和派发就都是他做。

他是个工作狂,很多可以丢给年轻船员干的小事儿,他也亲力亲为。这人没什么生活,除了一遍又一遍检查船上的设备和账目,其他时间就待在房里折腾他那些乱七八糟的小物件。很多配件商当垃圾准备扔掉的处理货,小零件、残次品、各种怪模怪样的小东西、低价处理的金属边角料,或者他儿子零件店里那些新奇玩意儿,他有时候弄点这种东西回来,也能算是收集癖了。只要不忙,他就老窝在宿舍里,研究折腾那些小东西。实在没事儿了,也四处溜达,给能源组修个炉渣扇、给厨房造个冰压计,再不然就拿炼废的镍块做点龙啊狗啊之类的摆件。每次喝酒都是去我的宿舍,因为他那房间就像个工程废品库,根本没处下脚。

除了这些，斯里坎的生活里唯一与蓝海牛号上工作关系不大的，就是他儿子了。这爷俩都固执，经常为了屁大点小事吵架，但实际上感情好着呢，逢年过节，大几百光年也要跑回去吃饭拌嘴，吵吵嚷嚷已经是他们相处的方式了。前两年老坎把大半辈子积蓄取出来，给他儿子开了家零件店。

关注过这个事件的人大抵也知道，我们离开原定申报过的航线去绯红，是因为船的护盾磨坏了。蓝海牛是几十年前的船型，很多原装配件都不生产了，得跑到专门的修理改装店去订做。说是订做，其实也是拿基础款零件改改，我们一般用老工艺切割的五级合金，加融一层合金圈来契合船型，便宜、不耐磨，这是为了每次出一趟船就直接换一张盾，损耗报销记录清楚。按理说平时跑工程都在高速路上，周围星系少，气象局也都会提前计算好陨石和太空垃圾的情况，方便行船避开坏天气，很少有什么大磕碰，所以其实长期用一张盾算下来更便宜。我当然知道斯里坎他儿子就是做定制新材料护盾的，早就等着他开口了，只要是他说质量没问题、性价比合适的零件，蓝海牛就用。但老坎人太老实了，怕人嘴碎说他公款往自己家送，从来没给我提过要在他儿子店里买盾。

最后那几次喝酒，他还唠叨说自己肝和心脏都越来越不好了，想退休，但儿子店里生意还没热乎，还得多挣几个钱。

我他妈也是嘴贱，嘬着酒心里想，能稳定照顾你家生意的人不就坐在跟前吗？结果说出口的话却成了，除非你斯里坎死在我前边儿，不然别想退休了，船配市场里打泥巴滚的经验学校又不教，你没了，我上哪儿去找靠谱后勤呐？

现在我就想给当时说那话的自己两个嘴巴子。

老坎虽然义务教育之后就没上学了，但对材料、结构、工具零件有自己的一套识别方法，所以我把采购交给他，放心。这次备用钻出了问题也真不能怪他。

一开始在工作区的矿星上，我们找不着矿。那阵子开工不利，总是挖到氦冰层，按资料指示的坐标换了好几个孔位，也没出几吨金属矿石，偶尔零星碰上一点儿成色好的，提炼出来一看，有价金属含量也远比买来的勘探数据低。

工区偏僻，连不上网，也不能向勘探公司或者别的谁问询。野外工作就是这样，只能出发前把所有东西准备好，在外边没村没寨又没网，无论碰上什么，都只能靠自己。

让岩土工加快钻掘速度，是我的决策失误。加速当天晚上就出事了，钻头下降太快，一下子撞上硬家伙，当时就碎了。

斯里坎是后勤，听说钻头碎了，自然赶紧去仓库取备用的。我们的钻头和护盾一样，每趟活儿都换，从来没用到过自然损耗界限，所以那个备用钻头在库里放了十多年了，也是从没用上过。这东西就跟星站旅馆的消防面罩一样，除了应付安全检查以外，谁也没盼着它用得上，基本买回来就是用来放过期的。谁也想不到，备用钻装上去的第一杆下去，就碎了。

在场的钻工见这架势，都赶紧用各自的家乡话念叨起碎碎平安。"钻头钻头，吐金吃油，碎俩财散，破三血流。"工人读书少容易迷信，连续碎钻头在星际矿业里总归是不吉利。我能接受他们这么想，但自己不太相信这一套。船员们缓过神的工夫，我已经让老坎去把第二个备用钻头运出来了。

说实话，那一钻下去之前，我也心有余悸，毕竟那是船上最后一个备用的了，结果还是碎了。哪有船工见过连续碎三钻的呢？

两个备用，一没过期，二没违规使用，至今没人知道它们到底怎么回事，是包装破损腐蚀了，还是出厂就带着裂缝碳渣。当时我也没心情去调查确认，当务之急是在一个与世隔绝、没工具、没别人的荒野地方，决定上百号人接下来去哪里、去干什么。

我叫来几个有经验的老船员。大家提完一圈想法，很快争得脸红脖子粗，有人说马上返航太阳系赔笔生意总比轻举妄动再出岔子好；也有人说大公司定制零件都有贵宾远距离送货服务，只是路费有点高而已。我都没同意。吵了几天，最后终于勉强达成共识：钻头毕竟不像护盾或者船壳那么大、型号那么难配，尺寸材料都有工程规范，我们就去不太远的地方，买些质量看得过去的，回来先把工程应付着做完。这样的总体损失应该可以接受。

我在星图里选了个一百多单位距离的乡下服务点，决定把船开过去看看。回大路联网申报得多花两星期，那小商船也不远，于是蓝海牛就没有做路线申报，直接出发了。

事后我想，可能我这辈子所犯下的所有错误，都是自以为是。我以为钻不会一直碎，也以为少申报一段路不会碰上陨石天气。结果就是，我失去了行船证、经营执照、几乎所有财产，和用一辈子工夫拢起来的最好的船员。斯里坎不应该被带走,我才是该被治罪的人,但没有人来拘留或起诉我,他们录完口供后说我"离绯红事件的中心太远了"。

愿意接受这个采访,除了想为大家补全绯红真相的碎片以外,还因为有一点我的心愿想要说。我知道自己做了很多错事,但船员们都是无辜的,无论是风口浪尖的斯里坎和木村熏,还是被挂出名字的所有其他人,蓝海牛的船员都是普通人,他们不应该遭受现在的待遇:六个月以来,没有矿船在看过简历后还愿意录用他们;有的社区明确表示不欢迎,即使他们的合法居住证剩余时长还有好几十年;星站旅馆拿外交风险的名义拒绝接待,连路过的孩子们都向他们扔电离弹……

他们做错了什么?

我恳请你们,如果一定要有人承担这些舆论的怒气,请冲我来,我才是下达命令和决定航向的那个人。斯里坎不是绯红杀手,蓝海牛的其他船员也不是,大家都只是用自己的方式生存下去的普通人,渴望一点点不那么糟的普通生活,用尽全力在大航行时代的巨浪里不沉下去而已。

这是我唯一的请求。

六、法官的公开判决词

下面宣布判决。

第一嫌疑人斯里坎,对绯红行星住民,有伤害事实、无伤害意愿,未能及时对绯红星人的剧烈反应做出正确判断。事件起因中对备用钻头质量维护的工作疏忽，虽不符合安全规范，但不构成犯罪。伤害行为产生期间，嫌疑人斯里坎没有获得足量的信息用以判断绯红之子为生物，在此主观意愿基础上，其行为符合《星区联合物种保护法案》与《星际航行人员行为规定》，因此判定，嫌疑人行为无伤害意愿。

结果上，嫌疑人的伤害行为直接导致被害人死亡。据种族特性，绯红之子是其所在行星上的食物链顶级生物，是一种相对太阳系人而言生长周期长、生理结构复杂的生物，被害人蒙受的伤害与其种族蒙受的损失严重。嫌疑人行为有伤害事实。

社会舆论影响上，星际跨物种伤害对星区和平产生了严重伤害，嫌疑人自身的直播行为也加速了事件在舆论中的传播速度。以飞船护盾生产销售、种间交流合作、星际旅行、星际生产业为代表的数个细分行业中产生了的可见的短期影响。

陪审团商议决定，嫌疑人斯里坎无伤害意愿、有伤害事实、有负面社会影响事实。判定无意伤害罪。

第二嫌疑人木村薰，作为实习船员，未在伤害过程中做出决定行为，且并无判断伤害产生的能力，因此不符合伤害过程中旁观伤害不作为的定义。判定无罪。

第三嫌疑人 tt-3064812，事发期间行为全部符合《星区联合物种保护法案》与《星际航行人员行为规定》，确实履行了提前探知绯红星人存在并发出警告的职责。警告发出的时机过早，未能被同行太阳系人理解，其客观原因是绯红星人体征强烈、可被探知范围相对大，与第三嫌疑人通过饮食短期误服合法兴奋剂的综合结果。判定无罪。

量刑结果将在与绯红星系人商议后决定。按本星区星际种族间外交规定，量刑结果将不会对太阳系人公布。

七、沃夫的直播间

大家，晚上好啊。

今天是我爸的一周年忌日，正好也是沃夫零件店仓库搬家完工的日子。能看见我背后的招牌正在拆吧？这是最后一次在这个小破仓里给大家直播，今天不卖东西，聊聊天。

这一年来店里变得特别忙，那次事件之后，一开始有很多媒体和八卦的人来这儿，有的想蹭热度，有的想从我这儿挖新闻，也有些人不分青红皂白就来攻击我，认定我爸是星际物种和平的破坏者，我则是他的同谋。他们叫他绯红杀手，那些难听的前后缀我都不愿意提。他们给他扣打碎星区联合物种和平的帽子，给他冠上大量莫须有的罪名。

那是我人生最糟糕的几个月了。法院宣判之前，他们说我爸有恐怖分子嫌疑，所以探亲和私人物品递送都是禁止的，连健康状况问询都不行；然后判决一出来，他就被送到绯红去了。那段时间我一直被噩梦纠缠，一个碳基肉身的太阳系人，怎么就被判决交给体温上千摄氏度的硅基绯红人了呢？

再后来，有一些理解我爸的人来了。有人会安慰我说，他们相信这些事情都是意外，让我别在意恶意的流言，有人说这是时代的问题，不是我爸的。有在各种船上工作生活的人来询问新材料耐磨护盾，然后买我店里的东西。我把自己投进护盾定制和零件销售的工作里，不是睡在沃夫零件店柜台下面，就是睡在仓库的长椅上。

再后来，有个女孩儿来问我能不能卖几百件夏衣给她——就是我身上现在穿的这种——而且最好是我爸在直播里那样洗掉色穿破了的样子。她是某个公益组织的管理者，认为绯红事件是星际物种交流里重要的案例，所以想用这件衣服做几个活动的统一服装。

这是我完全没想到的，那之前我会在船用大型零件的送货箱子里扔几件作为赠品，但从来没正经卖过。我告诉她，掉色洗破的就只有我自己穿过的几件，她不嫌弃的话消毒之后可以送给她，但要几百件就只有新的了。

她付了衣服的钱，拿着我刚烘干的旧衣服走了。我一边去仓库拿衣服一边琢磨，反正价格都决定了，干脆把夏衣上架吧。

你们知道吗，人都是疯子。她几场活动做下来，我店里的夏衣脱销了两次，网上说星际物种交流领域里活跃的人们几乎人手一件。

到现在为止，仅就数量而言，店里最好的头牌耐磨护盾销量增长远比不上夏衣的销量。专营船用大型零件与护盾定制的沃夫零件店，销量最高的商品是衣服，这感觉就像念书时在《电子产品历史》教科书上看过的，古代太阳系人在离开太阳系之前使用的一种直播设备叫手机，其中水果牌手机销量最高的商品是耳机转换线。不知道他们的店主是怎么想的呢。

反正对我来说，那段糟糕的日子从此就算过去了。舆论重新开始接受我爸，店里的生意也越来越好。初次来就急忙下单的人，我理解他们中一部分是出于人道支持，并对此心怀感激。后来久了，口口相传听到推荐的人开始光顾，来过一次的人也慢慢变成反复出现。这些，我知道，与精神支持的关系不大了。

换了大仓库，以前的事也可以算告一段落了。这么说有些奇怪，但我真的很谢谢我爸，生前死后，他都给了我很多。以前我们总吵架，爷俩意见从来没统一过。现在没人吵了，我才觉得那些紧巴巴的穷日子也挺开心的。其实吵了那么多，他说的我都听着呢。

我爸生前喜欢折腾零件，这家店也是他教我挑的。我还小的时候他话可多了，零零碎碎地给我讲过好多事情，他说民用星际交通工具的配件生产会是一个巨大的市场，而且如果没有重大变故，后面上百年里也会保持复杂。从超远跳跃技术普及下来，到现在几百年间，人类正处于前所未有的高速发展和疯狂探索进程里，这个速度太快，以至于就连外星生物这么重大的领域，研究速度也完全跟不上发现速度。

他说，乱象险求生。规范被制定出来之前，各种民间制造业蜂拥过几波，也逐渐被资本收拢管理，但已经投入运用又还没到达使用年限的小牌子宇航船已经飞满银河系了，它们因为原厂家倒闭或被收购，没办法方便地买到型号合适的原装配件。这些航空工具持有者们都是普通人，有的买船是用来旅行或者代步，有的像蓝海牛号，住着个体户或者工程队的人。拿一大笔积蓄买了船的人不在少数，也不能说换就换了。

在昂贵的大厂定制和我们这种平价的私人作坊之间，人们有时候默认小作坊质量不好，不敢买，他们根本是在花冤枉钱。但也不用太担心，做好自己的货，价钱可以交给市场决定。重要的是，在任何过渡的时期，都需要灵活而专业的小作坊来填补主流顾不上的缝隙。只要小牌子飞船还在飞，就不怕定制零件生意没得做。

他说得头头是道，我还在学校里他就经常唠叨，说以后不跑船了就开个定制零件店。等终于攒够本钱了，他却把夙愿交给了我。我反对过，怕卖不好给他赔了，也怕斗不过大资本，他看上去毫不在意把我抛进洪流，还说只要东西质量真好，就不怕巷子深。我信了他。再等店子开起来了，我让他给蓝海牛的船长说说，以后别用那些一次就坏的便宜盾了，买我们的保质保量。他又不知道好哪门子面子，死活不听。

……

出神了。刚想起一件小事儿。

蓝海牛进太阳系之前那一天，我爸打电话来时，我正在送货，车不太好开，我正烦着，心想着过一会儿下班了再回电话；等到晚饭了，几个搬运工过来说谁谁家有什么喜事，叫一起下馆子，我就想喝完再打过去也行；等吃完饭到家了，看见未接，我又累得只想睡觉，觉得隔天再回也没多大事儿，而且蓝海牛也快到太阳系了吧，反正又不是见不着了。

真就再也没见着。是不是很可笑？天底下所有的事情都比回我爸的电话重要，任何事情都是正事，只有他的事可以放一放。

……不聊了，今天就播到这儿吧。下一次上播会带大家看新店面、新仓库和新招牌。沃夫零件店换名字了，千万别走错路了。

八、迪克和罗曼的摄影日志 63-526-3827

罗曼，开篇新日志。新图片夹。储存空间留足。先录我。

樵夫星保佑，最后一刻找到了。我剩半颗胶囊饭，罗曼有十几跳燃料，最多够待一天。

犄角旮旯，飘了两周，没星变、没流石，宇宙垃圾倒是偶尔有。这星区越来越挤，野星系难寻，摄影维艰。

绯红星系。外观和资料一样，单颗小球贴恒星，距离——咦？罗曼，镜头拉近。

有守卫球？不应该，没住着碳基，要什么探鼠。罗曼，检索绯红历史，交叉关键词，守卫。让我看看……概要在这儿。

绯红杀手，太阳系人，无意中杀死绯红星人，被判为首个守卫球核心，仅神经中枢接受保存；行动单位靠近绯红星系时，守卫球将发出生物危险、保持距离的提醒，以防同类事件发生。事件之后不久，所有新设备设立守卫球时永久改用探鼠核心。

哈，罗曼，他叫斯里坎，与你船壳品牌同名。我们翻个身给他看商标，说不定，被当成追随者。

你保持角度，我去拍照。船内录制暂停。

罗曼，日志继续。

那个绯红杀手疯了。从没见过不按卫星轨道走的守卫球，也不知在想什么。也许初版设计有不周全，看来还是探鼠更适合待在里面。

你看他，这么转圈，像是跳舞。几小时了，精神真好。剥出来前，该是个年轻人吧。

行了。罗曼，我们回家。

日志结束。

二一博物馆·春

六

　　各位同学请回到牵引力场里来,不要到处飞了,我们要集合进馆了。都回来了吗?每个人的呼吸罩子都关上了吗?来,往这边,进博物馆之前我们先在门口照个相,请大家转向那边无人摄影船的镜头,关上反射板,把自己的样子露出来。边上的同学往中间挤一点,手脚比较多的同学可以先帮忙把个子小、移动慢的同学拉到空隙处,这样照出来会紧凑一些。反光弱的同学请补喝一口显影液。太阳帆都收一收。今天星区里天气不太好,远处可能有星变,我们动作快一些,在陨石阵雨前拍完进去。就这样,很好,拍好了,大家很棒!我们走吧。

　　你们都是第一次来"二一星区文明博物馆"吧?请在呼吸罩上设置好屏幕分布,可以多开几个侧面小屏,有一些实时微距画面从观众路径上看不清楚，参观者可以自己检索。我们一边参观，老师会一边给大家讲解，一定要跟紧了，不要离开咱们的牵引场。这里路线复杂、人数也不少，占空约七千个小号恒星系，掉队的人很可能会在找不到春游队伍时碰上碎陨石或者海盗，那可就救不回来了。

　　二一博物馆的展览内容，是截至上次调查为止，所能找并复原的二一星区内文明的缩放复制品。我们等会儿看见的每个恒星系都差不多大，但其实它们中大多数都和原始大小差得远，有的从很大缩小了，有的从很小放大了。这是为了能给同一体型量级的参观者提供方便，具体的缩放比例一会儿都能在注释屏上看见。

　　虽然大小是和原来不一样了，但博物馆对展品使用的是粒子层缩放技术，展盒也用到了精控物理参数培养场，所以在这些复制文明眼里，任何物质比例与物理常数都没有改变，他们并不知道自己所在的空间坐标系发生了缩放，也不知道自己的绝对占空体积改变了。

　　以文明发源地为坐标系原点的复制星系，都与历史上对应原星系、原文明、原生物的某一刻，有着电子级精度的相同物质组合方式、科技文明发展、环境物理参数，并且与原文明互相独立。这里收纳的展品文明在技术上的唯一共同点，是尚且没有办法离开自己的原生恒星系，毕竟为了控制总占空体积，博物馆也不能收纳航程延伸太远的文明。

　　想细细看完数十个展馆里的七千个复制文明，得详细参观很长的时间，今天我们主要看春季文明，只观看和讲解其中四个最具代表性的场馆。

五

第一个系列展馆的名字是"日照时长"。狭义上来说，这个词组是指恒星系以内，文明最初始发的那颗星球，在单次自转过程中，星球表面单点接收恒星直接辐射的时间长度，而且在个体生物的感受里，日照时长无论从定义上还是主观理解上，都接近固定值。

当然啦，大家知道有的文明诞生于没有恒星或没有正辐射的地方，也有的文明在没有单向时间概念的区域出现。这里说到的日照时长，广义上指长期稳定的生存环境。

文明是发展的，在稳定环境中尤其如此。这个展馆里陈列的，正是处于相对稳定外界环境和长期慢速发展中的文明。为了阻止博物馆内的文明在自然进程里，突然找到跑出笼子的科技，有时候要给他们设置一些小小的阻碍来拖延发展，用抹平变化的方式让总体稳定持续得更久。具体来说，博物馆可能在较小的幅度里改变这些文明生存环境中的某一两个小参数，他们就会花上很长的主观时间来探寻和适应这种变化，但又道不出明确的改变，而我们就可以从中观察细节。

不用担心这会令展品失实，"日照时长"展厅里会做出的参数调整是极小的。毕竟我们希望看到的是文明的切片状态，而不是非得要这些复制品走上如纪录片一般与原生物一模一样的发展途径。鲜活的个体行为已经是最好的观察样本。

以门口这个展品为例，它是较常见的形式：恒星系里某颗能量最适宜的行星上演化出星系内唯一文明。潜镜头里应该能看见这些烷基生物正在全球的岛屿上修建固体防御工事，这对气体生物来说是很困难的，但他们既不明白为什么海水在过去几百年里变得越来越剧烈了，也不能眼看着海洋淹没家园，只能先应付眼前的危机。

通常一个星区在经历了初始沸腾之后，会逐渐趋于稳定与熵增速度减缓，行星会在公转与自转的力平衡中维持被恒星辐射包裹的能量状态，于是这种稳定就成为了生命不可避免又毫不明显的前提，期间出现的生物和文明系统都适应着这种前提运行。此时博物馆在复制文明的自转速度上加减一个千万分之一尺度的加速度，并且放任这个凭空出现的自转加速度在星系运动中被引力拉平。文明所处的环境辐射将在极缓慢的速度下，逐渐变得过长或过短，又或者过不均，这就造出了一个不至于令文明覆灭的生存环境波动。

如此改变了"日照时长"的复制文明恒星系，大体上还是和原来文明所处环境差不多，环境变化无论如何会被文明内的个体归因解析到合理范围，可能有时候会出现一些看似是自然灾害的动静，但不致影响这些复制品按照原本的方式生存一段时间。这段时间就是大家观察学习的好时机。

四

第二个系列展馆的名字是"节律变化"。在上一个展馆里，我们担心稳定的文明发展会带来让他们离开展览盒的技术，所以为他们设置了微量环境变化作为阻碍,同时又要保证这些阻碍不会强烈到毁灭复制文明的程度。"节律变化"展馆里的复制文明则完全不需要这样精心地持续维护,他们都将在技术爆炸前迎来无法避免的灭亡。

我们现在目所能及的文明,在很短的时间里自生又被迫自灭了。博物馆复制的时间点,是这些文明最靠近兴盛的春末夏初,也是它们的代表性时期,最辉煌和特殊的发展一般都在这一阶段。他们遵循各自的规律,从荒芜的生命寒冬破土而出,在对自己而言称得上是贫瘠的地方一点点向鼎盛时期的夏季发展,接着因为各种各样的原因又快速落入秋冬的灭亡。

处于绝对零度的物质不会变化,那里没有生命,也没有文明。

信息传递以物质变化为前提,物质变化的外因是包裹它的物理环境场在施展作用。

当一团物质的变化规律复杂到一定的程度,而且这个规律里包含了一部分自我复制时,就可以称之为生命,生命是物质复杂而规律变化的直接结果。

当生命以逐渐高效的方式处理和传递信息,使得信息和生命在互相依存中同时传承与迭代,便可以称之为文明。生命浸泡在文明中生长,文明在生命中发展壮大,两者互为子母。

如果物理环境场不再适合物质将之前的稳定循环进行下去,生命作为物质变化的直接结果,也就同样无法维持。在这件事情上,文明比生命的幸运之处在于,它的复杂程度与覆盖尺度更能抵御有限的环境冲击。用通俗的话来说,文明的死亡比生命的消逝缓慢一些,而这种缓慢就给了它更多自我延续的机会。

有一部分在荒芜之地学会思考的生物想通了这一点，因此在环境恶劣到生命不可能再延续的情况下，这些渺小的个体会选择放弃单体自我，以整个文明的尺度对抗衰亡，他们创造了如同生物个体般万象归一式的文明再生模式。

衰亡之前，这类文明用尽最后的力量，封存他们希望留下的文明火种，然后安然接受个体命运里的一切下坠。等到环境条件恢复到一定程度，相似的物质循环重新开始，相似的生命簇拥着珍贵的信息遗迹生长起来，又能长成与上一代文明相差无几的样子。

同学们请往前移动半个单位。我们现在看见的这个卫星文明，就属于上面讲的这一类。从大家走进这个展馆到现在，对比色谱，星球的整体颜色已经从绿 31 演化到绿 6 灰 25，这是卫星表层环境从强氧化腐蚀的等离子寒冬走向了有轻金属单质饱和大气的夏天。

在你们的呼吸罩侧面随机更换几组微距实况，大量屈光潜镜头藏在星球的各处，向你们展示这些单体生命的生活与行为。对于慢速演化的文明，从潜镜头里能看到的光子图几乎是静态的；而对于快速演化的文明，只需要很短的时间就能看完整个演化进程。他们贪婪地解读和吸收上一代文明的遗迹，但并不知道星球环境很快就要再次恶化，这是以他们目前的水平尚无法影响的节律循环。

大家再转到背面来看。

在时间上短暂闪烁的脆弱文明，也并不是每一个都能以休眠埋藏和挖掘解读的形式循环留存下去的。原生环境无数次的节律变化中，绝大多数短暂的文明只出现一次，就永久地消失了，这是最难寻找和复原的一类文明。文明探查工作者常常只能勉强找到已经被时间磨蚀到几乎消失的智能痕迹，比如当地自然环境无法造出的元素分布、成分复杂度过高的物质、反地质应力发展模式的大陆板块变形，而且这些痕迹到底是当地产生还是外星带来的，也经常引发争议。能够按自我意愿跳出单向时间轴的生命类型毕竟是少数，普通文明博物馆很难请到那样的员工来协助复原工作。

这一侧排列的文明也以对我们而言极快的速度演化，从潜镜头中能看见清晰的细节。为了保证展览进行，每当这些文明进入冬季，逐渐淡化到痕迹都不太明显之后，单个展览盒里的全部物质将被粉碎并重铸，重新恢复成复制文明初始发展时的初春状态，如同电影的重放。所以我们才能一次又一次地观看这些昙花一现的一次性文明。既然他们没有办法在节律变化中自发持续下去，博物馆就只能帮助他们循环了。

虽然在"节律变化"展馆里的复制文明都是短暂的，但他们的原文明，无论是彻底消亡的，还是艰难循环着对抗恶劣生存环境的，都确实曾经或正在二一星区的某处存在。能产生自我节律的那些文明，大部分至今仍然以你们所见到的展品变化速度循环，甚至有个别的在这样艰难的情况下跬步千里，缓缓扩大力量，"进化"成能熬过冬季的持续性文明。还是以我们刚才细看的卫星文明为例，它一次完整节律变化的时间长度大约为我们的十子夸，还不够你们中大多数人的一次夜食。在真实的这颗卫星上，他们的文明已经经历了八亿多个春冬，现今仍然存在。

你们可以从这里试着去理解"尺度"这件事。我们能亲身经历的世界,别说宇宙了,就算在二一星区里也是狭窄的,但外面还有很广阔的地方。请不要因为某个异事物在某尺度上,与你所习惯的世界相去甚远,就否定它的存在与合理性。

否定很简单,理解很难,万物都有同与不同。我们的同学之中,一部人相对于另一部分人来说也是短寿的生命,而你们能成为同学,寿命应该大体上还在同一个量级。面前的这些文明相对于我们的个体生命来说只是弹指一瞬,但我们主观上觉得漫长的某一段时间,相对于另一些文明可能也是瞬间而已。博物馆里任何一个展品在正常的粉碎程序里的倒数时长,都在二十子夸左右,而在这些生物自己的体验里,有的在察觉到变化现象之前就集体死亡了,有的则过完一生也不知道天外星空的剧变,其实是终结自己所在星系的粉碎机器在运作。

三

所有同学都跟上了吗?我们去第三个系列展馆了。今天的宙风真大啊,大家别被吹走了。

这个展馆的名字是"物资紧缺"。

并不是所有的文明都有幸在适合发展的原生环境与发展路径上一直延续。有一些注定要快速跃进的,或者遭遇突然事件的文明,可能会在很短的时间里消耗能调用的所有物资,接着以各种残酷的方式结束整个进程。这些文明可能是激进、活跃、好奇的,也可能是疯狂、偏执、脆弱的。

比如离我们最近的这一个恒星系，它其实本已经快要到达自己的技术夏季了，但几乎占据整个文明进程的资源争夺分裂战争，将这个原生星球切割得支离破碎，大量的可用资源被凭空蒸发，剩余的资源将无力维持所剩无几的生命。

再看那边十多个星系，远看整体还算完整，你们点开对应的潜镜头就会看见，衰败征兆形式各异。有的突然技术爆炸，全民沉迷同样的细分领域研究，却没了足够生产力用于加工营养补充剂，不久将爆发无可挽回的大饥荒；有的尚未完善基础学科，就开始拼命普及娱乐活动，很快就没多少人还能保留维持社会稳定的思考力与心智；也有的突然遭遇潜伏已久的全球环境灾难，纤细的自平衡断裂立即带来连锁负影响，没有个体能坚持到十代之后。内部破坏、集体自杀、偏执失策，单独听上去微不足道的小问题，都可能卷起撕碎一个文明的狂风。

这些模型里有一些文明确实今天还在，也有的已经自我消亡，或分散迁徙到很远的地方，或缩小规模成为新的寄生式亚文明，活在另一个文明的庇佑下逐渐失去自我。这几种就可以算作进入冬季或新的循环了。为了让参观能够正常进行，博物馆会试着从它们春盛的某个时刻开始减缓进程，让急转直下的时刻缓慢一些到来。

比如有的星系引力参数被调大，它们的地底生物更难在液态和气态的低压环境中行动，于是这拖慢了冒险者用海水淹死全球人的速度；再比如有的文明尚未触及信息超光速理论，博物馆就把它们所在展盒的光速调慢，于是这样的文明就得花很长时间才能走出我们为其圈起来的空间，也不会因为航空发展就贸然进入失智般的移民狂热。

文明稳定发展的前提中必然有一部分幸运，随机的两阵涟漪如果不能有效叠加，就不会长成大浪，只会各自消散，事后看来仿佛从未存在。物资紧缺本身并不是衰落的必要条件，有些紧缺也可能是衰落的结果之一，上一个展厅里当然也有在山穷水尽处仍然延续下来的文明。就算在危机中给这些复制文明送去充足的生存物资，他们仍然会以其他的方式走向冬季。

二

最后一个系列展馆的名字是"一期一会"，"一期"的原意是"一生"，这个展馆的名字狭义上可以理解成一生之间见到一次。

这一类文明，是生存环境条件最苛刻的文明，比之前"节律变化"馆的更严格，因此也留下了不少未解之谜。在他们极短的文明进程中，其所在区域的物理参数、物质状况都只被允许在很小的范围内波动，在真实宇宙中，实例常见于离子生命文明与超低温生命文明。他们生态中的大部分物种，只能在很狭窄的环境条件下生存，而这样脆弱的条件在宇宙尺度中又很难长久地稳定维持下去。

这类文明常常熬不到夏天的文明爆发，只能在自己的春天之后就快速消逝。对于同学们来说，今天是一场春游，我们看见的所有展品都是文明的春季，但对于个别文明来说，春季已经是全部。

这边所展示的复制恒星系文明就属于这一种。它叫太阳系，没有坚持到自己的文明夏季，甚至没有坚持到同一颗行星上不同发源地的亚文明完全融合成一种太阳系人大文明。

这个星系出现的原生行星生物全部是超低温生物，常见生物的生存环境温度只能严格控制在2兰米思的范围内，用他们自己的计量单位，也就是大约-50到50摄氏度范围，这个热辐射量离绝对零度只有4兰米思左右。除了无差别接收不含信息的热辐射以外，他们能理解和解析的粒子震动频率、光子波长范围都狭窄。消逝之前，文明与科技都达到巅峰时期的太阳系文明，只能接收到二一星区内大约百分之五有质量物质的辐射，剩余的宇宙对他们来说尚未被理解。

太阳系文明灭亡的原因尚未被解析，他们对外交互的痕迹实在太少，即使偶尔电波中断，也仅仅被理解为安静如常或某个大家伙路过，挡住了探测信号。等文明探查工作者注意到太久没有他们的信息，再去调查时，星系内的造物已经快被星球的地质自循环清理完了。博物馆尽力复制了他们存在过的历史时期。

也由于消亡原因不明，所以博物馆只能在它正要演化出更繁盛文明的时候将其粉碎重铸，这是一件很可惜的事情，就像充满可能性的少年一次又一次在成人之前被扼杀。但这里毕竟是博物馆，不能展出过于远离真实世界的东西，所以这样的动作也是迫于无奈。

一

今天的春游行程结束了，大家在这里休息一下，我们等外面的陨石小一些再回去。

那边的同学扬尾巴是要提问对吗?

不,这些复制品当然不知道自己是复制品。如果知道了,他们的历史进程会产生重大改变,那也就失去博物馆还原事实的功能了。不过实际上,会有极少数的生物个体在特殊情况下发现一些怪异之处,比如某个亲自测量到的数据绝对无误,但又与他们正常科学发展路径上获取的信息严重不符。

大多数情况下,这样的生物个体会把不能解释的现象强行拖入一段可以理解的经验之中,以此自我消解这类超出认知的信息。即使是生物个体对其他个体传递了这些信息,其他个体也很可能不会相信,或重复相似的消解过程。

少数时候也有个体偏执,他们能成为神职人员或厌世者——取决于他身边接收信息的个体相信与否——总之他们讲述的内容,会被认为是虚构的、远离真实生活与现实世界的。

最终这些猜到真相的个体,会在自己寿命的终点把这些难以传播出去的信息独自带入单个生命的坟墓,几乎不会在文明中留下真正有价值的痕迹。

有没有其他个体相信的情况?嗯,这里毕竟是博物馆,展品也毕竟都是复制文明,所以在很多次有微弱随机性的演化中,任何刁钻的情况都还是有可能出现的,但对应的处理办法也是有的。比如说,一个复制文明里有多个个体认定自己所在的世界并不是原初世界,而是被复制的,而且他们已经或将要制造改变文明的巨大社会影响,即使在这种情况下，这些个体也不会被带出展览盒单独处理掉。

虽然博物馆的演算能力能够分析识别出这些个体，也能对之后一小段时间的文明发展做精确预测，但其实没有必要。挑出一些个体之后还得向文明系统中补回同样多的同类型粒子，之后还得处理消失个体身边的涟漪反应，即使上面说的工作也都做了，在他们的微观视角里，个体的非原生方式消失仍然可能会产生新的麻烦。

所以比起做完全部这些细微繁琐的工作，还不如直接粉碎整个展览盒更便捷。只需要把发现真实状况的文明所在恒星系撕碎，然后从设定好的时间原点造出一模一样的历史状况就行了。粉碎的速度对不同时间感知力的生命个体来说可能不一样，但对我们参观者而言，这个过程是很快的。不用担心，这样的事情都发生过很多次了。二一文明博物馆里所有的展品都是可销毁、可复制的。

我们会不会被做成复制品？现在不会，因为我们正处于很发达的文明水平，但过去的我们是可能被做成复制品的，如果感兴趣的话，大家可以去历史博物馆里看看。

还有同学提问吗？好的，老师去向博物馆要进来时拍的照片，顺便看看雨有没有变小。大家在这里不要乱跑，可以互相交换观后感想。

外面的陨石雨好像越来越大了，看来一时半会儿是回不去了。明明是挑了降雨率最低的时间来春游，最近的天气预报真是越来越不能信了呢。

珞　　珈

老王站在火光冲天的研究所小房子面前，被"噼啪"作响的火焰和傍晚沉寂的山林包围。珞珈山的黑树白雪层叠且垫衬在火焰之外，被火光燎得通红，好像一块用错场景的幕布。老王手里提着的准备作为年夜饭的红烧肉与米饭，已经和袋子里的二锅头一样凉。

七十千克。他又念叨一次这个数字，突然明白自己为什么要站在这里，不是因为手机丢在床上充电没法报火警，只能自己跑过来，也不是因为大年三十还留在学校里的没有几个人。而是因为命运里所有的道路都通往同样的尽头，其他的可能性早已经挨个儿在半路被掐断。

刚才的俩学生穿着里层单衣冲下山去的样子还历历在目。他们慌慌张张说自己做错实验打开了虫洞，连上了哪儿哪儿的黑洞，正好开到黑洞表层的火墙这一层，因为能量太高就点着了房子；问起救火，他们又说火墙其实也不是真的火，而是高密度的信息和高能粒子从虫洞里喷出来。

这些老王都听得似懂非懂,但至少他搞清楚了一件事:因为在某个地方开了个口,所以有些东西漏出来了,只有塞回去一样质量的东西才能灭火,而实验室里能挪动的一切包括他们的衣服都已经全部塞进虫洞里了。老王左右望了望,周围只有大树,徒手确实砍不动,手捧积雪和土应该也难近身。

"现在还差七十千克,"高个子的学生快速说,"如果不立刻丢东西进去,这个洞口只会越来越大,粒子喷出越来越快。如果放着不管,那么过几个小时后整个武大都会被吞进去的,到那个时候全世界都完了!快和我一起下山去找人搬东西来往里填!"他破音着说完这些话,就疯狂地往山下有人的地方跑,连左脚的鞋丢了都顾不上。

老王一直很佩服会读书的人,他们不光能搞出喷火的洞来——虽然说不是真的火,但它看起来和火焰也没什么区别,也找不到别的合适形容——还能知道往里面塞回七十千克的东西火就能熄。泄漏仍然在继续,不知道这两分钟又漏了多少火出来?老王琢磨,既然跑下去找人搬动东西上山都来得及阻止火变大,那暂时应该还增加得不多。

掂量了一下手里的菜和酒,又用没提东西的手摸摸啤酒肚,老王想不起上次称体重是什么时候了。他回想几年未见的老婆和女儿,又想起17栋还有一根报修的灯管没有去换,但如果这火照学生说的烧下去,修好了灯管好像也没什么用了。那两个学生着急的样子在脑海里挥之不去。

他一咬牙,纵身跳进火焰里。

老王从没想过黑洞是这样的,看上去一点也不黑——虽然他也不确定这能不能算"看"。应该称之为火墙的地方是一片竖立着的白色海洋,再靠近一些细看,白色全是一颗颗极小的、亮着光的颗粒,它们的轨迹看似杂乱无章,但好像大体上都是朝一个方向流动的。

他还能记得冲进火焰那一瞬间的切肤之痛,那一刻老王是后悔的,但这种感觉很快就和声音、气味与光一起消散了,他好像踩到一块空洞快速向下坠落,到后来连失重的感觉也消失了。一切的外部体验都变得朦胧缓慢。

我死了吗?还是在那个"黑洞"里?老王不确定,也不知道这个名字叫错了没有。他想寻找一些可以参照的物品。看自己的手,像和以前一样,又像和火墙的光粒一样,他不太知道自己现在是什么。逐渐适应这种放缓的思考之后,他能够看清些东西了。

不远的地方站着一个人,又好像没有人,她针织的披肩下是熟悉的肩膀弧线。那不是自己的前妻吗?但她绑着多年以前刚结婚时的发辫,容貌也小得多,怀里还抱着一个婴儿。一转眼,那婴儿成了四五岁的小女孩儿,背着儿童书包向自己跑过来,老王认出那是自己的女儿,但小女孩没跑两步,又变成了亭亭玉立的大女人,眉眼间还能看出女儿的痕迹,却比上一次见到她的样子还要大得多……

他突然明白过来,这些走马灯一般的画面都是自己的过去与未来。黑洞里的时间和空间被撕裂揉碎,如梦境般重现了那些记忆最深刻的画面。一生的碎片向他扑面而来,他想起自己还不到现在一半大的时候,也曾经有过念书和出人头地的梦想,但那个时候家里供不起自己读书,于是他高中毕业就进了钢铁厂，也就是在那个时候经人介绍认识了纺织厂的老婆。

生命好像就是从离开学校开始突然加速了。曾经怎么也用不完的念书考试、拍洋画、看武侠小说和翘课去江里游泳的日子，一眨眼就变成了老婆孩子上下班。一切开始和钱有关，或者说，和没钱有关。下岗潮要来了。

几乎所有在工厂上班的人都在那两年丢了工作，女儿才刚刚学会喊爸爸，还没有上小学。老王跟老婆一起七拼八凑借了点钱开了个超市，等终于认清自己不会做生意时已经亏了不少。后来想去开出租车，自己买不起车就给别人"挑土"，武汉话，是在拥有干活工具的人休息时给人代工的意思，也就是交租金给人开夜班出租车。本来已经还完欠下的账、慢慢开始挣钱了，以为生活会好起来，结果老婆就在这个时候走了，带着女儿回去了她老家生活压力更小的县城。为"挑土"彻夜不回家这事，老王已经和老婆吵了无数次，本来以为忍忍就能等到老婆习惯，没想到等来一张离婚协议。

老王也没什么喜欢的东西，就好一口白酒一口红烧肉，三肥三瘦上糖色那种，偏偏自己血脂高，老婆孩子又都讨厌肥肉，所以这菜平时家里是绝不做的。那年也是除夕，过年嘛，年饭有酒，还有红烧肉。那天没有吵架，想着欠的钱还完了，隔年孩子也要上小学了，老王几乎觉得生活就要好了。家里老人孩子吃过饭都安顿睡了之后，老婆从包里拿出那两张修改自己人生轨迹的纸，在跨年震耳欲聋的鞭炮声里，不容分说就让自己签字。从那之后，年夜饭就跟冬天的东湖一样冷。

出租车开了一段时间，肝和胃也开始熬不动夜了。这期间也想过把老婆找回来，但自己就这点能力，找回来不也是跟着自己受苦吗？责任、能力和愿望常常并没有那么对等。

　　兜兜转转，最后老王终于回到曾经向往的大学，却不是成为学生，而是一个浑身毛病、体态臃肿的光棍后勤人员，每天给学生们修堵塞的下水道和不亮的灯管，冬天上珞珈山铲铲路上的雪。学校里有纪律不让打牌，实在苦闷的夜晚，老王就买一瓶便宜的二锅头，就着电视剧慢慢喝。老电视用了十几年舍不得换，雪花点闪烁的画面，和这会儿自己光点浮动的双手有些像。

　　带着忐忑，老王伸出手去触碰走向自己的大女孩，但她像白海里的光粒一样飘散了，从流动的团块变成越来越微小的粒子，融入他无法理解的黑洞视界边缘，变成黑洞的一部分。信息变成物质，物质变成能量。

　　老王转身盯着这片白点的海。他不知道这些点从哪里来，要到哪里去，更不知道它们为什么要往斜上方流，而不是向下。但这片亮海让他想起了多年前和老婆孩子一起坐在汉口江滩的那个夏夜，晚风带走燥热，江水就在他面前横过，所有粼粼的波光都向着左手边缓缓移动，那是无数水滴汇成的、从很远的地方流下来的长江。

　　他觉得自己就像这白海里的光点，像长江里的一滴水，跟着人潮到了武汉、到了筒子楼，到了结婚的酒店和女儿出生的医院，到了钢厂又到了下岗，到了离婚、到了新单位宿舍、到了今天。而任自己怎么用力漂流，有些东西总是在江对岸，在黑洞的外边。那些看着好像很近的微小渴望，其实隔着不可能逾越的鸿沟。生活像一个黑洞，总是一次次要求自己交出全部，来填补一些其实很蠢的小错误。

想到这里，他突然回想起珞珈山上的大火，不知道熄灭了没有。

他抛下那些回忆画面，站在原地四处寻找，终于看出流动的火墙在某个不远的地方有一个不大的旋涡，好像浴缸里的塞子松动时凹下去一块的水面。他想靠近一些，双腿却有些重，阴影让膝盖之下的部分难以看清。他稍用力才挪动步子，发现刚才往山下奔跑的两个学生就站在旋涡附近。

老王吓了一跳，他们也跳进来了吗？需要这么多质量吗？但他再仔细看，又觉得那两个学生看上去有些奇怪，他们的身体看上去似有似无，从某些角度看似乎闪烁着有些透明，而且自己能听见他们在说话，他们却听不见自己的声音。

"是真的，我跑到半路一回头，亲眼看见那个后勤师傅自己跳进去了，他填补了黑洞流失的质量，所以高能粒子柱才变小了……"矮个学生手足无措。

"如果真的进去了，他是不可能逃脱黑洞的引力走出火墙的。"高个学生忧心忡忡。

这墙看上去确实不像火做的。这个更具体的疑惑比其他难以理解的句子更快出现在脑海里。好在实验室和火情好像都控制住了。老王试着呼喊他们，但他们毫无反应。他又试着将手伸向火墙上的旋涡，但才刚靠近一点，就好像有巨大的力量拉住他的手臂，他只好作罢。

"那他……死了吗？"矮个学生似乎在张望旋涡。

"准确地说,他应该成为一对纠缠态,或者说变成两个人了,而且这两个人在黑洞的里外正好相反。在靠近虫洞的时候,后勤师傅的粒子和反粒子对应该分开了。他的实体在七百光年外的黑洞里,他的反粒子可能就在我们附近,但理论上既没有人能观测到黑洞内部,也没人能观测到反物质……至少现在没有。"

老王又听不明白了。一个人怎么变成两个人呢?那自己在这里,还有一个在哪儿呢?七百光年远是多远?从武大开车过来要多长时间?

想着这些没有答案的问题,他低下头看见高个子的学生只穿着一只鞋,右脚袜子好像湿透了,想必是踩了雪。他记得在山上遇到时,没穿鞋的是左脚。

他不知道自己成为了有史以来第一个观测到反物质的人类,但他终于意识到自己所在的地方和以前生活的地方是相通又不太一样的。

"所以他回不来了。"矮个学生开始发抖,也许是单薄的衣服无法留下他的热量。

"流失的质量就要平衡了,虫洞马上就要关闭。他会变成能量,或者信息,我也不确定。没人确定。"高个学生转过身侧向旋涡,正好面朝老王站着的方向。老王觉得面前这两个就像那两个学生的影子,像电影里的另一对他们。

即使知道他们看不见,老王还是觉得高个学生的视线,好像洞穿了自己。

他有些累了,随着虫洞旋涡一点点变小,他的意识也越来越模糊了。他开始理解自己永远也不能回到那个世界了。

直到这个时候,他才再次想起今天是除夕,而自己好像比以前离故乡更远。

奇怪的是,想起故乡这个词,老王眼前并不会出现武汉的历史或建筑,只会出现老婆和女儿甜美的笑脸,以及以前在旧房子的困难生活。她们与自己互相搀扶着度过了生命中的一段时间,虽然因为生活的重量而分开,但仍然占据着一些柔软的地方。从那以后故乡以点的状态存在,只有少数留下美好记忆的时间和地点才因为思念的擦洗而一遍又一遍焕发光芒,这些微暗快乐全都与妻女有关。她们才是故乡,没有她们的地方都是别的地方。

他的身体已经不太听使唤了,想事情也断断续续的。但过年嘛,应该比平时宽容一些,可以做些平时不敢做的妄想。他还是想回家去,想趁老婆还在炉灶边忙活的时候,溜出厨房来给自己倒一小杯酒,等着她发现后甩过来的脸色,和总还是能等来的批准。正在分解的老男人拖着自己,向着一个随机的方向走去。

他继续走过第一次见到老婆的那个下午,自己还像二十年前一样站住脚,不知道说什么,然后傻乎乎地给人送了两个甜橘子罐头。罐头在她的手里变成了结婚戒指,又变成了一双旧真皮手套,那是他们最困难的时期,老王卖了自行车给她买的。手套变成婴儿"哇哇"大哭,他赶紧走快两步,跟跄了一下,这才发现自己的双腿已经不太稳定,好像宿舍那台老电视信号不良时的画面。好在手臂还好用,他用记忆深处的姿势抱起女儿,轻拍孩子的背,让她停止哭泣。

他想看着女儿长大,但又向前走了很久,这幅画面迟迟不出现。

已经快要迈不动步子了，老王回头看向起点的火墙，那两个学生还站在原处讨论，似乎没有比刚才远多少。自己走了这么久的路，仿佛一直在原地踏步，根本没有往前走。而那旋涡，也缩小到快要不见。

就像这徒劳的移动能有什么作用一样，老王不顾自己一片片剥落的身体，吃力地继续往前走。不知道走了多少步之后，他见到了一张记忆里未曾出现过的桌子，桌上有丰盛饭菜，一个比自己女儿要大一些的女孩正在摆放碗筷，从厨房里端着红烧肉走出来的，正是自己的老婆。

他感激这临死前虚妄的梦境终于出现。他觉得饿了，颤抖着手，从桌上拿起一双碗筷。碗里不知道什么时候有了饭，杯子里也倒上了酒。没有人对他说高血脂和喝酒对身体有什么不好，没有生意亏损与彻夜开出租后的争吵，液晶屏和机顶盒的电视里放着毫不卡顿的清晰春晚，汤不是速溶的，菜都冒着热气，不是从微波炉里拿出来，而是从锅里……

老王大口往嘴里扒饭菜，好像从来没有吃过这么好吃的肉。他试图用尽所有的想象力去填充这个画面里的细节，看见了鞋柜上还放着自己送给老婆的皮手套，冰箱里还有没吃完的糖水橘子罐头，书柜的旧作文本里有好几篇不同年龄段的《我的爸爸》。老婆的皱纹多了，但眉眼五官还是好看。女儿大了，读了自己没读到的大学，光是坐着就像个念书孩子的样子……

在更深层的悲观念头里，他明白这不可能是真正有老婆和女儿的家，细节出卖了这个画面：她们是不吃肥肉也不买白酒的。可老王仍然将这些屈指可数的美好碎片一遍又一遍地涂抹在身上。他觉得自己像漫天大雪一样落下，落进斜流的量子涨落之海，落进江水、故土与承载思念之人。

在虫洞关闭前的最后一刻，精准对等的质量抚平了人类实验失误而碰出的空间疤痕。他松开已成齑粉的空饭碗和酒杯，将自己的信息分解成没有意识的辐射，所有无处承载的记忆都成为不再联结的粒子，汇入没有时间也再也不会老去的白色海洋。

七百光年之外，某一张年夜饭的饭桌上，放着三双碗筷。母亲从厨房端着最后的甜汤出来，女儿帮忙把没用完的橘子罐头放回冰箱。她们看见其中一个本应该空着的碗里，有满满一碗饭菜，红烧肉堆叠得几乎要滑落下来。常年放在展示柜里的那瓶酒也开了，酒杯里的白酒气味浓烈。

她们突然产生了心照不宣的误解。母亲以为是女儿干的，女儿以为是母亲干的。结果谁也没问。

一小颗不起眼的水滴从饭桌上缓缓蒸发。

那是珞珈山上的一片反物质雪。

子　　弹

一

清晨。

清晨是我视力最差的时候。窗帘缝隙的阳光割裂现实与梦境。

它又回来了。圆弧形的头曲线流畅，平底反射沉金色哑光。

我揉揉眼睛，沉迷于怀疑它是不是之前那一个，以至于忽略了它根本不应该出现在这里的事实。

那是一颗子弹。按理说在这个国家，普通人不应该有子弹。

这颗子弹不是我的，我是唯一有这间屋子钥匙的人。它也不像是被射到枕头上的，子弹的火药和弹壳是完整的，而且我的窗户和门都是关着的。

也许我有精神分裂，自己把子弹放在枕头上却不记得。我一边穿衣服一边想。

为了验证这一点，我终于拿起手机预约了一位心理医生。

我从没见过真枪，我生活中最接近远程武器的东西是在客厅墙上挂的飞镖，儿子搬出去之后再也没人用过。

从过年扫除到现在，靶子上已经落了好几个月的灰尘。

出门之前我站在卧室门口看了一眼枕头，没有去碰它。

要迟到了。

二

黄昏。

黄昏是一天中我质量最大的时候。体重随时可以依据风向折断我的双腿。

与移通客服的战斗已经持续了十分钟。

"我都说了好几遍了，我换了三个电话，五个卡槽，三张 sim 卡，六个通信区域，可这个号码还是经常接不到电话，也无法收到来电提醒短信。而且我已经给十个客服讲过一模一样的话了。我想知道这是怎么回事。"

我将不拿电话的手放进裤子口袋里，指尖触摸到一块温暖的金属。

是那颗子弹。我把它带出门了？

"请您稍安勿躁。"电话那头清澈甜美的声音说，"请问您有没有换一部电话试试呢，也许是电话的信号接收不太好。很抱歉，给您添麻烦了呢。"

"……换了，换了三部。"对牛弹琴。我在口袋里把玩着那颗子弹，"卡也去营业厅换过了，硬件问题我都排除过了。你别再问一遍了。"

"很抱歉，给您添麻烦了呢。有没有可能是您的心理作用呢？"

"……真难沟通，你的工号是多少？"

前面有个垃圾桶。

"很抱歉，给您添麻烦了呢。请问还有别的可以帮您的吗？"

她是台复读机吗？！"给我工号！"投诉她。

"很抱歉给您……"

我挂断了电话，把子弹用力扔进垃圾桶里，塑料桶皮发出"咚——"的一声。音量与我的心情很匹配。

我打开家门，子弹就竖立在客厅的餐桌上，就像一整天都没有动过。

这有可能是我刚才丢掉的那一颗吗？它比我更早回家。

回？我为什么要用这个字，听上去好像它本来就属于这里一样。

可能我已经习惯了这种状况。当然，最开始我也有不习惯的时候，但心理医生说我没有任何问题，只是告诉我好好休息。

我随手拿起子弹，朝客厅的飞镖靶子丢了过去，以为会"叮叮当当"弹到地上，结果它发出了一声巨大的闷响。

子弹直挺挺插在了靶心上。那样子就像我开了一枪，而且还正中红心。

灰尘扬得老高。

后来我又试了很多次。

这颗子弹从我手上丢出去，会有开枪的速度与力量。这么说也不准确，因为我没开过枪，但它肯定能在墙上砸出洞来。

这种力量与我无关，因为我丢出其他的任何东西，都会被地心引力牢牢的固定在抛物线轨迹上迅速落地。

那块飞镖靶子已经快被我打烂了。同样留下几个洞的，还有沙发、墙壁、树干、对面楼的外墙和一只路过的麻雀。

每次子弹离开我的视线之后，没过多长时间，就会在意料之外的显眼地方重新出现：钱包硬币暗格、外卖米饭顶层、床头杂志折页。

好吧。

我能用一颗子弹做什么呢？

三

周六。

周六是我一周中密度最小的日子。远离办公室和看望儿子的双重喜悦变成气泡，充盈我的身体。

坐在麦当基快餐店刷到那条新闻时，难免会产生联想。《移通客服人员工作时间被枪击穿头部》。下面的评论纷纷担惊受怕："客服工作的房间有很多人吧。这次枪能带进去，下次就是手榴弹了！""为什么没人听见枪声？是不是收了封口费？！""一定是恐怖分子！"……没一句说到点子上。

我也有些同情那个人。但如果有得选，我希望她是昨天和我打电话那一个。

这件事不可能和我有关系，因为那颗子弹还在我口袋里。

我儿子来了。本想站起来迎接他，却看见他妈跟在后面，我的笑容瞬间就垮下去了。

"你来干什么？这两个小时应该是我和儿子的独处时间。"

"我是来告诉你，我们的协议到期了。如果你再不给抚养费，下个月开始，你和孩子见面的机会将会降到一年两次。"

她知道我给不起。这个该死的女人一离开我，就在她的律师未婚夫的帮助下，成功让抚养费的金额涨得比我的工资还要高。

一年两次？对八岁的孩子来说，那和陌生人没什么两样。

她转身走到店外的车里去了。我低头看向儿子，他怯生生地看了看我，又转头看了看点餐牌。

"乖儿子，想吃什么就点。"我右手给他发送支付码，左手在裤子口袋里，紧紧地抓住那颗子弹。

如果她死了，作为孩子唯一的亲人，我是不是就可以直接拥有抚养权了？

这有可能吗？我在人群之中用这颗子弹杀了她，却不被任何人发现。就像杀一只麻雀。她的车窗开着。我们之间只隔着一扇玻璃门。

我默默地用裤子口袋擦掉子弹上的指纹。

好几天之后我才想起来，这一步其实是多余的。因为警察根本没有在她脑袋上的弹孔里采集到子弹。

当然采集不到。我喝完一整杯可乐，看见子弹冻在杯底的冰块中央。

我开始喜欢这颗子弹了。

隔天儿子在客厅看动画时,我在搜索前妻的死亡报道,什么也没查到。也许那边商区的老板不想让事情闹大,也许报道标题用了我没想出来的字眼。

算了,我也没那么在乎。

我仔细地看了看子弹,它的形状还是那样,不像电影里用过的子弹一样被撞扁变形。也许颜色变暗了一点。

但我也不太确定,应该说此前,我从没认真看过它。一个月以来,它反复出现又反复被我丢掉,像空饮料瓶或者盒饭的竹筷。

我不再丢掉它了。

四

周一。

周一是我咖啡因含量最高的日子。这一天我得开四个小时的会、汇报上周的凄惨业绩、在地铁被挤成沙丁鱼、辅导儿子的家庭作业、让几个看不顺眼的人上新闻。

但是今天例外。经理没有出现在会议室。挺好的,他上次说再垫底就开除我。

我变得自信起来,生活也好像顺畅多了。老说我坏话的丽姐没来上班。每天在朋友圈刷屏代购八百条的老同学今天消停了。在贴吧和我吵架的喷子讲到一半就不回了。

那颗子弹总是会回来。至少我以为是这样。

它好像又暗了一些，现在看上去有点像深灰色了。

还挺好看。我想。

这颗子弹是我的，我喜欢深灰色。

五

几天之后，它不见了。

我以为它会在我的裤子口袋里，但那个地方除了一个洞以外什么也没有。

那一天突然变得特别痛苦，我只能默默忍受地铁上呼来跑去的孩子、震耳欲聋的广场舞、随便闯红灯的路人和外卖骑手，平时我也经常见到这些人，但从没有这么恐慌过。

熟悉的道路变得充满敌意。

我得赶紧回家。孩子在等我。

"这个简单的问题用二元二次的方程就能做了，不用一个个数，你算好给我看。"

"爸爸，'方程'是什么意思？"

我突然不知道怎么解释。这感觉有点像你对人说冥王星不是行星，那人却问你"冥王星"是几月份的星座。而且我还在想子弹去哪儿了。

"爸爸累了，你自己做一会儿好不好？"

"爸爸，妈妈到哪儿去了，她会教我做作业。"

"妈妈走了，以后只有爸爸了。"

"你骗人。"他丢掉橡皮以表达不满，"妈妈也说爸爸就快走了，以后只有妈妈了。"

这个该死的女人。

我把橡皮捡起来："不能乱丢东西。今天不会做就别做了，明天给你找个家教。"

"爸爸，我要吃冰激凌。妈妈每天做完作业都给我吃一个冰激凌。"

"今天没有。去刷牙睡觉。"我把橡皮递还给他。这孩子反复提他妈是在故意气我吗？

"我要冰激凌！冰箱里明明有！我要妈妈！"他大吼大叫，把作业和铅笔推到地上。我一把将他拎起来，他"哇哇"大叫，把拽紧的橡皮丢到我胸口。

我找到它了。那颗子弹。

它在橡皮里。

六

现在是黄昏还是清晨来着？我的视力好像变差了，身体也变重了。

儿子到底有没有明白从我胸口流了一地的是什么？他绕到我视线后面，我没有力气翻身回头去看他。他又绕回我视线前面，手里拿着那颗黝黑的子弹。

他看看我，看看作业，然后把子弹放进口袋里。

我突然有些后悔了，后悔我没有同意孩子的要求。不就是一个冰激凌吗？我的生活多顺利啊，怎么就不能给儿子一个冰激凌呢？

还好他是个有主见的孩子。

厨房传来打开冰箱的声音。

黎明之前

20

黑暗中漂浮的"幸运数"从 20 变成 19 的时候,米雪揉了揉自己的眼睛,恍惚间以为自己在家。

她想起了妈妈卧室那台用了很多年的鱼缸日历,日期、时间和预设日程漂浮在水里,与其他的全息热带鱼一起缓慢游动。有一段时间,鱼缸的中央显示了一个数字,像石头一样立在那里,每天不容分说地减一,来提醒房间主人职业生涯的结束。那时候自己还太小,理解不了那份倒数与生命或死亡的关联。

现在她理解了——虽然细节上有些不同,那台鱼缸也早已卖给了废弃电器站。

她累瘫在座椅上,感受着被人造革坐垫减轻后的行车震动,和休息不足带来的头痛。仿生蜘蛛机械腿在奔跑时产生的节奏源源不断地从她身下传来，像电子合成的规则鼓点般连贯稳定。

副驾驶座上，白绷带在弱光线中隐隐显露出杰拉德四肢的形状。他仍在昏睡。

她已经放弃寻找数字下降的原因。她试过检查各部件耗电曲线、仪表记录、车内气压气温、空气成分和空空如也的行车安全报告箱，所有的地方看上去都稳定无误。可那个数字确实在下降。如果它在找到大船之前降到零，她将再也见不到杰拉德以外的任何人。

什么"幸运数"嘛，简直是死亡倒计时。她自嘲地合上眼睛，感到筋疲力尽、口干舌燥，仿佛全力奔跑的不是她脚下的车，而是她自己。"19"的白色幻影在眼睑内停留的时间比她想象的还要长。

她闭着眼将头转向控制台侧面的垃圾槽，无声而虔诚地道谢与道歉。

∞

36 个小时前。

在米雪说到自己一次都没见过沙泉星的全貌时，杰拉德才意识到自己从太空里看这颗星球的次数并不比一个实习的毕业生多。漫长的自转周期和极热的向日面，是袁隆平号在这颗金属沙漠覆盖的荒芜星球表面视线并不开阔的主要原因——所有的人为活动都只能在夜里进行，否则别说人了，仪器设备也受不了这里白昼的高温。

杰拉德这会儿并不想聊天,他正穿着不太舒适的隔离服站在舰外细沙乱舞的硫基大气里,紧急更换被碎石损坏的蜘蛛3号分离舱腿部零件,十分钟前他们就该回大船上去了。所以比起隔着头盔话筒把话题接下去,他更想赶紧拧好最后一颗螺丝。沙泉之阳就快爬上地平线,气流也越来越明显。

即使到了距离太阳系的万亿公里之外,人类站在行星的表面,还是习惯下意识地忽视恒星名,把头顶又大又热的火球叫作太阳。杰拉德这么想着的时候,米雪的声音又从头盔里传出来:"杰拉德,大船在催了,我们该走了。"

"这就来。"他确认所有零件都就位以后,钻回分离舱里并飞快地带上舱门,把风沙挡在外面,然后一边按下快速换气的按钮,一边敞开闷热的隔离服,只留头盔。驾驶员米雪戴着头盔没有穿隔离服,风沙不大,还不至于从舱门吹进来伤害到她,但此地的天然大气完全不含氧,所以到袁隆平号外部工作要戴呼吸头盔是最基本的规定之一。

她头也不回地敲着分离舱控制台的其中一个屏幕,复杂的键盘在她的手指下不断变幻。杰拉德想,我这辈子都不会记住那几千个按键都有什么用,它们甚至没有标识。

"阿维,这里是3号,蜘蛛腿功能恢复正常,任务结束,现在回车库。"阿维是袁隆平号的二副,也是分离舱在大船外部行动时的通信员。

"好的,3号。垃圾已经倾倒完,袁隆平号在300秒后启程。"米雪将300的数秒拖到屏幕角落。分离舱底部展开八支折叠的三段式机械臂,像真正的蜘蛛一样迈开腿走进袁隆平号的车库。阿维又说:"动作快点，开饭了。"

"已经在车库了，你先去吧。"在米雪轻车熟路地操纵下，蜘蛛车转动攀爬到车库壁中央大小合适的椭圆槽里，灵活的蜘蛛脚重新折叠收拢。她向大船发出关门换气命令。

车库外门会关上、车库内会换气，然后通往袁隆平号内部的门会被打开。杰拉德听见阿维的话时，正在想象晚饭的菜色，今天是周四吗，还是周五？但愿是周五，每周只有这一天晚上会吃养殖肉类，配真正的酿造酒，而不是合成豆泥、速生蔬菜乱炖酵母肉和浓缩冲调的快餐饮料……

"呃……杰拉德，你能去看看车库门吗？"米雪打断了杰拉德的想象，"我这里显示发出了关门指令，但还不能换气，一定是还没关紧。"

米雪忙着做收工前的常规检查。杰拉德不喜欢非日常，但还是解开安全带，一边在大脑里搜索所有可能出现的状况，一边离开了座位。最坏的情况是车库门被小块金属砾石卡住了，一般而言，只要开门再关就行，如果不幸损坏了密封胶，就先用速干泡沫封上，到了下一个停船的地方再修，因为袁隆平号马上就要启动了。

等他钻出车门才发现，外舱门并不是没有关好，而是根本就没有关，门外强光灯下的银沙和远处空洞的黑暗一览无余。

"这不可能。"米雪将车后壁调成透明并转身去看，然后重新敲进了关门指令，计算机像刚才一样显示指令发出，却不见下文，门也依旧不动。屏幕闪烁出显眼的红色提醒，300秒的倒数已经低过100，大船马上就要开了。

"阿维，关上3号车库门。阿维？你能听见吗？我失去了对大船车库门的控制，阿维？有人在吗？"

没有任何回应。杰拉德已经听见远处生活区电压转换器关闸的沉闷声响，开船前60秒就会像这样限制供电。没时间了。

不顾米雪的制止，杰拉德仅仅戴着头盔就跳下车去。车库空间很小，靠里停稳的蜘蛛车离外舱门之间只有一步之遥，舰外的风沙正溜进来，细碎坚硬的金属砂打在杰拉德头盔上"叮叮"作响，几颗尖锐的沙子划破了他裸露的手臂，但没时间回去穿隔离服了。他还开着头盔话筒，能清晰地听见蜘蛛车里的倒计时通过米雪的头盔传过来。这个厚重的车库门本来就不是为人力关门设计的，甚至没有一键关门的按钮，他找到紧急摇杆，朝着说明的方向拼命旋转。

门刚开始一点点地关上，米雪就大喊："杰拉德！快进来！"

倒数只剩下几秒钟。杰拉德只好丢下摇杆跳进分离舱，但车库门才旋上一小半。袁隆平号外部的照明灯光徒然关闭了。米雪展开全部八条机械腿撑在四周的墙壁上，希望能够固定自己。

但这没有起到多大作用，蜘蛛腿的固定只是将他们被丢出去的时间推迟了几秒钟。在突如其来的黑暗与静谧中，控制台的屏幕流淌出仅有的人造光芒。伴随着刺耳的金属弯曲声，蜘蛛车被袁隆平号加速产生的巨大惯性向后抛往门外。

摔到铁沙地上的蜘蛛车向前翻滚滑行了自己长度的十几倍距离，才终于消耗掉动能安静下来，好在杰拉德已经系上了安全带，车门也在千钧一发之际关上了，没有沙子灌进来。他和米雪望向袁隆平号离开的方向，只能隐约看见一条长长的沙痕，消失在黑夜中。

　　*

　　米雪的第一个反应是追上去，但她立刻就放弃了这个想法。跟袁隆平号的星际航行加速器比起来，不论从哪方面看，蜘蛛车分离舱都只能算得上是个玩具。

　　她尚未从过山车般的翻滚中缓过来，大喘着粗气、手忙脚乱地尝试通信，好几次点错按键。

　　"米雪？你没事吧？……车坏了吗？"杰拉德的声音把她从慌张中拉出来，米雪这才发现车是倾斜的，她快速检查了车身损伤。

　　"我们失去了一只腿……是你修的那条。"她怨念地看了杰拉德一眼，解开安全带跑向侧后方，一条从关节处折断的机械蜘蛛腿只剩下最上面一节，在其他腿整齐划一地对比下像是超市里被打开的食品包装般不合时宜。

　　杰拉德把呼吸头盔丢在一边，站到她身后："可能是撑在车库里时弯矩太大了……这样子没法修，而且也不知道消失的部分去哪儿了。刚才是……"

　　"这就是你修的腿？！"米雪瞪向杰拉德问，她匆忙跑回座位上，继续尝试全频率通信。

　　杰拉德觉得委屈，但并不想争吵，一边找急救箱一边说："就算是装十六条新腿也撑不住的。"

　　米雪以背影回应他。

　　"刚才……"

"你闭嘴!"米雪情绪激动,但话刚说出口就后悔了。

杰拉德听后一怔,没有再说话。他已经找到了急救箱,却发现看不懂那些药瓶上的名字。他看看米雪,又看看窗外的断腿,只拿了包消毒布,蘸上饮用水擦洗了两下遍布血道子的手臂,就把箱子放了回去,开始检查蜘蛛车的物理损伤。

蜘蛛车重新跑起来,缺少一条腿的脚步声让米雪焦躁不已。

两人在各自的工作中沉默着。

$$-2000$$

"林克舰长,我不明白你的意思。"

"我是说,你们登舰之前中断了短波通信的磁暴干扰是来自……"

"那部分我听懂了,"杰拉德忍住米雪重新处理伤口造成的刺痛,"我是问'无能为力'是什么意思?"

一阵短暂的沉默让他更加懊恼,对方明显是在寻找合适的说辞,而这说明自己的理解没错。

"听着,杰拉德,米雪,这不是私人决定……在你们失联的十几分钟里袁隆平号已经走了几百公里,支付不起掉头去接你们的能耗——实际上现在的临时停船已经消耗了大量的备用燃料来减速——扣掉回家的太空飞行部分,剩下那点燃料勉强够我们重新加速,按原计划去最后一个矿点干完这趟活。连热水浴都已经取消了,上次这么省电还是银河系一战的时候。"林克停顿了一小会儿,他无声地叹了一口气,

"我不能拿全舰人的性命做赌注去接你们两个人,也不能中止开采,这些矿并不属于我个人。"

"那你什么也不用做,我检查了车里的剩余燃料量,完全够跑到你现在停泊的位置。实际上我们现在就在跑……"

"袁隆平号将在我们通话结束后 600 秒内重新启程。"

"不!就连待在原地等等都不行吗?我只需要大概三十个标准小时!"

"起风了,杰拉德。"林克从舰长控制室的舷窗收回目光,窗外侧凸出的下沿积起了预示沙暴的细沙,他控制着自己的音调和情绪,"我们得尽快启程……"

"你不能这样丢下我们!"

米雪做完急救,关上沉默的医药箱。杰拉德不顾一切冲出去时,裸露的两手臂被乱蹿的金属沙划出几十道划痕,好在伤口都很浅,几乎没有流血,他自己也第一时间用清水擦洗过了——在二氧化硫大气里流血也不是好玩的,溶于血的亚硫酸会造成比创口本身严重得多的二次伤害。她已经冷静下来,看着杰拉德那幅与其说是生气,不如说更像是不可置信的表情,一边考虑着所有的可能性。

停下蜘蛛车等待袁隆平号以外的救援是不可能的。沙泉星表面硫质丰富的大气下盖满了比热容较小的金属屑,它缓慢的自转产生了地表天壤之别的日夜温差,因此所有的剧烈气流几乎都聚集在昼夜的交替线附近,风一大就刮沙。严重的沙暴天气里袁隆平号除了祈祷不要被埋起来以外什么也干不了,像蜘蛛车这样的小型分离舱更是死路一条。

说来可笑,扬沙天气唯一有效的预测手段是经验:起风了就赶紧跑。开采路线和季节选择了统计上风相对小的状况,但仍然常见一些中小型的随机风沙天气,蜘蛛车3号的玻璃外壳此刻就在接受弱沙雨的洗礼。随着日出到来,更强的沙流和接踵而至的高温都是要命的,袁隆平号急着走也情有可原。

正因如此,现在赶过去肯定是来不及的——虽然3号仍然在一刻不停地奔跑中,但林克的判断很正确,沙暴随时会突然吞噬原地不动的袁隆平号,而且越等待下去风险越大。一辆蜘蛛车填满燃料槽只能跑800公里,他们的燃料在下船时几乎是满的,离主舰也只有660公里,但等这辆慢吞吞的蜘蛛车跑到大船现在的位置,它早就停在2000公里之外的矿点了。

即使再派另一辆蜘蛛车来也行不通:一来一回除了将路程能耗变成双倍以外无济于事。

她在不大的空间里沮丧地走动、张望,试图找到些有用的东西。她从后部的车窗望向来时的方向,蜘蛛车沿着大船留下的印记前进,在宽阔如道路的沙痕上留下机器缝线般规则的脚印,这些脚印又笔直地延伸到灯光与视野之外。孤独的涩果如鲠在喉,她从未觉得黑夜如此接近死亡的鬼魅。早知如此,何必要听从母亲的安排放弃从小喜欢的医学,去修热门的星际矿业工程?

她想象窗外持续后退的划痕那一端,袁隆平号之前停泊过的地方,还堆放着工业废物,那些光照下棕黑色的固液混合物小山丘,夹带着青黑油亮的结晶团和带金属光泽的不规则杂块,如今应该已经融入黎明之前的夜色。

开采船的惯常作风，在哪个星球采，就在哪个星球加工和弃料，绝不带回哪怕一克多余的质量。没有人在乎另一个星球愿不愿意接受这些，人们飞到银河系所有他们认为有价值的地方去吃霸王餐、留下几堆飞船的排泄物，然后心安理得载着抢来的战利品回到人类世界，宣称自己的作为完全合乎人类法律。

那堆弃料里绝不会有燃料补充，它们看上去多像历史书上黑漆漆的石油啊，可是陌生的星球上又怎么会有高速公路加油站呢。

米雪出神地思索着这个念头："杰拉德，如果我们在路上有燃料补充的话，是不是有可能坐蜘蛛车一直跑到矿点？"

"保持通话，林克，给我几分钟。"杰拉德争分夺秒地转过身，"燃料补充？当然，如果你真的想问那个两千公里之外的矿，而且确保我们运气足够好没碰上沙暴和承轴损耗过度的话，那么是的，理论上是有可能的——谢天谢地空气在车里是可以循环的。恕我提醒你，太阳能是用不了的。所以我们用什么补充燃料？金属沙还是二氧化硫？别说碳了，这里连氢都没有，这颗星球上所有的燃料都在袁隆平号上。"

"没错，他们剩下的也不多，但是你忘了一件事。除了袁隆平号自己正在使用的燃料槽以外，还有一个地方有一点点燃料：其他的蜘蛛分离舱里。"

杰拉德一愣，随即冷静下来。他们坐的是蜘蛛3号，而1号和2号都装满燃料待在自己的车库里。三盒燃料能跑接近2400公里，而他们只需要2000公里就够了。随着飞快地估算，他的表情渐渐有了笑意，但突然又严肃了起来。

"燃料没有合适的隔热容器。"杰拉德用手比画蜘蛛车的形状,"我们在这儿,车上半部分的胶囊舱体里,燃料箱在这儿,胶囊舱和下部蜘蛛腿之间的小盒子里,它整个被车的上下两部分包裹起来了。盒子的材料比其他部件要脆弱一些,也不抗热耐磨,投放在路上以后即使没被沙子埋起来,也极有可能因为热胀冷缩或风沙磨蚀而泄漏,外面的气温已经在升高了。"

米雪撑着下巴,试着接受这个不尽人意的解释,但显然杰拉德才是机械专家。

"除非有东西把燃料箱和外面的环境隔开,"杰拉德看着脚底的地板,"比如整辆车。"

他的眉头舒展开来了:"你是个天才,米雪,你救了我们的命。"

14

……简单说来,目前我们还剩 14 公里的燃料可以浪费。

燃料和路程就是一切,所以我们有一个公式用来计算允许范围以内"可以浪费的公里数":脚下这台蜘蛛车还能跑的路程,减去需要跑的剩余路程。前者用剩下的燃料和当前能耗算出来,后者则来自通信定位。公式的结果也可以看成是我们活下去的可能性:只要结果是正数,我们就能活。所以杰拉德直接叫它"幸运数"。

从最开始的起点算起,袁隆平号将要停船的矿点距离我们2000公里,蜘蛛车的最高速度是20公里每小时,不停脚的话,要跑整整100个小时。不得不说这辆车真的太慢了,还不如老式居民小区的外骨骼电梯。

去掉一百小时的维生、探路、排沙和无线电,所有剩余的燃料大概能跑两千两百公里,为了以防万一,只算两千一百公里。

三辆车会接力平分这两千一百公里。我们所在的蜘蛛车是3号,2号会在七百公里之外,开着信号发射器与一盏灯等待我们。

哦,我忘了,你一直住在大城里,可能很少见到超过10米不开灯的地方。在沙泉星,夜晚没有任何照明,没有路灯也没有发光生物,除了我们自己的车,唯一不是黑色的东西是天上的银河。所以,如果蜘蛛2号出现在方圆几公里以内,我们绝不会错过它。

见到它以后,我们会离开现在坐的车,到2号上去,那辆车里有满的燃料槽和食物。当然现在这辆车上也有吃的,但都是些应急冷粮,也不够吃5天。你不是总觉得我应该增加些体重吗?也许你是对的,回家以后我会试着吃多一点。

如果我还能回家的话。

"你在干什么?"杰拉德拿着扳手和不知从哪儿拆下来的板材问。

"写信,"米雪头也不回地说,"万一回不去了,我希望有人知道发生了什么。"

"我想你应该知道,这辆车的紧急通信频道是不能隔这么远向袁隆平号发长信的。"

"等蜘蛛2号足够近了,就可以近距离通信,信会和我们一起走。如果我们回去了,车一进入袁隆平号内部的网络覆盖范围,信件就会自动发往人类世界。如果没回去,起码信最后会和我们一起被找到。"

她想起杰拉德的伤,这才转头看了一眼,却发现习惯了屏幕的眼睛一时什么也看不清。她想,2号和1号现在都开着灯,可我们却连这点照明电力都要节省。可见光谱那么短,离开了灯,人眼在黑夜里无异于深海盲鱼。

"那你又在干什么?"

"给3号做体检,找找过度磨损或老化的配件,有备无患嘛。"

也许他在为蜘蛛腿的事情自责,米雪想,也许我不该冲他大吼大叫。

她什么也没说就转回身来。

杰拉德耸耸肩,又去折腾自己的事情去了。

米雪看着刚写的信,想了想,把最后一句话删掉了,继续写道——

……会试着多吃一点。

放心吧,现在的食物状况还不至于需要损耗体重。

再次行进七百公里以后,我们会碰到最后一辆1号蜘蛛车,不过和前一次有点不一样,这次我们不出舱。我好像提过,这里大气的主要成分是二氧化硫。虽然不至于在几秒钟内伤害到干燥完整的皮肤，但它好歹有点弱腐蚀性，我们俩只有一件隔离服，也不想冒不必要的风险。

我会操作2号蜘蛛车把1号上半部分的胶囊舱从腿上推下去，再把自己连人带舱挪到那组没头的腿上，这样我们就又有了新的燃料槽，也不用冒险去车外了。每次得到新的燃料槽，"幸运数"都会更新。

这辆新车也许应该叫1.5号蜘蛛车？听上去不错，有种突破常规的味道。

计划就是这些了。其实我完全可以回去以后当面给你讲的，但是我怕碰上沙暴回不……

米雪停顿了一下，再次删掉了最后一句话。

计划就是这些了。我写这封信只是因为车上没什么好玩的，所以想跟你说说话。祝我好运吧。

噢，还有一件事，我突然想到的。

刚才不是说船上另一个人受了点伤么，我给他急救了一下……他的手法太可怕了，简直就是在糟蹋自己。其实我之前偷偷去上了几节医疗选修课。当然了，这不是要去当医生的意思，别老觉得我只会跟你对着干。只是学校里的矿产课太简单了，所以我去找了点事情打发时间而已。你不会怪我吧？

米雪将信件设置成一联网就自动发送。她回头看着正在墙角敲打折腾的男人,生死存亡的焦虑战胜了人际关系的羞愧。

"杰拉德,你见过沙暴吗?"

"当然见过,你不是也见过吗,工作指南里的航拍照片。"他漫不经心地回答,一边用便携地质锤专心地拆卸隐藏在墙体里的折叠薄桌。

"我是问真的沙暴,你亲眼看见过吗?"米雪不安地追问,"如果路上碰见沙暴了怎么办?大船还没走远,船上有没有可能会派上用场的东西?"

"有,"杰拉德轻轻笑了一下,他并没有讽刺的意思,而是真的觉得好笑,"不过真碰上沙暴的话,那些东西在放在船上会比在我们手上更有用。"

"是什么?"

"你的遗物。你那位笔友会想要的。"

11

米雪睡得很浅。这几天就连梦里也都是沙砾敲击胶囊舱的细碎金属声音,这些声音充斥着每一个场景。她梦见那件被妈妈扔掉了、又被自己偷偷捡回来藏在床底的白大褂飞在高空中,被漫天"叮叮"作响的沙暴撕成了碎片。

醒来的时候她觉得睡眠不太好,毕竟在持续奔跑的蜘蛛车靠椅上睡觉,是会有点不舒服的。她在黑暗中摸到座椅的靠背调节器,将放倒的椅背竖起来，同时活动肩颈。视线里唯一亮着的是控制台屏幕上显眼的"11"和时间，看来就快到下一辆蜘蛛车的位置了。

她觉得有点不对劲。在有动作之前，她稍微感受了一下环境，发现了那个不对劲之处：细沙"叮叮当当"的声音没有了。这是个好消息，在风沙停下来的时候离开胶囊舱的保护当然更安全。

"醒醒杰拉德，我们快到了。"米雪一边说着一边点亮手边的小屏幕，在上面寻找 2 号的无线电波方向。"外面天气不坏。"瞟过屏幕一角的 11，她想起睡觉之前这个数字还是 13 来着，到底是些什么因素产生了计算以外的耗能呢？这个念头一闪而逝，无论如何有这么多剩余能源，安全到达二号蜘蛛车应该没问题。

杰拉德打了个哈欠，左右看了看，只能看见荧光照射下米雪的脸和亮度不太高的屏幕。两天下来他们几乎已经习惯了在光线很弱的环境里进行大多数活动："你得把舱壁的玻璃调回透明的才能看见二号，光靠那个小面板可不行。"

"你还没睡醒吧？上路以后我从没把舱壁调成不透明的。"米雪笑道。

"可是我看不见星星，米雪，沙泉星可没有云。"

米雪的手指动作停下来，微笑也凝固在脸上。她打开车周的强光探照灯，车身的环境亮了起来。在惨白的喇叭形光柱里，无数细小的金属沙以不规则的轨迹疯狂运动。沙子时而全部向同一个方向冲刺，时而打散并向四面八方胡乱扩张。她想起电影里看过的古代地球冬季，路灯下的暴风雪也是这样的场景，不过温度应该大有不同。

"为什么没有声音？我以为声音停下来了。"米雪感到恐慌。

"也许是敲击频率太高了,超过一定频率的声音人耳就听不见了,"杰拉德飞快地说,"我们的路线正确吗?还要多长时间到2号蜘蛛车?"

"电波有点微弱,断断续续能接到一点,还有不到十五公里。正在校正路径。校正完毕。奇怪……风速并不大。"

杰拉德站起来,隔着弧形的玻璃仔细观察外面。能见度很低,沙子的粒径比之前要小,几乎介于沙和尘之间。他们应该跑到了一个细沙区,细沙区附近的海拔应该相对低,也就更难以受到全球大气环流的影响,所以四周的风才不是直直地往一个方向吹。这是不幸中的万幸,往一个方向吹的强风通常伴随着很高的速度,人根本就不能在舱外保持平衡。

他深吸一口气,看向紧张的同伴。

"米雪,冷静听我说,这不是沙暴,只是局部的乱流。别太担心,"他瞟了一眼幸运数,"我们能源充足、信号良好,而隔离服完全能承受这种程度的细沙流。"

"可我们只有一套隔离服。"米雪眼里写满了恐惧。

杰拉德只思考了一秒钟:"我们可以用垃圾槽传递隔离服。"

"垃圾槽?"

"就是这几天我们丢生活垃圾的地方,不需要电力就能手动运作,所以没写在系统操作指南里,你也就不熟悉,看这儿,这个横着的小桶就是。它其实是上侧面开口的半边细长圆柱体,我们从车里将东西放进去后再往外推,它会自己绕轴旋转半圈,变成开口朝下,东西就倒出去了。这就像大船排掉废矿液一样。现在它是空的,也是因为我们的生活垃圾已经倒出去了。

"你走到1号车以后,把隔离服脱下来放进你那边的垃圾槽里。我只要用一把螺丝刀就能把我这边的槽改装一下,让它在舱内开口朝下、伸出去的时候开口朝上,使它对准1号车垃圾槽的垃圾口,并接住从里面倒出来的东西。这样,我只要把垃圾槽拉进来,你放进1号车垃圾槽的衣服就到我这边来了。很简单的改装,还记得蜘蛛车的广告词吗?哪儿都能改装。"

他说着取出叠好的隔离服递给米雪,不容分说地盯着她:"现在把这个穿上,等遇见2号了,按我刚说的行动,你先过去,然后把衣服塞进垃圾槽,不会有问题的。"

米雪将信将疑地看了杰拉德一会儿,然后穿上了隔离服。他们分享了饮用水和最后的食物。2号蜘蛛车很快就能看见了,虽然它的灯光在这场细沙流中几乎难以从远处辨识,但无线电波传输还能正常工作。

米雪停好蜘蛛车。在开门离开之前,她确认杰拉德戴好头盔站在了离舱门最远的地方,不会被吹进来的细沙伤到。比起坚韧的隔离服,人类的皮肤简直不堪一击。

她打开门,立即能感受到风的压力,金属砂"刷刷"扑到头罩上的声响震耳欲聋。两辆车的舱门很近,于是米雪干脆站在门内,伸手去开2号的舱门,然后直接从前一辆车跨到后一辆。保持平衡,她想,保持平衡。

才刚刚在2号车门口站稳,米雪突然感到被推了一下,一个踉跄差点没摔倒,转身看发现杰拉德倒在旁边,浑身都有血从衣服里渗出来。

舱门已经被他关上了。

　　一时之间，米雪被杰拉德没穿隔离服就跳车的事实惊呆了。"你疯了吗！"米雪大叫着给车换气，然后飞快地脱下隔离服和两人头罩，一边找出了医药箱。她剪开杰拉德的衣服，用酒精擦洗长长短短的划伤上可能沾染的二氧化硫，止血止痛、消炎包扎。虽然只有一秒钟，但划破杰拉德衣服和皮肤的割痕几乎布满整个身体。他心存感激地看着米雪忙碌，强忍住喊疼的冲动说："话说在前头……我可不是为了证明什么，只有这样才能救我们俩。"

　　米雪以沉默和继续处理伤口的动作回应他。

　　杰拉德见她不说话，又问："现在我们是一伙儿的了吧？"

　　米雪哭笑不得："我还有的选吗？"

　　一个小时后，杰拉德全身包满纱布，在药物的作用下沉沉睡去。米雪起身擦净手上的血渍，注意到幸运数的算法已经传输过来。看久了之前 10 左右的小数字，"30"让她有点不适应，缓了缓才想起来脚下的燃料槽和车都是新的了。

　　她回头看了一眼舱门大开、风沙往里灌的 3 号蜘蛛车，它残存的能源仍然支撑着探照灯的运作，但大概也撑不了多久了。

19

　　……包扎完之后，他就一直睡到现在。

　　后来我仔细检查他所说的垃圾槽，在里面找到了一个小型的压缩器和连通储物袋。我把医疗废物丢进去，将圆筒推进去再拉出来，储物袋里就多了一小团压缩垃圾。这个装置并不会通往车外，他早就知道了。

我猜他知道细沙流的攻击力，也知道自己受的伤不致死。

老实说，他这么做让我想到了你。你们都有那种，救别人命的时候不把自己当回事的毛病。

他还疼得睡不着的那会儿，我在内心里不停埋怨这种危险行为的愚蠢之处，又想认真谢谢他，还想为之前顶撞他道歉，但总觉得说什么都不太对，结果一个字都说不出来。原来即使在写信的时候练习过了那么多的对话，还是会碰上这样的时刻，所有的语言都是苍白的。也许我和你一样不擅长表达。

算了，聊点别的吧。你知道多少关于沙泉星的事情？我来这里以后你有没有查过？

沙泉星系只有一颗恒星和一颗行星，而且在第一悬臂尖端，所以我现在可是在银河系的边缘和你说话。

如果从太空俯瞰沙泉面向太阳的那一面，你会看见一个银灰色的星球和它淡黄的南北极，那是漫无边际的铁漠和高纬度硫线以上的硫晶。

低纬度的昼夜分界线上经常沙暴连天。而没有风的地方，每一粒金属沙都反射着断面的光泽，细碎的光连成平静刺眼的银色大海。风化作用撕扯一切直径大于几毫米的地表固体。

这里的昼夜很长，位置也偏僻，听说星际旅游局最开始是考虑将沙泉改造成旅游景点来着，供那些对晚霞和朝阳有特殊偏好的人们度假休闲用。他们原打算在星球表面做出人造大气和云，然后游客就可以坐在旅馆和公园的透明穹顶里一口气看上好几个小时的朝阳或晚霞，特别有挑战精神的也可以租赁蜘蛛车出去走走，就和我现在坐着的差不多的蜘蛛车。

  这么想来，在他们最初的考虑里，我可以归类到有挑战精神的游客了吧，哈哈哈！

  是你的话，一定会嫌这种度假太无聊吧。

  可惜的是，第一艘考察船没做好准备工作，刚降落就被沙暴赶跑了，沙泉的气候改造计划也就无限期延后，矿业于是提上日程。袁隆平号本来也就剩下最后一站了，就在我们赶路的这会儿，他们应该在忙着提纯贵金属单质呢。没意外的话，我们到大船时应该正好赶上收工回家。

  米雪突然紧张地看向幸运数，确认它仍然是19，接着又回过头，忧心忡忡地朝背后看了一眼，地平线上那点涣散的薄光在细沙流中若隐若现，好像比刚才强烈了一点，她告诉自己那只是心理作用，强忍住不去想这个念头：幸运数越来越小，说话的人越来越少。

  环顾四周，除却太阳，这只铁漠中疾驰的蜘蛛是唯一可辨识的光源。

  昏暗的环境和紧绷的神经让她昏沉疲倦，但她是车上最后一个意识清醒的人，她不想因为睡觉而漏过任何紧急状况。

  说到朝阳，其实我现在所在的地方离日出也挺近的。

如果待在原地不动，太阳只要几个小时就可以露出头来，那样的话我们就完蛋了，在其他辐射到达致命剂量之前，热量会首先摧毁这辆车的半数零件，然后把没来得及融化的胶囊舱变成外星烤箱。不过别太担心，我们正向着与自转相反的方向，用和日出差不多的速度跑，所以还可以保证一段时间以内是黑夜。

这种体验其实挺有趣的，想象自己是见不得光的夜生动物，在无水无粮的荒地上，背向残忍的光明追兵逃亡。听上去像不像一个很酷的童话？

车上的能源还够用，而且到碰见蜘蛛1号的时候，就算蜘蛛2号的燃料没用完也带不走了。蜘蛛1号和袁隆平号的无线电信号也能断断续续收到。

沙泉星当然是没有信号站的，对我所在的这种小型地面车而言，远距离通信的前提是接收方的位置（或者说方向）固定。因此已经在预设位置停船的袁隆平号可以收到移动中蜘蛛车的发信，但反过来就得碰运气。

大船会在6度的扇形区间里来回扫射发信，并给发出的消息按顺序编号，目前看来我正好收到消息的频率大概是1/130左右，所以他们每条消息会间隔一分钟连续发二百次，都是说些天气和现状的事情。

这样间隔两三个小时一条短消息的效率实在没法用来聊天，不过至少我可以用这种方法来检查前进方向没问题。最近几条消息还有些损坏,大概是因为细沙流里的静电影响……希望不是天线的问题,它在车顶接受着和胶囊舱同样程度的风蚀,但远不如后者结实。

要是天线坏了,我们在看不见星辰的情况下很容易迷路。就算没坏,如果细沙流扩大成沙暴,我们也会被卷走。话说回来,一会儿换车也是我从没进行过的操作,要是出了问题就得穿上隔离服下车去,站在细沙流里修车。好像不论哪一项都挺惨的。

工作可真不容易啊,你还是医生时也碰见过这种横竖都要完蛋的情况吗?

噢,如果这样我都安全到家了,是不是就叫九死一生?如果真是那样,我想去做点之前没做过的事情……也许请假去旅行,养条真正的活鱼,或者辞职去学医。

我就随口说说,还没决定呢,你看着可别生气啊。

杰拉德好像有动静了。再聊。

"你醒了?感觉怎么样?"米雪的声音在黑暗中听上去惊喜又憔悴。

"感觉……很饿。"他试着坐起来,全身的皮肤都在疼。

米雪苦笑了一下:"那是当然的,你已经发烧昏睡三十多个小时了。"

"这么久?!"他强撑着坐起来,摸到了身上的绷带,"谢谢。我就知道你有点急救本事。"

"你怎么知道?我应该从没提过。"米雪脸上有些热,她以为自己的秘密保守得很好。

"得了吧,图书室的借阅记录都是公开的,你只看医学书。"杰拉德反而一副无所谓的口气。

原来自己对医学的兴趣很明显吗?她会不会也早就知道了?米雪觉得不好意思,只好硬着头皮继续说下去:"伤口没有恶化,不过绷带不够用——有些从你受伤到现在一直没有换过。我把隔离服的内衬剪下来给你包扎上了……万幸的是抗生素和止疼药还有。我调低了空调的温度来减缓绷带发臭。"

"没关系,反正也快到1号车了——外面天气怎么样?"他心有余悸地张望。

"细沙流还没有停,但已经小多了。照这个趋势,到袁隆平号那边就没有风了。"

"1号车呢?"

"已经快到了。"米雪说着,看向车外,"你再忍耐一会儿吧,过去了再吃东西。"

为了看见一号车,米雪关上了所有的灯光。在他们的正前方,最后一辆蜘蛛车的白光远远氤氲在翻腾的灰霾之中,已经等候多时。

28

"我还是看不出戴上这个头盔的必要,我们根本不会接触到一丁点儿外面的空气和飞沙,也不用打开车门,"米雪咧嘴一笑,"你可能是受着伤，就一朝被蛇咬，十年怕井绳……"

"咬什么怕什么？"杰拉德本来就厚重的眉毛因为疑惑而皱起来，看上去像连成了一条线，惹得米雪发笑。她突然想起自己好几天没有好好笑过了。

"蛇咬，十年里都怕绳子，这是我们那的谚语。"她还是认真戴好了头罩，按下开关，头罩的颈部立刻向内涌出一圈柔软密实的充气护圈，同时内部释放出成分精确控制的空气。

"我听懂了，你是说我受了一次伤就怕再受伤。"杰拉德检查了一下头罩的剩余氧气量，荧光色的小字浮现在视角的左上方，氧量充足、与米雪之间的通信信号良好。

呼吸头盔靠化学制氧，氧包是可更换的一次性耗材，可以产生足够一人十二个小时呼吸的氧气，但这辆车上除了两个头盔里以外并没有第三个更换氧包，所以头盔是一次性的。这大概也是米雪反对浪费的原因之一，杰拉德想，另一个原因是她的不安。

在这个小小的玻璃头罩里，对方的声音通过无线电波传过来时会听上去和直接通过空气传播毫无二致，自己的声音听起来反而会因为空间狭小光滑产生若有若无的回音失真，这让他觉得很有趣。

"只是以防万一，小姑娘，没人在风沙天气里给蜘蛛车换过腿，也猜不到哪粒沙子会轻飘飘地卡到什么出其不意的地方。你也不想有机会吸一肺的二氧化硫吧！"

"沙子不会吹到舱里来，顶多是飞到舱和腿之间。"

"行了，你就戴着吧，也不影响干活。"杰拉德忍住疼痛，半跪在两把椅子之间的地板上，拆开所有碍事的零件，掀开地板暴露出连接杠杆。只要拉起这根杆，胶囊舱和蜘蛛腿之间的物理锁死装置就断开了，让舱体停留在腿上的将只剩下重力。蜘蛛车在最初投入市场时曾就此做过不少宣传，他们声称"所有的部件都可以按需更换，一次购买，终身使用。"

至于1号上的连接杠杆，在投放时就已经拉起来了，其他的固定零件也早就拆除，上下两半仅靠外部两根扁绳固定。米雪输入命令，2号一左一右两条前腿抬起来，左前肢稳住1号，右前肢的尖端翻出一把锋利的锯齿刀，刀尖插进扁绳与1号之间。几下摩擦以后，绳子就断了。米雪如法又割断了另一条绳子。

虽然空气里有细沙飞舞，但已经比之前小一些了，风也不算大，所以米雪收起刀尖，只留下两辆车的舱内灯光，利用胶囊舱透明的上半来照明。她将蜘蛛车后部四条腿的蹼掌打开，半插进金属沙里固定住，一条前腿钩住1号的腿，剩余的腿则将1号上部的舱体向外推去。

随着1号内部的灯光熄灭，它椭圆的舱体也向后滚落砸到沙地上，杰拉德感受到身下传来落地时的震动。

在舱体离开的位置，一块长方形的黑盒子凸出在蜘蛛腿汇集处的平台中部，那里存放着他们最后七百公里的燃料。杰拉德紧盯着它不放，生怕看漏了什么事情，此外也因为米雪负责控制计算机，而他已经拉起了连接杠杆，现在没有更实际的事情可以做。

两台蜘蛛车——或者现在应该叫一台车和一组腿——挨得很近，除了推走对方的舱体以外，离这么近更重要的原因是换腿必须一次对接成功。为了将米雪和杰拉德所在的胶囊舱搬到1号的腿上去，势必要先让其离开自己2号的腿，所以在舱腿衔接处分离的那一刻，米雪也就不能再向下方2号的腿传输任何命令。它们仍然会完成最后一个指令动作，因为能源并没有被一并带走，可是也仅此而已了。

因此米雪十分紧张，小心翼翼地微调着预设角度力道。也许有的飞船级AI可以在一秒以内飞快地测量计算出精准指令，但现在这里只有米雪。她想起曾经在纪录片里看到过，以前没有治疗仪的时候，医生需要用肉眼判断病情，甚至亲手操作手术刀在人类的身体上切割，但他们仍然能以现在看来不可思议的高成功率救活当时的病人，那需要多么惊人的精准啊！一时之间操作台好像变成了手术台，蜘蛛2号好像是那个垂死的病人，仰仗自己二流的手术技巧来移植新的器官，一旦自己下手不准，2号身体里所有仍具有生命力的东西都会毁于一旦。

她让最前与最后的腿负责站立，中间的四条腿负责搬运，全神贯注地反复验算、时刻复查风向风速的变化和每一个可能影响搬运的细节。在多次检查、确定已经找到了最佳的指令组合后，她按下执行键。身体下面的座位传来向斜上方搬运的加速度，同时视线里所有的灯光都熄灭了，从这一刻开始她什么也做不了了，于是索性闭上眼睛。

操作台上按键的星辰重新亮起来之前，学生时期每晚缩在被子里看医学书的记忆随着视网膜上闪烁的杂点和寂静涌上心头，生的渴望和死的阴影在意识里交织。他跳进细沙流里时在想什么？她砸碎鱼缸时是不是也妄想停止时间？还来不及再多想，米雪听到座位底下"咔"

地一声。

舱内的灯光重新亮了起来，19变成了28。

杰拉德振臂欢呼，接着立马痛得龇牙咧嘴。他顾不上疼痛，高呼着米雪万岁、吃点东西庆祝一下之类的话。他兴奋地看向米雪，对方既不欢呼也不松懈，只是一动不动地安静坐着，把脸别向另一边。

他头罩里传来水珠滴落的声音。

28？

顺利换舱的喜悦并没有持续太长时间。

"我们有四个小时没有收到大船的消息了。"屏幕在米雪脸上投射出幽幽的荧光。"我想到三种可能性：要么是我们偏航到信号扇区以外了，要么是他们已经走了，要么是这个雾——或者烟，又或者不论别的什么东西——能让无电线失效。"

她用手挡住眼皮休息，在黑暗中盯着屏幕几个小时让眼睛在闭上时隐隐刺痛。"无论是哪一项，我们都只能指望星星来纠正航向了。"

杰拉德看着幸运数，从换车到现在它一直是28没变，但这只能说明蜘蛛车没有产生计划外的耗能，不能反映真实情况，因为公式中的剩余路程现在成了未知数。

两人一路都在祈祷不要变化的数字现在真的不变了，他们却完全高兴不起来。

在他们重新校对方向、继续上路以后，很快就注意到车外的变化：

细沙敲击车窗的声音随着渐弱的气流一起停止了，蜘蛛车走出了可能会出现沙暴的区域。取而代之，浓灰的霾色一点点厚重起来。

在这样的环境中，灯光没有一点作用，所以他们干脆关了路灯，只留下探路红外。别说星星，他们连脚下几米远的铁沙都看不清。

"这是静止的沙霾，应该是之前细沙流扬起的尘，没理由彻底挡住信号。"杰拉德说，"会不会是我们的车有哪儿坏了？"

米雪重新睁开眼睛检查设备，终于发现问题所在，"你猜中了，舱外天线没有路径电流响应——它还是被刮坏了，从一天前就开始有问题了。"

"金属砂的风化作用太强烈了吗……最起码它坚持到了1号车。"

"是的谢谢它，现在我们确认不了行进方向了。"她想，现在真的是一叶孤舟了。

杰拉德缓缓站起身，他已经能自如应对没有止疼药时的日程行动。"那就做好偏航的准备。四小时前我们还矫正过一次方向，所以不至偏得太远。"

"怎么准备？"

"节能。"

他从柜子里取出工具盒，借助屏幕的微弱灯光环视蜘蛛车内部，座椅管线和储物柜几乎占据了这个长轴八米、短轴五米的椭球形胶囊舱里所有立体空间。

"我们可以把所有用不上的重量都丢掉，保证基本需求就行。还在3号车的时候我就在琢磨哪些地方可以拆下来丢掉了，答案是几乎全部都可以——墙壁内嵌的临时工作台、防水板、全套野外工具,光这些柜子全部加起来就起码有一百千克;食物和饮用水堆在地上就行,算算分量说不定还有多的。而且车上居然还有上一个星球留下的太阳能板!在这种夜里留着太阳能板有什么用?

"水循环机也丢掉,反正无论到不到得了,也就剩三十一个小时能跑了。噢,我的座椅也不要了,做完这趟扫除之后地上肯定有足够我躺下的位置。"

"你认真的吗?"米雪惊讶之余感到自己对机械师有了新的理解,以前这类人在她心目中的印象是组装和修理。

"当然。拆完了我们得开舱门,这次是真的往外面丢垃圾了。到时候我顺便出去看看车顶天线,要是没用了就顺手拆掉。那种柔软材料做的设备在细沙流里走一遭,活不下来也正常。"他说着向米雪递出电螺丝刀,"你也来搭把手。"

"你也不是什么坚硬材料。"米雪心怀警惕地说,"你得答应我,再去舱外必须穿隔离服。"

"当然,我保证。"

她伸手接过了工具。

*

我得省电,长话短说。无线电坏了,外面霾重,没法矫正路径。所以为了安全起见,我们把车里不必要的配置都拆下来丢了出去,载重少了四百六十千克。

我们甚至拆了隔离服,剪成布条当做纱布用,然后丢弃了损坏无用的厚重外层。杰拉德在舱外查看天线时,有些伤口因为攀爬用力而裂开了。

小时候你好像说过,基因修复技术普及以前的人类身上有一团没用的进化残留器官,叫阑尾还是什么的,我觉得自己像是把一堆阑尾丢出去了,又担心又痛快。

保佑我看见星星吧,里面肯定有光芒是来自太阳系的。

希望这不是最后一封信。

*

半蹲着飞快地打下这几行字之后,米雪决定在到达大船之前不再轻易打开屏幕。她回头发现杰拉德已经在蜘蛛车边缘的空地板上,头枕着一包食物躺下了。再次出血使他虚弱。

维生系统在他身后发出令人安心的低沉运转声。

因为减少了重量,幸运数升到了44。也即是说,现在蜘蛛车能承受44公里的偏航。她心里一紧,在一片空白的地图上,44公里听上去不是一个很大的数字。

她也坐到地上固定好自己,在没有座椅靠背和安全带的情况下强制跳过安全检查程序,禁用了烦人的行车安全提醒,最后用管理员权限强行确认了继续前进的命令,蜘蛛车启动了。

在蜘蛛腿抬起来的同时,一个小小的程序启动了……

-13

"慢点，慢点对齐……"

"你就像我妈妈一样啰唆。"米雪盯着屏幕上的星图说。

杰拉德抬起头，再一次确认天上模糊的白点确实是最亮的星辰，而不是金属的反光。

米雪放下手长舒一口气："找到方向了。我们沿着偏离原路大概 7.6 度的方向跑了三十个小时。矫正路径方向之后，会产生额外 32 公里的偏航。"她的欣喜溢于言表："不到 44 公里！多亏了你提前减重，这下幸运数大概还能剩下 10 左右！"

杰拉德也兴奋地来回走动："这么说我们安全了？我回去第一件事就是去餐厅大吃一顿，这些该死的速食里连块肉都没有。你想吃什么？"

"没想过，我现在就想洗个澡……这几天持续没洗澡的时间已经打破自己的个人纪录了。"她抬起手臂闻闻说，"能洗个脸也好啊。"

"洗呗，用这个。"杰拉德从地板上捡了个饮水球要递给她。

米雪乐得笑了，继续调整了一会儿行车路径之后，纳闷地发现杰拉德还拿着水球，这才意识到他是认真的，连忙摆手拒绝："不不，这太浪费了，车上只剩 6 升干净水了。"

"我们离大船 142km，减重后的速度是 21km/h，所以也只剩七个小时的路了。拿着吧，这是你应得的。"他脸上洋溢着打胜仗般的笑容，"我们就快到了。"

米雪放下手里的活儿走到一边，小心地从饮水球向手掌心倒出水来，因奢侈而产生了罪恶的叛逆快感。她感到一种平静又巨大的喜悦，好像一捧水就让她从这个铁蒸笼潜进了沁凉的海里，持续了几天的焦虑和艰辛都烟消云散。

杰拉德的声音从背后传来："米雪，幸运数的小程序是最右下角的按键对吧？"

"没错，你可以打开它，星图定位的结果会自动关联进去的。"她珍惜地倒出尽量少的水擦洗手臂和脖颈。

接下来的安静让米雪感到怪异。她一转身，看见屏幕上鲜红色的"-13"。

杰拉德的声音僵硬："我是不是按错了什么？它不可能是负数吧？这不是真的，是我弄错了吧？"

水球"咚"一声落在了地上，水在滚动中洒了出来。

*

为了应对各种星球上千差万别的地理状况，所有蜘蛛车的驾驶系统中都安装了自动平衡程序。不论是在平路上踩到石头，还是在起伏的流体表面行驶，这个小程序都可以迅速应对与缓解颠簸。

减重之后，在迈出第一步时1.5号蜘蛛车就感应到载重与设定不符：大量的拆卸改变了车里的重量分布，剩下的配件中占主要重量的主机和维生系统都在车的左侧，而右侧则空空如也。程序判断继续按照默认脚步行进有侧向倾斜的危险，于是整车感应并调节了平衡，以确保在下一步落下之前不会摔倒。

如此低级别的紧急平衡程序，并不会更改系统设定好的车内质量分布，所以在完成自己的使命之后、默默关闭之前，它能做的仅仅是向屏幕发送一篇记录用的行车安全报告。这份报告被米雪最后的禁用安全提醒命令拦截下来，于是储存在了报告箱里。

整个反应过程耗时约零点零二秒，车上的人类在连续的惯性速度中根本感受不到那一瞬间的迟疑。

米雪发现这件事情，是在报告箱里，找到了314285份几乎一模一样的安全报告之后了。这个小小的平衡程序自动运行了三十一万次，用掉了大约能跑二十五公里的燃料。

*

"我们完了。"米雪从屏幕上猩红的"-13"挪开眼，看向与黑暗融为一体的杰拉德。有一瞬间她的手指触摸到自己光滑干净的脸颊，感到很讽刺，甚至产生了要把负号部分屏幕敲掉的冲动。

蜘蛛车处于待机状态，八支机械腿收拢在舱底，像是藏匿在浓雾之中小憩的雨林昆虫。再次关上灯以后，杰拉德一直没有出声，紧握的拳头让一部分伤口渗出血来。

别说没有干净止血布了，就算有又怎么样呢——米雪发现时仍然下意识地想要上前治疗——反正我们都要死了，在离大船13公里的地方，眼睁睁看着袁隆平号离开沙泉。她喃喃念叨13公里的声音逐渐变成声嘶力竭的哭喊。

杰拉德用力地锤向墙壁："只要再有10公里的燃料……3公里就到袁隆平号目视范围以内了。"他声音沙哑。

"前提是那里沙霾已经散了。"米雪抹了一把脸,"蜘蛛车只有仿生机械腿,没有轮子,我们没法通过保持速度来减小移动能耗……而且除了自动探路以外所有的功能都已经设定成休眠了,除了窗户玻璃,再没有能抠出重量的地方了。"

"那就把自动探路也关了。"杰拉德终于注意到疼痛,松开了颤抖的拳头,"还要跑七个小时的话……米雪,戴上你的头盔。"

米雪一开始没明白他的意思,然后才感到惊讶:"你疯了。这是自杀。"

"正相反,我这么多伤,应该浑身都是肾上腺激素,已经不能更清醒了。维生系统就是个隐藏的大胃王,一小时就能消耗保守估计大概一公里路程的能源,关掉它就能多跑个七公里,探路大概还能榨个半公里出来,就算估错了我们也没什么损失。我的头盔上次取下来之前还有十一个小时能用,你的应该更久。"

"那也还差二到三公里,"她在心里默算,"不,更糟的是空调也在维生程序里,现在外面有六十多度,沙霾增加了阳光的折射。你全身都绑着布条,就算不中暑,伤口也会泡在汗液里。"

他看了看隐约泛红的止血布:"你说得有道理,给我找把剪刀来。"

-1

袁隆平号舰长林克·沃尔曼在控制室里来回踱步,二副阿维坐在控制台上反复地手动搜索无线电信号。直到 38 个小时之前,还能间断收到杰拉德和米雪发来的位置信息，最后一条消息是"成功换舱，详情稍后补充。"那之后就再也没有消息了。监测显示，那个时候他们刚到达一场细沙流的边缘，但没有更多的数据能推测具体状况。船员们私下里已经在讨论他们遇险的可能性。即使蜘蛛车从最后一条消息发出起一直在跑，也应该在几个小时之前就耗尽了电力。

袁隆平号在停船时特意调转朝向，将控制室的大窗对准他们来的方向，以便在第一时间看见奔跑而来的蜘蛛车。而现在那个方向只有灰霾中模糊微亮的地平线。

"舰长，太阳快升起来了。"阿维极力控制自己的软弱和沮丧，他不希望起航的意见是从自己嘴里说出来的，"外面的气温上升比预测要快。"

"离安全驶离的死线还有多长时间？"

"20 到 25 分钟。"他眼框青黑，这一百来个小时几乎没有离开过控制室。

"再等等。"他头也不回地眺望远处，希望看见黑夜里会出现希望的人造光源。

*

"不用等了，他们看不见的。"米雪控制呼吸，不再去揉手臂上的淤青，觉得再喝水也只是延长等死的时间。

杰拉德的排汗已经开始减少了，而且浑身都比刚睡醒的时候疼，一定是伤口开始发炎了。

他们坐在闷热的黑暗之中，看着不足千米开外，袁隆平号的强光探照灯刺破黑色的幕布,在灰霾之中撕裂出丁达尔的光柱。蜘蛛车已经耗尽了最后一点能源,甚至在控制台显示电池能量完全归零之后还多走了几百米,仿生机械腿才突然断电僵住,质量较大的舱体在惯性作用下头重脚轻栽了下去,扑倒在沙地里,八条腿斜斜地刺向暗灰色的天空,像是在对那个方向的沙泉之阳提出挑战。座椅和控制台几乎倒转到头顶,摆在地上的饮用水球滚得到处都是。

杰拉德从袁隆平号转开习惯黑暗的眼睛,视网膜上留下灯柱的幻影。

"米雪,还记得这车可以改装吗?"他喘着粗气取下头盔,呼吸着舱内不再继续更新的最后氧气,在地上摸水球喝。

米雪抬起眼皮看他:"这车都空了,你还准备改什么?"

"没了能源,车上所有电力驱动的东西就都能拆。"他放下一个空的水球,强迫自己不去注意疼痛,"唯一不需要电又尚有用处的,是头顶上这个大玻璃罩子,它能保护我们不被酸性的空气灼伤。

"再相信我一次吧,米雪,我有办法过去。但首先你得喝水,把这些都喝完。现在已经很热了,不出汗的话你会中暑的。动作快点。"

戴上头盔之前他又喝完两个水球,像之前换舱时一样,打开地板、扳开胶囊舱和蜘蛛腿的连接杆。机械腿失去了支撑,僵硬地摔到沙地上。

"现在我们只剩下胶囊舱了,"杰拉德把吃不了的食物和用过的空水球集中起来,拿起万用螺丝刀问,"你见过仓鼠吗?"

"那是什么?"她捧起微凉的水球,热得有些恍惚。

"一种在轮子里就会一直向前跑的小型动物。"他盘腿坐在地上休息,一边等待米雪喝水一边解释说,"我小时候在动物园里见过一只仓鼠,它在转动的轮子内侧跑步。我问别人为什么要这么残忍地把它丢在转速这么高的跑步机上,结果大家都笑话我。他们说,那个轮子的动力不是电,而是仓鼠自己。我当时完全没法接受,你能信吗?一个比手掌心还小的东西,踩着篮球那么大的轮子转得飞快。"

米雪一边大汗淋漓地听,一边照杰拉德所说的大口喝水,袁隆平号在水中的倒影和炎热带来的眩晕一起消失在胃里。

"我们就是这车里最后的动力,米雪,纯天然化学能转动能设备。等你喝完了,来帮我把主机和空气循环器卸下来,我们不需要它了。"

米雪拍了一点水在脸上让自己清醒,她想起自己写的信还在主机里,但什么也没说。

"然后我们开一条门缝,把它们和这些空饮水球一起丢出去,可能会漏一点点二氧化硫进来,但外面没有风,小心点就不会漏太多。"

看来信得重写了。

"最后,"他疲惫的眼睛里闪烁着生命的光芒,"我们在里面用人力把这个大轮子推过去。"

"'大轮子'可能会在沙地里滚到一个沙坑里,然后我们就再也出不去了。"米雪喘着气,吮吸着甘甜的水,感觉像在蒸桑拿,意识游离在妈妈扔掉的白大褂、她床头摆满的药瓶和曾经的争吵之间。

"这铁沙地结实着呢,连蜘蛛腿都不会插进沙子里,不会有什么沙坑的。"杰拉德满怀自信地说。

"要是失败了怎么办?"

"不会比现在更糟。"

"你是个疯子,杰拉德。"

"谢谢。"

*

林克以为自己看见了幻觉。

他向前迈一步,贴近窗边看向蒙蒙亮的灰霾,死水般的沉寂中有一小片被搅动的阴影,但能见度实在太低,什么也看不清楚。阿维将灯光和远望镜都对准那个角度,屏幕上的放大画面让控制室的所有人都屏住了呼吸:只剩下上半截的蜘蛛车像球一样在沙地里慢慢地滚动,两个依稀可见的人影扒在舱壁上,爬行着用自己的重力压迫椭球形的舱体滚动前进。

0

……你绝不会相信最后我是怎么保持清醒的。

用痛觉。

我整个身体跪趴在舱壁内侧,像婴儿或者僵尸一样在一块又一块弧形玻璃之间往前爬行,还要在追赶胶囊舱的惯性速度时保证自己不被离心力甩到后面去。与此同时,我四肢酸痛、头晕目眩、热得要命,汗不停地从下巴滴下去,几乎每时每刻都想停下来休息一下。

但是稍微侧头，就能看见杰拉德的表情，在晨曦微弱的折射光芒中他时不时兴奋地蓄力大叫，像一只发狂的四足困兽，我简直可以想象他发烫的热血尖叫着挤破疤痕组织冲刺到毛细血管破口之外的显微画面。我打赌他一定是那种足球之夜待在酒吧整晚唱国歌的家伙。真不知道他哪来的力气。

那个时候我想起你说过，有一场手术，你连续做了十七个小时。最后一班快结束时，有一会儿不论是咖啡因还是无影灯都不能让你保持清醒了，所以你找护工机器人要了一盘碎冰块，脱下鞋袜单脚踩了上去。最后那个病人活下来了。你说得轻描淡写，而我为这事偷偷崇拜了你整整一个星期。

我想像你一样。想学会做手术的方法。想活下去。

所以意识模糊之前，在下一根向内凸起的玻璃框滚到眼前后，我看准时机，把小腿敲了上去。

都这么多天了，那块地方还淤青着呢。

黎　明

回到大船以后，林克几乎想拥抱一下杰拉德，但因为对方身上的气味实在太可怕而放弃。

阿维毫不介意地背着米雪去了医务室。在确认自己没大碍之后，米雪做的第一件事就是跑去洗了个澡，这是从他们下船以来，袁隆平号上浴室的热水锁第一次打开。

杰拉德身上的外伤太多了，所以暂时还不能淋浴，只能用酒精擦洗身体，幸好他自己是唯一不在意的人。在清理完让人疼得龇牙咧嘴的伤口之后，他径直去舰长室拿了一瓶林克珍藏的好酒来配晚饭，酒的主人气哄哄地跑到餐厅去，最后却没有像以往一样要求赔偿。

阿维没有去吃这顿丰盛的晚餐，他一头倒在自己床上，睡了这个星期以来第一个好觉。

在黎明的初辉里，热闹的袁隆平号离开了沙泉星，重新进入久违的光芒之中。

纸　闭

一

若不是命不久矣，孙裳不会病急乱投医。

来时车在山路里开了大半日，信号几次失效，按理说如果走国道这么长时间，都可以出省了。一路山高桥多，不知名的藤蔓从几百米谷底沿混凝土蜿蜒至大路，大小路牌形同虚设。孙佳哭累了就在一边睡了，不知道几时会醒。一愁莫展时，一座八角鼓楼隐约出现在视野极限处，近了再看，下半侧不知被几时的崩滑埋进了土里，轴线也歪了。

孙裳历史不好，看不明朗鼓楼的年代风格。这楼荒废已久，窗棂红漆剥落大半，早已看不出原先贴的是玻璃还是窗户纸，木头腐朽后大概是生过了几轮蘑菇虫蚁，蚀出的孔洞黝黑中隐约泛着暗彩色泽。青苔勃勃，没有野花，估计是由于角度的原因，以致阳光照射不到。

爬塔的叶子越向上越从深绿转红，最高的爬到中上部也停下来了，留小半截塔顶，让雨打得褪色。

塔边落了一丛枯叶，不算起眼，转头再看已不见踪影。找寻半圈，棕色蝴蝶群停在挡风板副驾一侧，再一眨眼原来是些秋蝉蜕，风一撩也就消失在转瞬间，但现在明明是盛夏。远山崩落。

她知道是到了。

车停在石桥头，对面贴山有屋，后面的路只能走过去。走到吊桥正中等了一阵，游师傅苗人打扮，从另一头走来，与孙裳相对站立。吊桥摇晃，绳索扶手上，鱼骨刺沿麻绳脉络绕圈分形延伸，触碰却并不扎手。

游师傅先开口："你面色不好。"

"肝病，医生说积极治疗最多能活两年，我办了出院。"孙裳不瞒。

"外面的传言有夸张，我非神医，只是个造纸的手艺人，你的病我无能为力。"

"不是看我，"孙裳侧身看向桥头的车，"她叫孙佳，是我妹妹。"

副驾女孩约莫十岁，刚刚睡醒发现身处陌生环境，警惕焦躁。

孙裳视线焦距放远，看见半人高的身影从游师傅身后远处的门缝一闪而过。看来这里确实有别的孩子。其他儿童的存在给她增加了一分信心。见男人不言，孙裳奉上备好的礼金："这里是我全部的积蓄，照顾一个孩子绰绰有余，多出来都是您的。我已经无路可走，听说只有这里能治好阿斯伯格综合征。"她看见男人眼里闪过悲悯，听见一次深呼吸，他说，"进来吧。"

游师傅背过身去走了几步，又停下步子转回来说："不是治好。我什么都不能保证。"

二

孙裳有时候会认为，妹妹的出生有一部分是自己的错。如果自己按父母的意愿发展人生，可能他们就不会寄希望于再生一个孩子了。

就像今天这样，孙佳执拗暴躁地不肯下车、不接受新的环境、不和初次见面的游师傅说一句话，都是预料之中的状况了。阿斯伯格综合征的孩子通常都刻板局限、交际困难，对一切陌生的东西感到紧张。

好在孙佳爱画画，在游师傅表示能带她去找画画的纸之后，孙佳才勉强愿意跟他去了。孙裳窘迫，觉得给游师傅添了不少麻烦，游师傅倒是不以为意。

安顿好妹妹，孙裳歇一口气，撑着消耗过度的身体往住所走。虽然是老旧工厂宿舍，但长长走廊上听不到人声响动，还是有些阴森。好不容易按号码找到房间，推门进去是普通的旧宾馆摆设，上白下绿的九十年代涂料墙仿佛被时间忘却。搪瓷脸盆磕碰过几回，摆在黝黑榉木架子上，再旁边是唯一一张书桌，桌上的一本纸书，纸张粗糙，封面无字，只有一朵百合花。

走近细看，才发现了百合不是画上去的，而是干燥缩水后压扁的真花，被毫无规律的纸纤维纵横包裹在中间。封面并未封边加工，也没有夹层，是一张独立完整的纸。这张纸造出来时花就在里面了，而非后来做上去的。

她触摸到手工造纸的古朴美妙，想要翻看其中的故事，打开发现书页中有图画和汉字，但书页是松散的纸页，并未装订。她也不管那么多，直接读了起来。

"……他正面握住公牛的角，对牛表示感谢，而后挂在因雷电而死亡的树枝上，接受月光的洗礼。一日，他成为一座最小的山丘，牛来食他。他的同族躺在山顶，变成青草。

"他说，这不够，而后赶走了牛，再接受月光的洗礼。二日，他成为一座稍大的山岭，牛来食他。他的同族躺在山腰，变成细菌、辉岩和树木。

"他说，这不够，我们要和这星球变得一样才能生存，而后赶走了牛，再接受月光的洗礼。三日，他成为一片延绵的山脉，虫鱼牛羊都来食他。他的同族躺在山脚，变成河流、云雨和人类……

"……少女将凤凰的羽毛留在树下，滴上自己的血液，羽毛与落叶便化了纸……"

孙裳往回捻了捻书角，确认自己并没有漏页。也许这些书页的顺序是错的，或者缺页了。不过她也不太在乎，撑着眼皮继续读下去。

"……造纸人便试以树皮或竹这类易获取的植物纤维代替，工艺相近，都是粉碎原料、过水打浆、于纤维夹层之间滴上血液，如此制出的苗纸可成无笔之画……"

困意盖过了孙裳对这些碎片故事的浅薄兴趣，她便睡了。

三

即使在丹寨住了几个星期，孙裳仍然常常迷路。她已经辞掉工作住在此处，在灶房帮工。她从没见过游师傅之外的成年人，倒是有些孩子会趁她不在时到灶房找吃的。那些孩子在夏天也常常穿着完全遮蔽身体的衣服。

孙裳坐在厨房的角落，因为气温与胸痛而大汗淋漓。她拦住一个溜进来的男孩，问他是否感到炎热。

男孩这才发现灶房有人，拼命摇头，孙裳看见他的眼睛突出，瞳孔细长鲜艳。他突然向侧面伸手抓住了桌腿上歇息的绿蟋蟀并快速塞进了嘴里，手背翠绿有斑纹。在孙裳恍惚时，男孩绕过她向外奔跑，"扑通"一声从走廊朝河的一面跳了下去。孙裳吃力地追出去，河里没有人影，好像从来没有人来过。

孙裳沿着栏杆来到河边，正午太阳高，万物生长。房屋依山而建，好像是山壁的一部分，下面是水，对面是山，背后也靠着山。这里的山好像是会变化的，害得自己总是迷路，网络信号也完全没有。如果用石头在地上做路标，第二天不是消失就是偷换了方向，想必也是这里的孩子们干的，只是自己很少能与他们正面对上，所以也无从询问。

不知道妹妹是否交到了朋友，孙裳想。

孙佳比孙裳想象的更快适应了新环境，这对自闭的孩子来说是极为难得的，仅仅数周以后，孙佳已经能够每天独自跑到河流边固定的地方画画，安静一天不哭闹，到了晚间再回到住宿地进食。

孙裳专心聆听河水声，忘记了时间。

那男孩让孙裳想起了孙佳从学校带一只青蛙回家，却被父母大骂。

妹妹生下来就有自闭症，五岁确诊，八岁差点被父母送进自闭症儿童疗养机构，是孙裳拦下来了。

但孙裳自己也泥菩萨过河，肝病缠身，无力转圜。丹寨已经是孙裳跑遍所有地方求医之余最后的希望。很多个身心疲惫的夜晚，她在内心不断叩问自己，父母都不管孙佳，我为什么要管？但又总觉得内心深处放心不下，并对自己这种念头羞愧不已。

出神之间，孙裳已经找到独自坐在河边的孙佳，后者正捧着一张纸。孙佳的头发好像长长了，孙裳一时眼花，觉得那发尾好像长进了草地里。

孙裳看着妹妹薄衣服下瘦弱的肩膀线条，觉得她好像又瘦了，而且更加安静，连以前在人群中不安时的哭泣声也少了。像一张单薄的落叶。

小女孩手里捧着一张纸，纸上的颜色还在晕染变化，尚未干透。但是孙佳身边，却没有任何涂料笔墨。妹妹知道姐姐来了，并不张嘴打招呼，而是把手里的画递给孙裳。孙裳早已习惯这种无声的交流，也自然去接画纸。

就在她拿到画纸的时候，颜料干了。

与此同时，妹妹尚未收回的手臂上，皮肤像干燥的泥土一样碎落，露出里面白色的交错纤维。

四

"……数百年后,黄帝征战,苗人不及藏避,难逃一战。

"苗人蚩尤,以战神称号闻名,以非人相貌面见黄帝,未带一兵一刃,只带了一张苗纸。

"黄帝从未见过纸,以其远见深知'纸'的作用巨大,可将信息散布于远处、可藏密文于人前,而且苗纸使用起来轻巧方便,不需要锥锤雕刻,也不需要涂抹给色,只需以指尖触碰,脑中画面则自然呈现,三岁小儿可绘日月爹娘、三十熟者可临山河社稷。这等宝具黄帝当然想据为己用。

"蚩尤代表族人拒绝了为黄帝造纸的要求,坦言族人只想耕田养鸡、安居乐业、衣食着落、家人团聚,没有发展壮大或为人打工的需求,如果黄帝放他们一条生路,他们可以留下一些苗纸。这等一锤子买卖黄帝当然不答应,他斩杀了蚩尤,为了苗纸,继而又将苗人举族追杀至西南无毛之地。无奈之下,苗人退让一步,派出一位时年五百岁的造纸大师面谈黄帝,指着一处崩落的山石,解释山石的自然崩解,又调转手指指向一处凸出山岩,与黄帝签下一石契约:那块山石自然崩落时,苗族人安然无恙,未被黄帝及其追兵所灭,则苗族人派出一人,在其子孙中散布造纸术。"

五

丹寨的隧道山路常把孙裳引到意料之外的地方去，这对于一个时间不太充裕的人来说尤其残酷。有些时候她想去找孙佳，却只能在无尽山洞里一直行走，绕到天黑又回到原处；有些时候她想去找厨房里见过的男孩，或者别的孩子，却在各种各样的石桥上来回穿行。也有些时候，她不想寻找什么了，却意外会碰见。

她站在造纸房门前。

"你在找我？"游师傅不回头，对背后的人说。

"你对孙佳做了什么？"孙裳对正在捞纸的游师傅说，"她浑身脱皮，但不觉得痛，呼吸也虚弱。她比以前更沉默了，而且脱皮后的皮肤上开始浮现一些……痕迹。"

"她在选择。"游师傅放下木框，在纸浆里摆上斗鸡羽毛和褪色绣片，"自闭的孩子也有自己的想法，她只是难以和平常人处在相同的频率之中。她蜕掉的是旧束缚，是世界强加给她的负担。如果她长出人皮，就是选择了回到社会。祖先保佑她。"

"还可能会长出别的？"孙裳气若游丝。

游师傅停下手，木框里的纸浆不知道什么时候已经干了，羽毛藏在白雾之中失去细节。

孙裳从怀里取出孙佳的画。"这画会变化。"她说。

"万物都会变化。"游师傅平静地说。

"我是指那种，不是一张画应该有的变化。一张画应该是静止的，这张画在孙佳手上时，图形会弯曲。我亲眼看见她拿着白纸，没有用笔，纸上就有了她以前房间里的家具图案。线条颜色都很抽象，但我能认出来。"孙裳尽力不被咳嗽的冲动打断，"而且我做不到。这张纸在我手上，就是一张纸。"

游氏盯着纸浆漂浮的水槽想了一会儿，让孙裳到桌边等待，自己则把刚做好的纸从捞网上撕下来。

新纸水汽刚尽、尚未裁剪，正好铺满一张桌面。他气定沉思，未执笔墨，半晌伸手触及纸沿，一抹靛蓝从纸下蔓延开来，涂满全纸，好像给木桌铺了蓝黑的蜡染布。游氏移动手指至苗纸中央，一座八角鼓楼般的建筑从指间处在纸面里缓缓生长，楼中上下层叠探头出来许多怪异之物，有的无头，有的无脚，有的拥有过多手脚、头顶牛角或长着镰刀般的复肢，有的身着锦鸡飞舞的红衣，半个身子探出楼外好似要御空飞翔。这些人的动作栩栩如生，但一个个钻出画面后就不再动弹，整个绘画过程好像平面动画播放一般。

整个过程都在苗纸上自然完成，游氏所触之处皆出现新的图案以覆盖旧的。尚未能一一把怪人看个仔细，孙裳注意到这些人的面目又模糊起来了，原来是八角楼和众人的表面覆上了一层青苔，青苔渐渐肿胀攀爬变成大树，很快楼就失去了形状，变成一座悬在蓝色星空中央郁郁葱葱的大山，那山和塔的形状与来丹寨路上所见很是相似。

游氏作画完成后，向目瞪口呆的孙裳解释苗纸的指触成画。孙佳每日在河边就是手捧这样的纸画画，只要运用得当，绘者心中所想就可以毫无阻碍地铺陈在画纸之上,因此十岁孩童才能够超越手上技艺创作图画。孙裳打心底里不信这世上有这样的东西,所以才用不了,而孙佳虽然对其他人类封闭,却对着自然世界打开自己,所以能接受和运用纸的变化。自闭者来到丹寨,就是通过这样创造自己熟悉的东西来加快接受陌生环境。

孙裳姑且相信游师傅的话,问他为什么将这份技术藏于深山,不广而告之天下。后者坦然表示,苗纸的秘密一旦传出,这片地方将很快被蜂拥而至的人群踏平,到那时,姐妹俩就只能再寻别处了。他望着轮转房间一圈的蜡染苗族迁徙图说,苗人不想再走了。

至于孙佳,游师傅说,不用担心她,她能听到祖先的召唤。

六

"苗人在西南远土,以勤劳对抗着土地的贫瘠与自然灾害而艰难地生存下来了,他们逐渐变成山川、河流、生物,也有的拟态成人类。除了极少的造纸手艺人,其他人已经不再知道自己的外星身世,当年的飞船也被忘却在一处山谷,逐渐成了山的一部分。

"一天山石崩落,苗人如约准备派造纸师傅游氏去中原领土广授造纸术。但苗人这时才发现,造纸术中于纸纤维夹层之间滴上血液提取物这一步,在地球人身上是不适用的:苗星人体内解构传递信号的物质,在自诩万物之首的地球人身上是没有的，地球人中的大多数不屑于与他者沟通。

"如果此时公布真正的造纸术，则势必要提及血液提取物，数千年来苗人为隐藏身份、融入地球所做的努力都会功亏一篑，而且苗族很可能会重新成为别族征战与侵略的对象。但如果不传造纸术于天下，又违背了当年与黄帝签下的石约，部族的领袖断然不会接受，这两项里无论哪一个对苗人来说都是致命的。

"为了不泄露血液与种族的秘密，游氏去掉添加血液提取物这一环节，离开村落去往中原，在民间散布了今后数千年逐渐广为人知的造纸术：取植物纤维粉碎、入水、打浆、捞纸、阴干，如此造出的纸虽然只能以笔蘸墨一点一画书写，但也比此前的竹简、皮革、布料、甲骨都要方便好用太多。他满心以为纸术的流传将对人类文化的发展起到巨大的作用，也许人类会进入文明社会，从此不再战争。

"苗人仍然还造苗纸，但为避免向外流传，数量上也逐渐少了。手艺人们先后寿终，他们之中唯一长寿的那一位，没过多久就成了最后一位知道指触成画秘密的人。

"而这位造纸手艺人，他的拟态功夫已经出神入化……"

七

孙裳几天没有见到孙佳了，再见时她正坐在石桥上，衣服与身体都泛出牙白色，薄布料下的背部浮现若隐若现的凸起。孙裳在她身后，听她吃力又微弱地呼吸声，想要拥抱她或者带她去山下的医院，但身体接触对自闭的孩子来说过于困难。

孙裳想要上前去帮她时，多日未见的细瞳男孩突然跳出来挡在她面前，对她摇头，然后又兀自走到孙佳身边。本以为妹妹会受到惊吓，没想到孙佳只是把尚未完成上色的纸递给男孩，两个孩子一人牵着纸的一角，色彩继续在纸上滚动变化。

他们在用一张画交流吗？孙裳浑身颤栗，这是自己几年都没有做到的事情。

她蹲在地上，悲喜交加，在她生命的最后一程，孙佳正在打开自己。

平复心情以后，孙裳再去寻游师傅。

"桌上的书你读了。"

"那书残缺了。"孙裳调整气息，"我妹妹……她在变化。"

游师傅将尚湿的手指伸进纸浆之中，抚摸纤维，说："还有几页在我这里，你读完了就明白了。"

"在游氏广布造纸术与天下的百年里，族内的苗星人新近出现了变化：彼时苗星人中选择拟态人类的那些，大部分身心都已很像地球人，他们以地球人的形态和建立在人类发音基础上自创的苗语生活，也可以毫不引人怀疑地与地球商贾易货，但有少数新生的孩子却突然出现了拟态人类失败的情况。有些孩子用尽全力也无法学习人类语言的发音和写法，有些出现了身体器官数量上的错误，有些虽形似常人，但从生下来就无法接受任何人形生物靠近自己。

"这批孩童的降生，苗史称返祖潮。苗族中有学识的人说，只要苗星人的物种尚未改变，这种低概率偶发的拟态失败状况就永远不会消失；但是除了一小部分功能不太像人类的以外，返祖者的其他仿人能力大抵仍然健全，个别功能偶见超越平均水平。比如不能说话的返祖者中，有数者用苗纸绘图，其成图艺术性比完全人化的苗星人有过之而无不及；又比如不愿意靠近人形生物的返祖者中有数者，只要让他们完全独处，就能以几倍于常人的效率耕田喂鸡、织布蜡染。

"藏身于地球人之中的苗星人一旦暴露身份，按照人类对待异类的惯有态度，失去当时的宁静生活就只是时间问题。在这时手艺人返回村落，领导者又从其的转述中见到了人类领土扩张、人口增加的能力，和在此之上的文明发展速度，他们预见到了一个外忧内患的未来。可是苗人已经无处可去，苗星飞船只剩空空骨架埋在山中，人类的车马船只却一天比一天结实了。

"领导者向全族作出决策，绝不能暴露外星身份：收留疑似返祖者的人类，让他们在丹寨被祖先包围时，自己选择以人类或苗星人的身份活下去。

"既然要放出消息接收病人，就势必要与人类有接触，苗纸的存在仍然是暴露的隐患。因此焚毁当时所有现存的指触苗纸画，以后再产苗纸，只给返祖者用，其他苗人只能与外族人类一样，用一笔一画手书的纸。万千苗纸画卷在丹寨最高的山顶烧了七天七夜才被大雨扑灭，山雨过后山崩泥滑。过了整整一季，人们才重新找到上山的路，苗纸的灰烬早已经冲刷入山川河流，从此再无迹可循。苗族人在生活中所有的工具，也再与其他地球人无异了。

"文化的断层看似山河阻断，但通常都会在岩缝处淌出细流。苗人不习汉字，以形思考，旧时擅绘无笔之画，新日里比起识字书写也更愿意用图形记录或创作。

"他们的歌谣和历史故事逐渐在口口相传中失去本来面目，但雕刻刺绣的图形却时有在相隔百里的不同村子里有相似、相同的情况。苗人对图形的记忆与构筑能力没有跟着苗纸一起消失，后代的百世千秋苗人在蜡染、纺织甚至构造木屋梯田这类活动中都能窥见其历史习惯之一二。

"几千年来，苗星人中虽然常有完全融入人类社会、不再返回苗族村落的完全拟态者，但他们的后代还是有几率出现与平常人类沟通不畅的返祖现象。虽尚不能调查，但游氏猜测这人世间与他人格格不入者，大抵都是有苗星人基因的孩子出现了返祖现象……"

孙裳放下书页，游师傅明白她开始相信了。

"我的妹妹是苗星人吗？"孙裳问，"她还能治吗？"

"为何一定要治呢？"游师傅反问，"你希望孙佳开口说话，是想要她融入社会。语言是人类的出口，文字、音乐、图像、动作、眼神、体征等互动方式，皆是不同频段的人类语言，但人类个体常忽视的是，他们要在相同的频率波段内才能接收到别人的信号、顺畅交流。万物皆语言，同一块石头有的人看见了会想到它重三百斤，有的人则想到三百万年的形成历史，这都是石头的语言，只是人脑内匹配的翻译机制和频道不同，接收到的信息才有了区别。自闭症的孩子在人群之外才能安静下来并非是智力不足，而是难以与世人调频到同一个频率上。这世上的人大多染了一种名为'正常'的病，不能接受与大众不同之人。这种病所到之处尸横遍野，与集体不同之人，要么受洗一段时间也染上同样的病，成为'正常人'的一员，要么在孤独之中无处可去、徘徊痛苦，自闭者就是先天如此。苗星人用尽全力拟态人类，就是因为深知人类对异族的态度。话说回来，苗星人对人类而言实为异族，但人类自己又什么时候成为过同类呢？让孙佳百般辛苦披上人类的皮囊，真的比让她关上耳朵和嘴巴独自画画更好吗？一种人生比另一种人生好这种判断，应该谁来定论？说到底，什么才是病呢？"

游师傅见一番话说得孙裳哑口无言，便取出一张苗纸递给她。孙裳拿到苗纸，前半生的痛苦与不甘沿着指尖流淌到纸上，她自己也有不被理解的童年，也被要求丢掉画笔背诵数学公式、做些正常人应该做的事情，可自己就是办不到，现在又轮到妹妹来吃这份名为"别人都"的诅咒。苗纸上色彩旋转定型，画中央是长大成人的孙佳，坐在孙裳的办公室里做着孙裳辞职之前的平面设计工作，她的身边飘浮着鲜花与认可的声音。孙裳的眼泪淌出来浸湿苗纸，她终于明白一直以来希望的,其实是妹妹能够去享受自己无力享受的、幻想中的美好未来人生,去得到自己从未得到过的肯定与认可。这种强迫式的愿望与放弃了姐妹俩的父母又有什么本质区别呢?都是自己做不到就强加给更年轻的孩子罢了。

孙裳抚过纸沿,锐利的苗纸划破了她的手指,鲜红色的疼痛在指肚上渗出来。成为痛苦的人类和快乐的非人哪一个更好?妹妹的命运应该谁来选择呢,不像人类的她自己?像人类的姐姐?还是更像人类的父母?

十指连心。

八

孙裳感到自己的时间不多了,日夜在丹寨中失魂游荡。她开始看见一些以前绝不会相信的景象:她看见初来时崩落的山石已经长回去了,溪水在无人的洞穴壁上横流;她看见雨水落在槐树与柳树桩上,生出鱼尾的蝴蝶与斑纹树皮;她看见月光下的山顶上有光怪陆离的剪影舞蹈,悠长苗歌敲打无星黑夜。丹寨好像自己会生长,纤维状的山水和祖先记忆混乱交叠在一起,修复新时间的伤。

最后一次看到孙佳的时候,孙裳几乎没有认出她来。这个仍旧瘦如柴火的女孩正在游氏曾展示过苗纸的造纸房中,动作生疏地用绑了纱布的木框练习造苗纸。她的手与小臂覆盖着有光泽的鳞片,从纸浆中出来时不沾一滴水,上臂和背部则生出鲜艳斑斓的红羽毛,一直向下披满全身。有些羽毛末端还挂着干涸未落的纸壳,好像是没有完全踢开蛋壳的雏鸡。她一遍又一遍寻找合适的捞纸厚度,有时候捞得太慢堆了过厚的纸浆,她就捡起来重做。她像所有自闭症的孩子一样享受着重复单调的动作,脸上别的五官都变得有些模糊融合了,唯独眼睛澄澈如旧。她看上去平静又快乐。

孙佳对环境变化的感知敏锐,早知道姐姐来了,只是不回头去看。孙裳也知道妹妹知道自己来了,只是不开口去问。她们看着同一池纸浆,相对无言,如同一对互相纠缠又互不搭理的量子,这就算是打过招呼了。靠复制基因长出的树皮离开树,暂时地死去了,被制成了纸,又被用来复制人的话语念想。承载历史的碳基物质是纸也好脑也罢,暂时地死去了,被制成了灰炭,又被用来复制山水间的生灵。千万的植物纤维和万千的片语只言,不知哪一个交织堆叠得更复杂些。

落　言

一

雪。

雪几乎填满了我对落言星的全部记忆。

那些宽大手臂的落言小人，就静静站在广袤的雪地里，像幽灵一样出现在各处，又或者已经在那里很久了，而且还会永久地待下去，与世界融为一体，等待雪和别的东西降落在他们身上。

他们一动不动，芭蕉叶一样又大又扁的手抬过头顶摊开，几乎挡住了自己整个小小的身体，像一场不出声的朝拜。直到一颗不知从何而来的石头砸中了其中一个落言人的大手，他才把手放下来，其他人则继续等待。

落言人就是这样，观察、聆听、接受、吸收、理解、给予，终其一生。

很久之后我才从那些穿插着符号、色彩和音频之类怪异注释的信件里知道，他们没有共同的语言或写在纸上的社会契约，但在他们极为单调有限的中微子词汇里，没有词语是关于疏远的。

不真实感在陌生的星球上总是恰如其分，夜晚的大地上明明没有一点儿灯火，视野却可以清晰地看见远处，谁都没注意到为什么。萝朵斯最先说出了原因："雪在发光。"她是对的，她总是比别人要敏锐。

就像一个小时后她抱着小盒子到治疗室来找我时一样，不要我说她就能知道我的心情有多差。

"爸爸，'动物先生'坏了。"她小小的手指尖因为用力捏紧盒子而泛白。

"现在不行，萝朵斯，不是告诉过你不能在工作的时候找我吗？"

她的头更低了，我几乎产生了一点愧疚感，何况我也不在船长室。而飞船的问题与六十多个工人性命攸关，这种时候，小女孩儿的玩具绝对谈不上重要。

艾格推了我一把："去吧，你现在这样也做不了什么，控制室我帮你顶班。"

我叹了一口气，把冻伤的手从温药水里拿出来，冷空气像针刺一样疼。

二

我把"动物先生"盒子对准萝朵斯房间里的鹦鹉，用力摁住写着"说"的按钮，没有任何声音发出来。但是光看也知道这只小鸟不太有精神。

这种东西到底是谁发明的？把动物的实时体测数据翻译成简单的句子："我饿了""陪我玩""喜欢你"。一台"动物先生"加上一只大小不超过拉布拉多犬的小动物几乎是现在小孩子们的标配。搞不好"动物能陪伴孩子健康成长"的话就是"动物先生"玩具公司说的。语言会生长，父母一旦相信了动物或任何东西对孩子的价值，就会持续追加并投入大量的周边产品。

而花了很多钱买下这东西之后才几个月，这个贴着笑脸的盒子居然不说话了。

"也许你该把它放到太阳灯下面去照一会儿，可能是没电了。"保修期是多长时间来着，六个月还是一年？希望是一年，"它肯定没坏。"

"可是我想知道小鹦说了什么，现在就想知道。"萝朵斯的脸红扑扑的，努力争取着自己的权益。虽然她才读中学，但已经可以分辨出我的心不在焉。我的心思都在别的地方。

"小鹦说它想休息，趁这个时间去充会儿电吧。"我的手又痛又痒。萝朵斯站在落言人面前的场景又浮现出来，"实在不行，我们泊船了以后，我在港口超市给你买个新的。"

"如果我会说小鹦的语言就好了，"她沮丧又认真地说着天方夜谭的事情，"那样我就不需要'动物先生'了。"

我该回去工作了："爸爸需要照顾全船的工人，萝朵斯，"我尝试着用不那么冷酷的说法，"这是更重要的事。"

"对不起，爸爸，"她在我出门之前说，语调之急促仿佛这句话已经憋了很久。

我的伤手抽动了两下，欲言又止："以后别随便乱跑了。"小女孩就应该待在房间里，玩你的鹦鹉和电子学校。

"我没有乱跑。"她斜低着头委屈巴巴地嘟嘴申辩，又忧心忡忡地看了小鹦一眼，用力拽紧"动物先生"，几乎要把按钮压得凹进去。

我转身离开，在身后带上门，前一秒还在考虑是否该问问有没有工人会修玩具，后一秒却听见房间里模糊传来一声发音机械的"对不起"。

这不是没坏吗。但一只生病的鹦鹉干嘛要说对不起呢。

算了吧，别想了——和动物交流是小孩子的事情。

三

无法加速进展的工作让我只能待在船长室里，翻看工人们分享到船内公共网络上的视频。与遥远的人类世界短暂失去联系也不能阻止他们在小小的社交群体里分享见闻与心情。

在回家路上，飞船的能源炉堵了，是很快就能修好的小毛病。但修之前必须先就近找个地方落脚，所以我们才降落到了落言星上。要知道，在没有重力的太空里修化学燃料炉子可并不好玩，一丁点儿泄漏都会在无法预知的未来引起大火。

因此只好使用超出计划的能源来降落。

在降落之前也不是没有考虑过能源补充的问题。飞船在很远的高空对落言星做了一点基本勘探，结果显示这里不但有大气，而且氢含量丰富，这听上去简直叫人欣喜若狂，只要是常见状态的氢，不论是氢气、水、甲烷或者它们的变体组合化学式，我们都能用。

来了之后才发现完全是上当了：氢在雪里，遗憾的是这里的雪并不是水冰，而是一种复杂的大分子晶体，虽然可以高温分解，但反应的过程耗能太大了，没法用划算的方法把氢提取出来。成吨的雪被铲进反应炉，现在还得原封不动地再铲出去。

最后的选择是太阳能。在这里要用太阳能补充足够起落的能源得花五十个标准日，如果再算上这五十天里的消耗和日常使用，得八十到九十天。

在这个冰天雪地里待三个月的消息只在最初的几个小时里稍微挫败了一下工人们，很快他们就因为外出许可和带薪假期而欢天喜地、四处拍照。

大气里没什么有害人体或腐蚀保温服的成分，周围的陆地也算得上广阔和结实，所以也没必要把工人们关在几万平方米的小地方整整三个月。只要不跑出监控范围、不去招惹外星人，大家都可以在白天穿好保温服戴上面罩在附近走走、拍拍视频。其实根本不需要强调保温服和面罩，没人会傻到在零下几十摄氏度的外星裸露身体的任何部位。

除非自己的女儿已经危在旦夕，急需有个人冲过去推开她面前的外星冰棒人。来不及换衣服，我想。

已经两天了，冻伤的地方不再刺痒，转而产生一种轻微的灼热感，皮肤温度摸上去也比别的地方高。低温产生的伤痕居然会有火灼的痛感，这让我感到怪异，但船医艾格说这是正常的。"这是我们与死物的不同之处,人的反馈常常强于施加者。"他是这么说的。一个诗意的怪胎。

一个在降落那天拍摄落言人和雪的视频引起了我的注意。年轻人们喜欢在视频上加滤镜,在刚开始拍摄这个视频的时候,拍摄者似乎还没拿定主意用哪一款滤镜,所以来回试了好几个。他切到温度滤镜的那几秒,也就正好拍下了这个星球的红外热成像。

落言人零下一百二十度,雪地零下八十度,这都没什么奇怪的。可雪中间夹杂了几个高达零上几百度的斑点,完全不受周围温度影响。

我想起那个被石头砸中的落言人。它不是运气不好,它是在等那块石头。

一群冰棒小人儿为什么要站在雪里,等着挨两下热石头?他们扁平宽大的手,简直像是天生为了接住石头而长的,这东西对他们一定有重要的意义。

我找出便携目镜,走到窗前,将目镜调到最高功率红外模式,看向离船最近的落言人。从前天起,就有几个家伙一直待在船附近。

光谱画面里,落言人冰冷深蓝的身体中央,有一块小小的黄色热源。

我打开内线话筒:"艾格,准备一下。我们下船走走。"

四

"你注意到了吗?雪越来越少了,但我完全没看到任何液体,这里的雪一定是直接升华的。"我左右环视,搜寻视线里的每一个角落。

"如果你只是想极限运动一下,我建议你回太阳系以后找几个志同道合的人去珠穆朗玛,顺便放过我。"艾格牙齿打架的声音从话筒里传过来,"如果你是因为搁浅耽误工时这事心情不好,除了小公主以外,船上任何人都可以陪你喝两盅。"

他不提我都没注意到,萝朵斯这几天没来闹腾我。

"又或者你是觉得冻伤挺有意思的?想再找两个落言人玩玩?"

"我说了我们是出来找石头的,艾格。"我绕到艾格袖子侧面,把他保温服的功率调高了一档,"而且我拍掉那个落言人的手——如果那两片芭蕉叶子确实是手的话——是因为它站在萝朵斯面前。"

他仍然报以不信任的眼神,然后告诉我那些石头叫言岩,总是跟着落言星的雪一起从天上下来。

这下轮到我盯着他看了。他早就知道,却没有告诉我。

"《星区生物辞海》里写了那么多,我哪知道你想知道什么?"他哆哆嗦嗦地争辩,"而且你也没说过你感兴趣。"

"你还查到什么了?"

"下雪的时候落言人出来接石头,接到了会带回去。"

"那石头是什么?为什么它能在零下一百度的环境里保持几百摄氏度?"

"那是本生物辞海,不是地质辞海!"艾格说,"而且我就随便翻了翻……我还得再查查。"

我还想多问几句,却突然看见了一个双手异化的落言人——我是指相对于它自己的族类而言——它的双臂不似其他落言人那样像大芭蕉叶片，本该平滑的后缘出现了圆状的波浪，顶端也变得尖而细长，而且行走时会无端地扇动，那样子像极了一只笨鸟在扑腾翅膀。

我转向相反的方向。

一丝不自然的反光引起我的注意。我向那个方向走过去，雪地里果然躺着我要找的东西。

"你看，功夫不负有心人，"我手里拿着一个透明的小盒子，底端有一颗核桃大小、磷光闪闪的黑色石块，"你又有工作了。"

"我倒宁愿负一下。"艾格回头看了看远处已经小得看不见的船。

五

"在告诉你结果之前我必须先说明一下，我们捡回来的东西已经被我丢出去了。"艾格一边说一边在柜子里寻找药物。

我拆纱布的动作停了下来，等待艾格的充分理由。

"那块破石头有辐射，谢谢你防辐射的保温服吧，它救了你一命。要不是回来以后发现得早，我可能已经死了——你也该买块带辐射计的表——我用了两支抗辐宁，两片止吐药，这笔账我会记在公款上。"他接手拆下我剩下的绷带丢到一边，"那么重点来了：它为什么会有辐射？"

我没有猜谜的情调，艾格已经熟稔这一点，继续说道："因为石头里发生了非常缓慢的裂变。"

"你的意思是，我们捡了个核弹？"

"这样理解也不算错，不过它非常……非常非常缓慢。资料里没写它的核心是什么。"

我向他展示了便携镜头拍下的红外照片，落言人冰冷的身体中央有一小片热源。

"原来是这样，这就说得通了。"他露出恍然大悟的表情，"有篇亚洲人写的资料里提到落言人是'以石为食、以岩为言、以镉为歌'。他们一定是把缓慢裂变的言岩放在身体里，吃辐射使自己活下去，听辐射粒子的声音，而镉则是反应如此缓慢的原因，人类的核反应堆也用镉来减缓链式裂变反应速率。"

我没听明白。或者说，我字面上听明白了，但想象不出这些是怎么在生物体内发生的。

"你还没听懂吗？亏你是个船长！"艾格揭开一小罐冻伤修复液，将折叠的罐子展开成瓶，倒进纯净水稀释。他讲学术话题的时候像另一种生物，"落言人会把一颗言岩放进孩子身体里，这个孩子将会用一辈子的时间去听它说了什么——换句话说，去接受一块裂变石头的辐射。它们同时吸收能量，又聆听辐射粒子的声音，以此建立文化。多普林，这太美妙了。"

辐射粒子的声音？那是什么样的声音？不论被加速还是减速，同一种物质裂变的节奏是恒定的，这就像把同一个曲调听上几十年，如果是我，可能就疯了，而落言人却乐在其中。我尝试想象自然模拟软件里听过的单调声音，真的会有人类将瀑布、麻雀和暴雨的声音看作艺术、写入歌曲吗？

至少我面前这个人类认同它们。也许当医生的都这么口味奇特吧。

特别是在一艘全是大老粗工人的船上,靠不联网的VR游戏生存了六个月以后。现在还得再加三个月——

也不一定。

"这个,'言岩'……安全吗?"

艾格盯着我笑了:"别想了,多普林,这不是艘核能船,如果是的话,我们也不至于这么穷了。船不能转化裂变的辐射,除非石头自己会转化能量。"他说完觉得很好笑,自己又笑了起来。

一阵小孩子跑步的轻快脚步声从门外跑过去。

"说点实际的,小公主的'动物先生'修好了吗?"艾格揶揄道。

"不知道,可能好了吧!上次医务室之后她就没找过我。"我有些心不在焉,还在想核能的事情,天然而稳定的裂变物质可不多见。如果能把这个核能用在船上,我们就能早些回家了……

"你最近陪她的时间是不是有点少了?这几个月她作业写不好都是跑来问我。"

我指望用沉默中止这个话题,但心思还是被拉回来,感受到了一丝妒意。

"明年的择业高中还要把她留在船上读吗?虽然现在是大航行时代了,也不是没人这么做,不过实体学校更利于她交朋友和见世面什么的。有些比她小的孩子就脱离远程课了……"

"艾格,我很忙。"

艾格把调配好的冻伤修复药整瓶浇到我手上,一阵钻心地疼。"抱歉粗鲁了点,船长,"他微笑着说,"我很忙。"

六

萝朵斯的房间在走廊尽头，墙上自带网格的圆形舷窗外围被她贴上了向日葵的金色花瓣，绿色的茎延伸到墙角。

从网格舷窗往外看，还能看见几个落言人。工人们围观留下的雪地脚印在落言人四周远远绕圈。

它们待在那里干什么？它们在吃，或者在听这艘船的"声音"吗？生活区的热辐射是不是比储藏室更强烈一些，这在它们看来是什么样的区别？会类似于柴可夫斯基和莫扎特的区别吗？

我转向萝朵斯的房门，一瞬间产生了年轻时做错事以后向朋友道歉的既视感。我是什么时候开始不在意人际关系的？即使那个人是我的女儿？这条长走廊迂回过的几十间宿舍里住着六十多个工人，我跟他们认真聊过工作以外的事情吗？即使这些同事是过去十年里和我待在一起时间最长的人？

工作像洪水常年浸泡着五官，我听不见任何声音。

"萝朵斯？你在吗？"

过了一小会儿门才被打开："有什么事，爸爸？"

"我从厨房给你带了点谷子，小鹦不是喜欢吃这个吗？"我递给她一盒小米。

"不用了，"小姑娘的眼睛瞟向一边，"小鹦已经……坏了。"

我抬头环视房里发现没有鸟的影子，才反应过来她的意思是鹦鹉

"死"了。她拒绝选择如此痛苦的字眼。即使没有人直接教育孩子们生老病死的忌讳，这些也会藏在文字里流传下来。

我愣在原地，那盒谷子让我感到尴尬，不知道该不该安慰她，也不知道是该走进房里还是继续站在门口："什么时候的事情？要不要帮你处理一下？"动物尸体不能留在船上，得拿去烧掉。

"就……前几天。"萝朵斯似乎不太想继续对话，"我已经把它埋了。"

"埋在哪儿了？"我有点落空，好像自己已经起不到什么作用了。

"外面。"萝朵斯看了一眼舷窗，外套下摆的褶皱显示出她的手在口袋里攥紧了，看来她不想继续这个难过的话题，"你的手好些了吗？"

我下意识地想把防护手套藏到身后，但也明白这样做很笨拙，所以没有动："好多了，艾格给我上了药。"无论如何，她为我担心了，不是么。

"小洛……就是弄伤你的那个落言人，它一直说'对不起，'"她的眼睛明亮起来，似乎觉得自己传达了很重要的话，"我想它是对你说的。"

我的脑子"嗡"了一下。小洛。她和一个落言人交了朋友。

她向我伸出手来，掌心放着一片闪着黑色磷光的石头。

七

"不，我都说了好几遍了，她不需要任何抗辐射治疗。她目前受到的辐射剂量就跟每天打一小时游戏差不多。"

"可她兜里装着一块破石头超过了七十个小时，你见到的上一块可是被你丢出去了。"我把采矿用的金属标本大箱子放在地上。我为什么要把这东西留着,还大费周折地找个金属箱子来装?我是想尊重萝朵斯,还是那个落言人?

"把箱子打开,多普林。我的辐射计和眼睛都没问题,萝朵斯很健康。"艾格摸摸萝朵斯的头,她看上去吓坏了,"你这几天没有不舒服吧?"

萝朵斯憋着眼泪摇摇头。

我犹豫再三,还是把箱子打开了。这块石头比我们找到的那颗要小得多,只有瓜子大小,薄薄的一片在偌大的金属箱子一角看上去有点孤独。

"看吧,没有任何问题。"艾格将手表靠近瓜子,侧面的辐射读数一动不动。他拿起石头和便携目镜仔细观察。"和上次那一块有些不同。有一层反光的薄膜附在表层,也许就是这个阻隔了辐射。"

"这是石头的膜,小洛把石头吞下去时,就给了它一层膜。"萝朵斯一边说着,一边感受到了我们质疑的神色,旋即拿出"动物先生"来增加自己的说服力,"它用树枝向我演示过。"

"而且它还可以随时把石头取出来?"艾格耐心地引导问道,但掩饰不住惊讶的表情。

"对,但是不能太久了……我猜的。这几天,小洛越来越没有精神了。可是每次我要把石头还给它,它都只是朝着爸爸的船,说对不起。"

"你们怎么交流?"艾格把玩着那颗覆膜的言岩问,"我是说,也许'动物先生'可以粗略地把小洛的心情翻译成中文,但反过来,小洛要怎么知道你在想什么?"

萝朵斯眨巴眼睛回答不上来,也许她没有好好想过这件事。

我感到一种意料之外又情理之中的困惑感,我尚未成年的女儿,用一台在我看来几乎是骗钱的动物体测翻译机、或者说一个玩具，理解了一个——一位，一头，一只，我甚至拿不准应该用哪个量词来称呼这种生物——落言人，一个连耳朵都没有的外星生物。萝朵斯在过去三天里和这个小洛待在一起的时间很可能比过去三个星期和我在一起的时间更长，以至她的鹦鹉需要埋葬时，她甚至不是来找我。

这种无力让我暗自愤怒。

我抬头刚要说话，发现艾格已经不见了。

石头也不见了。

八

我们在锅炉房的能源转换机边找到了艾格。他兴奋地声称这块覆膜的言岩可以转化能量。"简直就是个微型的核能发电机！我只是用两个铜片头把它放在副电路里，我们自己的电机功率立马就降下来了！现在让我们冒险一下……"

他拨动几个开关，又把萝朵斯和我推到门边的转角。萝朵斯第一次从艾格口中听到"言岩"这两个字，小声而专注地琢磨着它的发音。艾格切换充能闸门，头顶的灯熄灭了又亮起来，然后"啪"一声再次熄灭了。我以为行不通，艾格却高呼万岁。

"成功了！它刚才给这个房间供电了！"

"可是这个房间没有电。"萝朵斯四处张望。

"那只是因为核能的功率太高了，我只要在电压转换器里修改一下线路就行了——我们有能源了!"艾格抱起萝朵斯转了一圈,"多亏了萝朵斯!"

"不是我,是小洛。"她看上去远没有艾格那么激动,甚至有些担心的样子,"我们是不是……很快就要回家了?"

"是的,只要有这颗言岩供能,我们明天就能……"

"不行!"萝朵斯慌了,"这是小洛借给我的,我……得还给他。"

"它这么说的?"艾格疑惑地问。

萝朵斯憋红了脸,看来小洛并没有说过,是她一厢情愿觉得对方需要。就像我一厢情愿觉得她需要我。

艾格偷偷和我对视一眼,轻轻耸肩微笑。那意思是"交给你了"。

我突然发现自己都不用蹲下来。仅仅是前两年,我想要认真说服她听话,还需要半蹲在地上,才能做到平视她的眼睛。仿佛不久之前,我还能单手托起刚出生的小小萝朵斯,而现在她已经一米六了。

"萝朵斯,你的朋友没有要求你把言岩还给它。这颗星球上有很多这种石头,我和艾格昨天还捡到过一块……"

"掉在地上的不行,地上的石头不会说话。"她拽紧"动物先生"力争说,"天上的石头可以说一年,地上的石头只能说一天。"

"原来是这样!落言人用镉膜减缓言岩裂变,而落地的那些很快就反应完了!难怪它们要站在雪里等。"艾格兴奋地接话,然后在我的瞪视下捂住嘴巴。

我给他使了个眼色,暗示他赶紧去解决技术问题,自己则把萝朵斯拉到一边。

"萝朵斯,我们不能在这里等三个月,这个空档太长了,所有的工期都得往后推。这颗小石头可以帮爸爸省下所有工人三个月的工资,还能解决很长一段时间的能源费用问题,那是一大笔钱,我们会过上好日子,爸爸可以给你再买一只鹦鹉——或者小猫,你不是一直想要小猫吗?"

她沉默了良久,吞咽了几次口水。

"不拿走小洛的言岩,我们三个月以后也可以安全离开对吧?我们有吃的,有喝的,不会死在这里,对吧?可是如果没有言岩,小洛就可能会死……"

我的注意力越过她的头顶,看艾格在锅炉房里折腾变压器。大多数设备都过时了好几代,能源炉堵得越来越频繁。萝朵斯在这种时候把免费的能源捡回来,这一切都会改变,再跑几趟活儿就能换一艘新船,而且我根本不关心一个外星人的死活。

可我为什么还是不能狠下心来直接拒绝她?

她努力控制自己:"这是更重要的事。"

我能听到她嗓音里不容置疑的坚韧,那是我的回声,是一个小孩子对权威的父亲所能做到的全部。

她认真地听我说话了,哪怕我只是敷衍。可我从没有听过她说。

我几乎在飞船和萝朵斯之间产生了一瞬间的动摇,能源炉突然"嗡"地运作起来,艾格抓着油漆剥落的试电笔冲出来,关上了房门。

"雪化了,"他颤抖着说,"言岩的能量流进反应炉,把雪里的氢元素放出来了!燃料罐正在补充!"

萝朵斯严肃的表情化开了,她不太确定地问:"这是不是说我们可以把言岩还给小洛,然后用氢回家了?"

艾格似乎以为我已经完成了劝说,没料到萝朵斯还在执着这件事,所以为自己的兴奋感到有些尴尬:"额……不是的,那石头已经拿不出来了。"

萝朵斯的眼睛睁得很大,她的艾格叔叔从来没骗过她。

"言岩正在给船和反应炉供电——高压电,我为适应它的电压而调整了我们的配电系统——炉子和温控都开到了前所未有的功率。如果突然停用这个新的能源,直接切换成旧的电力系统,瞬时功率会让系统过载跳闸,也就是全船断电;如果不停用核能,只单独关上炉子,那么持续流出的巨大电力就消耗不掉,也会跳闸。"

"断电会把船弄坏吗?"萝朵斯试着理解艾格的话。

"断电本身当然不会,可关上反应炉的时候,里面的温度不会自己消失,化学反应不会马上停止。温控和氢气液化之类的周边设备都得开着,否则炉子里的热量不会马上减少,氢气却会猛增……"

"然后船就炸了。"萝朵斯盯着地板轻轻地说。

我以为自己会因为用不着继续劝说萝朵斯而松一口气。但她转身跑掉的脚步声一下一下撞进耳朵里时,我却只想给自己一拳。

九

这是我第二次离落言人这么近,也是第一次近距离观察这个种族。可面前的落言人完全不像我上次见到它时的样子了。它宽阔的手萎缩了,圆滑的身体瘪了下去,不知是不是错觉,它好像还变小了。它坐在雪地上，缓缓抬起头来看我的伤手。

"这是小洛，"这句话明显是对我说的，萝朵斯却并不看我。然后她又掉转手指、看向小洛，"这是我爸爸。"

"对不起"的声音从"动物先生"小盒子里发出来。我意识到三天前我走出萝朵斯门外时，说话的就已经不是小鹦了。

小洛当然没有听觉，她们是怎么沟通的？也许它可以分辨萝朵斯的体温或血流变化——透过隔离服——来辨别她想不同事情时的身体状态，毕竟热量也是辐射的一种，也会随着思维变化。每个人都在毫无察觉的情况下不断地辐射自己。

她想到我时会快乐还是害怕？体温会不会上升 0.01 摄氏度？

我把金属拉箱放在地上，打开扣锁，再次确认我们俩的保温服都严丝合缝地穿好了，才掀开箱子。

里面装了一整箱矿工们从落言星上四处收集来的、落地的黑石头，闪着整齐划一的黑色磷光。

说服他们出去找言岩比我想象的容易多了。我想好了十几个说得通的理由，最后却选择向他们讲真实的故事，请他们救救萝朵斯的朋友，也帮帮飞船。我请他们自愿决定是否帮忙，出乎我意料的是，所有人都热情高涨，排队换上保温服，小队长们甚至像对待正经工作一样严格地分组分区来提高效率。这是他们擅长的事情：找石头。不出半天时间，这个箱子就满了。

天上的石头说一年，地上的石头说一天。既然如此，那就给它几百颗地上的石头。我原本以为这么做就能让萝朵斯满意，但看来并非如此。

我朝小洛推了推箱子，想了想还是说："谢谢。"

小洛仍然看着我。他果然没有听懂。

萝朵斯在面罩里咬紧了牙齿，鼻子隐约红起来。

"动物先生"这才突然翻译说："谢谢。"

真有趣。也许它听不懂我的辐射，但听得懂萝朵斯的；也许它们像猫，只对特定的人有特定的语言——它们只能听懂曾经花时间去聆听的对象。

小洛用它已经萎缩的扁手抓起一把言岩放到胸口，那里似乎有通往体内的洞口。然后没一会儿，这些石头又被它吐出来了。它重复这个动作十几次以后，我才终于看出了一点变化：它手侧的枯萎处逐渐丰盈起来了，顶端甚至出现了熊掌般粗圆的手指状分叉。

这是人手的样子吗？它在吸收和理解萝朵斯的形状？

我想起那个像鸟一样的落言人。也许它找到了小鹦，它吸收了小鹦微乎其微的辐射在其尚有体温的时候。我不确定这是一种短暂的拟态，还是一种长久的痕迹。萝朵斯有我的眼角和鼻梁形状，也有我的坏脾气、坚韧和勇气，偶尔还能从她嘴里听到船上其他人的口头禅或观念，这些痕迹有的可能会随着岁月逐渐加深，另一些则可能会磨蚀变浅，这种变化每时每刻互相拼接着进行下来，结果才交织成此刻的萝朵斯。

她每一刻都是新的，而我却没有停下来认真看看。仅仅把一个人放在自己附近是不能了解她的。

小洛持续吞吐着石头，一人大的箱子很快就空了一半，雪地上用过的言岩也慢慢堆成小山，可即使如此，连我都看得出来，它的躯干仍然是干瘪的。

　　本来因为看见小洛好转而逐渐放松的萝朵斯开始着急了,她攥紧的小拳头和前倾的身体都写满了对言岩分量的担心。箱子的一角已经露出底板了,而小洛离原先圆润的样子还差得很远。

　　我想做点什么来打破这紧张的气氛,却不知道干什么才好时,"动物先生"抢在我之前开了口——

　　"我很好,谢谢,我很好。"

　　巨大的愧疚和挫败感将我淹没了,一时之间我成了三者中的外星人。尽管萝朵斯没有发出任何声音,但我和小洛都能从言语之外的信号发现她的不安,而且都产生了安慰她的念头。可我们的区别在于,我不知道说什么,小洛知道。

　　箱子空了。方圆十里能找到的落地石头都用完了。

　　"石头。"小洛缓缓停下动作,看着空箱子说。它现在是什么情绪?它有情绪吗?我为什么开始在意了?

　　出乎我意料的是,小洛转向萝朵斯仍然说:"石头。"

　　我以为"动物先生"又出问题了,它不断地说"石头""石头""石头",而小洛仍然面向萝朵斯,突然之间我明白了:"动物先生"还太原始,只能译出"石头"这个词,小洛想说的是"言岩"。

　　萝朵斯在它心目中是一颗言岩,从天而降、辐射热量、如诗如歌。它们都是这样,等待雪和别的东西降落在它们身上,它们观察、聆听、接收、吸收、理解、给予,它们的死亡是接收不到新的辐射,而它们的新生是一切高于绝对零度的对象。

他们没有耳朵,却听得比我们仔细得多,一个光子都不愿意漏掉。

不知道这个画面在它听来是什么样的呢——萝朵斯在它努力的欢呼与安慰中,咬住下唇无声地哭泣。

至少在我听来,震耳欲聋的静默声音开始出现了物理学定义之外的意义。

十

保温服设置在高功率制冷模式,我却热得满身大汗。

"我再说一遍,多普林,只要你一句话,我们就立刻停下这蠢事。"

反应炉像一根通天的大柱子,耸立在锅炉房的正中央。平时我们就用这个炉子在异星炼矿,工作对象中大多有价值的元素都可以用高温煅烧这种简单粗暴的方法从原石里分离出来。

现在炉子里炼的是落言星的雪,纯氢离开雪晶变成氢气,从上方的冷凝管里快速液化流入燃料罐,雪渣则留在炉底。在艾格打开炉子并退出房间两天以后,我是第一个进来的人。

"没错,工人撤出去了,但除了你以外,船上还有个我,炉子要是炸了,我不死也得残。"

我负责在切断言岩与系统的联系之后待在热火朝天的锅炉房里,在合适的时机打开反应炉的周边系统,让炉子里新生成的高温氢气不至于无处可去;艾格则在楼上控制室负责切换能源开关,以及和我说说话,确保我没有昏过去。

"……切换能源系统之后立刻就会跳闸,那个时刻线路过热,电闸是推不上去的,得要一小会儿自然冷却——可能几十秒吧,我也不知道多久——你要盯紧压力计,直到……"

我开始走神,艾格的声音在耳机里显得断断续续,但我知道他一直在说话,我只是太热了,这平时就不是人待的地方。保温服真的开着吗?

"……屈服极限……不可逆……别管石头……冷凝管开裂……"

炎热的记忆和萝朵斯缠绕在一起。

火星的夏至晚上九点,外面天光大亮,热得要命。她出现在玻璃那一边,只哭了一声就摆动幼小的四肢笑起来,从人群中找到我、盯着我,渴望和我互动。那一刻她像那轮仿佛永远不会落下的太阳,我是她的向日葵。

"多普林?"

可我错了。向日葵从不问太阳的想法就擅自行动,还自以为这是双向的爱。像所有的家长一样,我在乎她,却从不在乎她的感受。

"你倒是说句话啊?!"

我回过神来:"我很好,有点热。"我并不太好,很想一头栽下去,"开始吧。"

"……小心点。"艾格说完这句话,我周身机器运转的"嗡嗡"声就跟着房间顶灯一起消失了。小洛的言岩已经离开了电路系统,系统已经跳闸,船上只剩下两个地方在独立运转:炉子里的化学反应和我的保温服。

萝朵斯掉头跑掉的脚步声,用力捏住"动物先生"希望我帮她修理时指尖血管的挤压声,喊"爸爸"时嘴唇碰到一起的气流声。

手肘和后颈的灼热感最先开始明显起来。

她渴望的语调、不敢奢望的语调和失望的语调。她第一次出现在世界上时响亮的哭声,站在小洛面前时眼泪在面罩里蒸发成水分子的布朗运动撞击声。

压力计告诉我炉子快到极限了,手表告诉我电路很可能还没冷却好,眼皮告诉我大概要中暑了。

她站在船长室门口抱着满分试卷等我吃晚饭,结果等得太久,坐靠在走道上睡着时均匀的呼吸声。她不再等我一起做任何事以后,带小鹦出去时踩在雪地上的"吱呀"声。

不能等了。我把飞船供电开关推上去，扶手的热量从保温服透过来，手掌出现火灼痛觉的同时突然产生了加强的压感——看来它还想往下掉。我用小臂骨头的力量强行把它又推上去。

房间亮起来，"嗡嗡"声响起，冷凝管在我的想象中重新开始散发凉意。

我用不疼的那只手抓起言岩，晃悠着向外走去，萝朵斯的笑声重新在耳边绽放。

十一

"你真的要这么做吗？"

"是的，爸爸，"萝朵斯看着舷窗外越来越远的白色星球，黑色的山峦割裂积雪、褶皱平原，"我要去念语言学校，我想当个外星语言工作者。"

"那种学校很难考，而且接触陌生的文化也很危险……"我的手火烧火燎地疼，它在一个星期以内先后冻伤和烫伤，唯一没有改变的部分是我仍然下意识想把它藏在身后。

"我的成绩很好，也不害怕危险。"

"这不是你害不害怕的问题。"

"小洛不知道我们需要核能，它只是把自己能给出的最好的东西拿出来了。"

我也是。我想。

"我们猜测的原因不一定是正确的。艾格叔叔说落言人在裂变的辐射物质上发展文化，可人类世界里并没有人知道那到底是什么样子的。"

她转过头来看着我，纵使语气温和，眼神里却写满了不容置疑的坚定。

"但是我想知道，爸爸。我想知道落言的语言。除了落言，这个星区还有别的语言，除了这个星区，外面还有别的星区。需要有人来做这些事情。语言很重要，不论它是不是建立在声音之上的。"

也许我把她捆得太紧了，所以她张开翅膀的时候，会想去更远的地方。像艾格说过的，人的反馈常常强于施加者。

在落言星之前，我从未真正意识到自己为什么要把萝朵斯留在身边。我以为自己是想保护她、陪伴她，想时刻响应她的需求，给她力所能及的最好的生活。事实上，最后这部分几乎做到了——她永远不缺新的电子设备、宠物和零食，船上每个人都喜欢她，他们给她有趣的小东西、让她远离危险场所……

但这一切只是在掩饰真正的原因：我需要她。

萝朵斯向往地看向窗外，白色星球远离的同时，黑色的宇宙开始占据视野。她的心已经离开这艘船了。

她将言岩交还给小洛时没有带"动物先生"出去。她说不需要。

我从未说过"我爱你"，有些话并不是用来"说"的。

除了"留在身边"，爱还可以用别的语言和方式来表达，比如聆听与理解。

"爸爸尊重你的决定。"

音　　错

　　我第一次注意到秦浩不是在班上，而是在练舞房。虽然那时候高一上学期已经快过完了，但一个对同班同学没什么兴趣、每天下午缺课去练舞的中等成绩的艺考生来说，班上的人只分收作业的人、特别显眼的人和其他人。

　　我照常做完四组基本动作。在休息时，舞蹈班的同学过来分享一首曲子。要不是侧头去看她的播放器，我也不会注意到那个角度在走廊上假装看手机的秦浩。

　　视线对上时老师说休息时间结束。再看走廊，他已经不见了。

　　后来我得知他就在楼上练小提琴，而且和我同班。再后来我们每到了下午第一节课后，就一起往音乐楼走。

　　为了让他准时去练琴，我答应偶尔拍一点小视频给他，也省得他每天晚到十分钟。"迟到可不太好。"我是这么劝他的。

再后来，我们成了同桌。

上课，跳舞，秦浩。我以为高中就要这样过去了。

但我错得离谱。命运的齿轮才刚刚开始转动。

　　你根本没办法知道自己的整个人生都是由哪一个瞬间决定的，那之前的也是，那之后的也是。常常只有在那个瞬间过去之后，你偶然想起来才会意识到，原来命运的道路早就写得清楚明晰。而接受这一切又是另一码事了。

事后回想起来，最后听到合拍的声音，是一滴水。

高一的夏天，我照常坐在靠窗的位置，下午第一节课的阳光从梧桐叶子里漏下来沾到桌角上，蝉鸣被隔音玻璃降低到刚刚能听见，笔尖在纸上摩擦的声音带着我惯有的节奏，教室里有咳嗽、哈欠、轻声细语的讲话声……老师正在讲正态分布曲线的沿纵轴对称性。

那滴水声是从秦浩桌上传来的，他坐在我的右边，用手臂撑着下巴打瞌睡，口水滴在数学书上。那声音不清脆也不厚重，"啪"的一声就闷闷地砸在纸页上。

我忍住笑意想把他叫醒，数学老师比我先一步走过来——秦浩惊醒地站了起来。

没有椅子挪动的声音。老师的嘴快速地开合，看上去好像在说话，一些视线汇聚过来，有人咧开嘴做出大笑的表情。没有说话声和笑声。

正当我下意识地做出"我聋了？"这样难以置信的判断时，一种持续的尖锐摩擦声出现了，我捂住耳朵也丝毫没有减弱它。

那一瞬间，我想起幼儿时期掉进小区水池里的溺水经历。我知道其他的孩子就在水面之外，也知道水池比我站起来要浅，但在无限延长的呛水窒息和不真切的气泡滚动声中，我无论怎么挣扎也踩不到池底。等终于呼吸到新鲜空气的时候，我以为自己已经扑腾了十几分钟，但同伴告诉我，其实我只掉进去几十秒。

我从座位上站起来，想说自己不太舒服，第一个字出口后就闭嘴了。口腔明明确实震动了，耳朵里却只有那种持续而拖沓的摩擦声。

据他们说，我突然大叫了起来。

我记得那一天，我们大概三十九岁吧，会度过一个和之前每天都相似的普通夏夜。吃完饭以后去江边散步，我们会商量着避开年轻人聚集起来玩滑板和放音乐的地方，只走人少而安静的路，但周末的外面人特别多，哪里都吵，所以我们会回来得比平时早一点儿。你会靠在沙发上看药剂师的考试书直到睡着，而我看好几次钟才会听见一次整点敲钟。

一只野狗会叫上几声，接着一个晚归的家庭会路过楼下并讨论一场遗憾的牌局。大概在午夜的时候，你会因为窗户外面小青年争吵的声音而被惊醒，于是气冲冲地从沙发上爬起来，推开身上的书大步走到窗边去，拖鞋在地板上"咚咚"响。

你被吵醒的时间应该会是凌晨一点，你会问我为什么没有把你叫醒。

我会不太肯定地从手机里翻出你多年前的小提琴曲子播放，即使我耳朵里听见的是意义不明的持续"嗡嗡"声。

你会一言不发地陪着我很长时间。

没有人能解释清楚我为什么无缘无故就听不见了——或者准确地说——我为什么听不见身边的动静，却可以听见另一个世界的声音。

我并没有聋。正相反，我能听见各种各样的声音，但它们显然都不是来自眼前的场景。我看着父母争吵、哭泣和拥抱，耳朵里是拖音很长的工地施工声；我走在家附近的小路上，却听见电影里才有的超慢速外语对话；更多难以辨认的奇怪声音让我恐惧又沮丧，而且完全无法好好休息。无法控制的吵嚷与安静交错出现，大多数都没有我能辨识出的规律。

从那节数学课开始，我就一脚迈进了另一种错位的人生。无论我做什么都不能影响那些声音，它们像塞进我耳道深处的失控耳机一样阻隔外界，自顾自拼命播放。

几个星期后，我从最初的疯狂与难以入睡中挣脱出来，开始学会在声音减弱时休息与思考，转而试图向家人朋友证明自己仍然理智清醒。虽然听不到自己的嗓音，但我似乎没有丧失语言能力。不久后我学习唇语，并坚持要回到原来的学校，同时开始寻求治疗。

突发性听觉神经障碍。这是最开始那两年我在医院里看到次数最多的唇形。在跟一群先天听障学龄前儿童一起上唇语课的同时，我的父母带着我跑遍了国内所有的顶尖耳鼻喉科三甲医院，和每一家叫得上名字的听力相关诊断仪或治疗仪公司,除了让我涉足大半个中国的省会以外毫无收获。

不论是医生、顾问、经理、教授或其他奇奇怪怪的称呼,结果都一样。他们中一些人声称,我只是装模作样,不愿意上学、经历失恋或者校园霸凌;另一些人拿着各种只能证明我多么健康的拍片和化验结果单来推测我有史无前例的新型脑肿瘤、听觉神经压迫或妄想症;甚至有一位民间医生看了我拍的片子,指着一处和周围看起来别无二致的大脑成像图细节,信誓旦旦说那里出现了一个无法在视觉上辨认的血液流速的变化,连他站在一旁的助手听了都忍不住发笑;然而票数最多的意见是我患上某种精神疾病,这一切都是我的想象。

但是大多数人还是直接承认自己并不知道怎么回事,只好建议我放松心情、多休息。

在无数的夜里被无法控制起落的声音惊醒时,我常常会想起那些医生讲"好好休息"的嘴形。我想他们其实是在说,治不好了,你走吧。

高二那年的暑假,我已经差不多跑遍了国内最有希望的医院,一年的求医和间歇性的缺课让我的文化课成绩一落千丈,舞蹈课更是彻底不能进行下去,但没有人因此责怪我。他们的迁就与包容时刻提醒我与别人不同,这让我更加苦闷。

妈妈把我的舞鞋和满满一柜子的 CD 藏起来,好几次暗示我说,以我的文化课成绩,就算不考音乐生也可以上大学。一开始我执拗地摔门而出以示抗议,但自己也不得不承认她是对的——一个听不到音乐的人,要怎么跟着音乐跳舞呢?

你三十六岁那年,有一天夜里我们都睡了。你会毫无征兆地爬起来,从柜子里找出你的小提琴,坐在客厅调音。达芬奇会被你吓得从猫窝里窜出来,躲到卧室来踩醒我。我去找你,会问你怎么没有开灯,还背对月光拿着琴。你不会回答,我也不再问。在没有任何音乐的情况下,我会开始小步晃动身体,嘴里小声哼着只有我自己知道但也听不见的舞曲调。你会拉一首我没听过的曲子来跟上我的节拍。你的弦音干涩生疏,还不时中断,但我那个时候也不会听出来。

我们会用这种奇怪的方式进行下去:我听不见你拉琴,你看不清我跳舞,但我们都知道彼此在那里,做着意料之中的动作。空气在我们之间流动。

最后你会放下手来,说你想去考个药师。"我只会这个了。"你会揉着落下病根的眼睛无奈地说。

而我会由衷地为你找回自己而高兴。

我是在高二之后的夏天彻底死心的。也就是那年夏天,秦浩约我出去,给我一个木刻的大碗,碗底有一个圆形孔洞。他是班上唯一既不觉得我奇怪,也不用同情眼光看我的人。

"我今天刚从毛里求斯旅游回来,这是给你的礼物。"他的额头在八月的闷湿阴天泛出汗珠,"我用游戏机跟一个部落首领的小儿子换来的,他说用这个碗接满雨水,在漏下第七滴水之前喝完,伤病就会消失。

七滴水是疾病躲藏起来需要的时间。"

  我想问他毛里求斯在哪儿,又想问他是不是被纪念品商店骗了,却在开口之前被远处的闪电吸引了注意力。马上会有雷声,而我耳朵里只有一段反复超慢速循环的樱桃促销广播,惹人烦闷。那一刻我突然很想知道听到雷的感觉,即使这在以前是无比普通的体验。

  我伸出手去捂住秦浩的耳朵,他有些意外,但没有躲闪。我捧着他的头,他捧着毛里求斯人的碗,突然他的脑袋在我双手中间轻轻抖动了一下。这就是雷了,我想。

  一碗雨水当然治不好我,它只能让我拉肚子。

  回到家的时候家人告诉我,秦浩的父母来过了,希望我不要再影响秦浩。

  原来他和全家人暑假一起去非洲旅行度假的时候,一个人不管不顾就离开了旅行团大部队走进雨林,在警方搜救六个小时后又自己走回来,带着被灌木枝刮出的满手臂细小伤痕和一个脏碗。在逼问之下,他承认自己见到了土著部落,并承认这都是为了班上一个叫田穗的女同学。他的母亲差点要当众打他,被警察拦了下来。

  我觉得自己没做错什么事情,不明白为什么要受到警告和惩罚。刚上高中家长会时,见到分数后满脸堆笑让我多辅导他们儿子的也是这两个人。

  那个碗我一直留着。隔天我想去超市买些樱桃,却被告知已经过季很久:春天才有当季樱桃,而那时是高三开学前的夏末。

大概在三十二岁那年春天,你会在家里等我折腾一阵子,然后催促着问我好了没有。我会小心地提着笼子靠近你,让你把手给我。

你会从笼子顶上那个开口把手伸进去,摸到那个小家伙的纤细骨骼,它会尖尖细细地"喵"一下,然后发出亲切的"咕嘟嘟"声。

你一开始会吓一跳,然后就轻轻摸起小猫的头。

你会问我它是什么颜色的。我说黑色,路边捡的。我会让你起个名字。

就叫达芬奇吧,你会说。达·芬奇的画里黑色挺多的。

行啊,我会说。

在视觉与听觉无法到达的地方,只有触觉能撬开你的壳,让你变得柔软。

秦浩对一切有违常理的东西都有无法解释的狂热。他收集印刷装订错误的科幻小说,称之为"双重的奇妙"。他拆卸家族祖传的怀表,拼装回去时想办法让指针倒着走了一分钟,并彻底忘记正走怎么装。

我也怀疑过,自己也许只是他"怪奇博物馆"中的一件藏品。

"我想去学医。"他这么说着。那时候我仍然在拼命补上因为各种原因落下的功课,月考年级排名已经跌到全区五千,秦浩的名次比我居然还要高一些。我甚至产生了一瞬间的嫉妒,有一只魔鬼在脑子里问自己:如果我的耳朵没有问题,是不是已经在准备校考了?我已经失去那种可能性了,而他居然明明有一对好耳朵,却要丢掉音乐主动要去学医了,真是暴殄天物。耳朵里的汽车鸣笛让我像是置身拥堵的马路,每一声喇叭都要响半分钟以上,这让我烦躁不已。

"你的小提琴呢?说好的悉尼歌剧院音乐梦想呢?不考艺术生了?"我紧张地盯着他的嘴唇,"你该不会妄想要治我吧?"

"你想得美!我可是跟我爸商量过了,高新医疗是这些年影响力上升最快的行业。"

之后回想起来那的确是新型医疗开始一鼓作气抢占传统医疗市场的最开始几年,弱人工智能住院管控、新能源、纳米手术刀、高分子材料,每一家医疗健康企业和机构都在研究新疗法,你争我赶地占领自己在医疗新可能性中的一席之地。但那都是秦浩之后才告诉我的。

一瞬间我产生了劝告他认清自己考试成绩的念头,但想起来他近几个月像觉醒了隐藏之力般一直在进步,所以一个字也没说。以前我们说要一起考上北京音乐学院,我跳舞他拉琴,现在我们都不怎么提音乐的事。耳朵里接连不断的交通噪声像关不掉的闹钟般搅人清梦,但我没法给他解释这份焦躁。

他从校服裤子口袋里拿出一个网球大小的小玩意。我低下视线注意到他不再像以前那样为耍帅而卷起单侧裤腿了。可能人总是要长大的吧!

"一个沙漏。"我说。

"一个倒流的沙漏,"他得意地放下它,摸到侧面的开关打开,铁砂从底端整团腾空而起挤到喉管处,细密沙流穿过窄小通道,向顶端的电磁铁片流淌,很快堆出一个尖端朝下的小山丘。"市里手工比赛的作品,我做的。"

"它需要多长时间流完?"鸣笛好像暂时有消停的趋势。

"最多一个小时,或者如果你想的话,低于一个小时的任意时间。"他用手指推动侧面的速度控制条,上升中的沙流以肉眼可见的速度变粗了,"现在只需要不到一分钟。"

我哭笑不得,感受不到这个玩具的意义。时间的准确性在粗朴的手动调整中丧失殆尽。

"你在沙子流到一半的时候调整了速度,"我提醒他,"而且多次使用之后铁砂会产生磁性,就算不调速也无法计量准确的时间了。"

"对啊!"他满脸惊喜,"这样不就可以在跟你下计时象棋的时候作弊了。"

那我们还得去古董市场淘一副不带计时功能的老式象棋。我一边这样想着,一边完全感受不到他的快乐。未来的一切对我而言都是不可知的混乱,一如我现在听见的乱七八糟的喇叭;我站在路口中间不知所措,这场突如其来的病打乱了我所有的人生计划。

"你为什么老跟着我?"我藏起自己被摧毁殆尽的自信,想象不出任何与秦浩有关的未来,只能尽量不哭出来。我害怕这个问题会提醒秦浩我是个残缺的人,又害怕他早晚会自己发现。车流声又重新闹腾起来,吵得我想要把头埋进地里。

他没料到我会突然这么问,盯着我看了好久,憋红了脸。

"你跳舞好看。"他硬着脖子,眼睛死死盯着沙漏,像是在说烈士遗言，又好像突然意识到自己说了不该说的话，慌乱补充说："不跳舞也好看！"

"我有病。"我说，"治不好的。"

"你才不知道呢！"他力争道，"未来的事情谁也不知道的。"

我伸手去调整沙漏的流速开关："我是个残缺的人，我和别人不一样。"

"是啊，"他拦住我的手，"你比别人特别多了。"

不算很久之后，大概在你28岁生日之前吧，我们会去海边度假。我特地给你买了墨镜，你一声不吭地戴上了。我请了年假，而你挂的仍然是带薪病假，公司在这方面的宽容似乎让你挺受挫的。

我们会为了一件小事情吵架，具体的我已经不记得了，又或者你只是单纯的心情不好而冲我发脾气，就像所有的情侣一样。

我们穿拖鞋去踩海水，夏天的凉水会让我心情大好，但你会搞不明白这有什么好玩的，只想赶紧回到室内去，但又因为不能自己一个人回去而生闷气。

我在沙滩上给你捡了一个不大的破螺壳，舀上一壳沙子，撑开你的手掌心往里倒。一开始我倒得慢，中途又加大倾角让沙子流快了些。

你会安静下来，手里捏着漏完的沙子，咬牙说我也许是错的，你也许不会好起来了，这么长时间以来什么也没有好转。

我会说你才不知道呢。

我们没有继续对话。我猜我们应该是拥抱在一起了，因为我听到了你在我耳畔的呼吸声。这是触觉的奇妙之处，它能无声地抚平你。

你想养只猫吗，我会小声问你。你不会用声音回答我。

为了躲避小报记者和知情的邻居，我先后搬了两次家，终于在上大学之后能够只身一人去往没有人知道我的城市。我选了一门不需要太多口头交流的专业，逐渐忘记学过的舞步，将自己藏匿在自习和阅读这类安静的活动里。我隐藏耳朵里另一个世界的秘密，只告知同学老师自己没有听力，他们很快也接纳了这一点，大多数人会给与我额外的照顾。

也有些放空的时候，我尝试从超出常理的角度接受这些声音存在，然后猜测它们从何而来。声音中的大多数都像暴力拉长的低频拖音，但也有一些和我记忆中的有意义的声音相似，动物的长啸、车顶的暴雨和雨刷、大量的随机音乐片段与机器，和偶尔能识别出来的、明显是中文的只言片语。可时间一久，我也开始记不清哪一些是"听"到的，哪一些真就只是我在想象中构建的回忆。

这种经历一点都不有趣。它们让我想起各种各样的恐怖片音效，而且总是在不合时宜的时候出现。我很难在像是菜市的杂音里完全集中注意力地听课，也时常睡到一半被巨响惊醒，接着一直闹腾到天明。在热闹的晚会和突发集体起哄里，我又会因为搞不清楚状况而浸泡在无法融入的孤独中。实在烦躁的时候，我会默哼以前练舞的曲子，这是少数能让我从噪音之中平静下来的方法之一。

无论如何，我得自己学会和那些遥远的声音共处。

秦浩上医科大学之后常常给我打视频电话，兴奋地告诉我他今天听到了什么特别高精尖的技术，或者在哪门基础实习课上又捅了什么篓子，有时候语速快得我都看不清楚，我只好打断他让他慢一点重复上一句话。我从没见过哪个大学生用他那样不休的热情对待学业。

也有一段时间我很沮丧，认真地希望秦浩放弃我，去追寻自己的生活。他坦诚说自己已经没剩下什么别的爱好，在放弃器乐的时候他剩下的追求就只有我了，然后持续不断地给我带来新的玩意儿。

有一天晚上九点多，我刚离开自习室，正享受难得而随机的安静片刻，看见秦浩戴着帽子围巾站在教学楼门口左顾右盼，鼻尖冻得通红。他的学校很远，我一度以为自己是看错了，但也很快接受了这样不打招呼就直接跑过来很像他会做的事——他从不提前做出预告。

他看见我，很高兴地迎上来，给我一个助听器，说这是他们课题组最近的研究。他说服了老师和其他同学，"给自己的听力不好的女朋友成为试用者的机会"，然后赶紧吐着舌头向我道歉，表示他也是迫于无奈才那么说的，如果不坦诚恋爱关系，老师可能会担心他把研究成果泄露给不能信任的人。白气从他吐着舌头的嘴里呼出来，好像一条大狗。

"是最新技术的原型机，能把外界声音变成颞叶并直接识别的电信号，你绝对没有试过。"他双眼冒光地说。

秦浩总能从各种地方弄来不太完善的原型机，除了医疗方面的，也有些生活上的。有些看上去在功能之外已经包含外观美学设计、看上去像商品了，有些则连排线都打结。他常常二话不说就让我试用，有的似乎是借来的，有些则是试过就不再拿走的淘汰品。我放铁沙漏的架子逐渐被大大小小的闲置机器塞满了。

这些机械中的大部分有点用，但也并非不能或缺。"厨房助手"气球会监测空气和温度局部变化，适时从天花板上飘来提示我锅里的菜可能要烧干了。"大世界"听写机用几乎无法察觉的延迟帮我给新闻直播与视频电话添上同步字幕。"中墙"灯光系统能判断我在阅读、看电影还是休息，不需要向我对话确认就能调节房间光线强度，让我更集中或更困倦。

此外就是各种各样的听力治疗仪。有一些在我拿到手之后几个月就风靡医学新闻，也有一些从来没有真的通过测验走进市场。

但无论如何，这些声称疗效显著的治疗器材全都对我没用。我仍然在晴天听见雨水，在睡梦中被火车汽笛吵醒。

那天晚上我抱着书站在雪地里，和往常一样证实了那个助听器和其他所有的助听器一样毫无作用，并且在他失落又飞快振作的眼神里暗自决定改变自己。一直都是他在照顾我，也该我向他走一步了。

严重失真的过时流行金曲不知道响了多久了。我脚趾抓地浑身紧绷，一边帮他整理着围巾，一边决定重新开始学习跳舞。

在你三十岁那年的冬至，我在练舞房休息时，左侧的女孩会戴上质量不太好的耳机听歌，在漏音之中，我会想起你柜子顶上落灰的小提琴箱。但那个时候你已经很久没碰过琴了。

我会从手机里找出很久之前的音频,那是你高中时的独奏。旁边的女孩会很惊讶于我能听见声音。我会用不太好听的嗓音向她解释,我现在听不到,但我喜欢看着这支曲子的进度条向前匀速行进的感觉。

那个时刻你应该正躺在原子胞公司的手术台上,身边放着一个破螺壳。

你会好起来的。我一点儿也不担心。

毕业之后,我意料之中地在面试中碰壁了几次,终于被一家很缺人的书城接纳成为仓库管理员,而秦浩则过关斩将被"原子胞"医疗器械公司聘用了。他频繁地在北海道、伦敦与海德堡之间往返,大肆赞美洛根机场的快餐店,有时候也会在国内多转一趟飞机,给我送来被真空包装袋压扁的跨国配送新鲜寿司。

虽然我们住在一起,但实际上有一半的日子秦浩都在出差或深夜加班。他不在的下午和周末,我坐半小时的地铁去上私教舞蹈课,用肌肉记忆与耳朵里大相庭径的节奏对抗。这是一个碰运气的环节:如果赶上相对安静或干脆嘈杂到白噪音程度的声音,那天的课就会顺利一些;如果碰到耳朵里正好在放另一段拉伸扭曲的音乐,就得下更多功夫去对抗与舞蹈动作不合拍的节奏。

其实其他时候也差不多。在一天里的大部分时刻,安静对我而言都是珍贵的存在。但选择背景音乐的人并不是我。

"我们在研究一种新的逆时疗法。"他坐在我对面,在面条里拌进更多自制辣酱,而我在努力从轰炸般的声音中集中精神。前些年去一个海边城市旅行,正赶上烟花会,我看见站在附近的人做出凑近耳朵大喊的姿势才能听见彼此讲话,自己却只听见了很轻的流水声。

那时候我还庆幸过自己有天然阻绝噪音的作弊方法。但那只是走运罢了,欠的总是要还的,现在我待在屋内,仿佛置身战场。最近几个月听到的声音好像变得趋向于急促和精短,即使有时候出现完整的句子,也像影片快进一样吐词不清。近一个月来难以持续超过三小时安静的睡眠让我精神不佳。

"知道我们找到了什么吗?公司访问和研究那些人均寿命不足五十岁、却一直拥有超过一百五十岁长老的亚马逊部落,找到了他们延长寿命的药剂,那东西能让器官在细胞层面找回曾经有过的记忆状态。所有细胞从生下来就在不停留下成长变化的印记,就像无时无刻给自己拍纪录片,我们认为那药剂能改变细胞对时间的感知,让细胞回到过去某个时刻,就像返老还童。"

他滔滔不绝,说那些人如何粗鲁地将药剂涂抹在头顶和胸口,而公司如何提纯了其中的有效成分,又是怎么让一只肝癌晚期的奶牛多活了一年。他说这项技术会颠覆人类对时间的认知,可惜出于法律和——更主要的——生物承受能力的限制,逆时疗法只能用在少且集中的细胞上。

"你的一切症状都符合我们预设的治疗对象:曾经健康,症状出现没有先兆,长期,器官并未物理受损。真正的病灶一定在你的脑子里,是管理听觉的大脑细胞出了问题,多半是细微处的堵塞或病变,这可能就是你为什么总是头疼的原因。所以只要让所有与听觉有关的脑细胞回到以前的状态就行了。只要再等一等,通过人体实验环节,你就可以用上这种技术。"

"你想给我做开颅手术。"持续的爆炸声吵得我头昏脑涨。

他哈哈大笑,把筷子掉到地上,解释说其实不用打开头骨,那都是很古早的旧手术技术了。纳米手术刀会带着有效成分从皮肤钻进去,精准完成送药后会跟着循环系统排出,连创口都不会有。

我等他说完,弯下腰去捡筷子,看见他整齐笔挺的西装裤脚,双腿都一直垂到脚踝。那个以前卷着校服裤腿跑进教室找我抄作业的少年,在全区文艺汇演里独奏小提琴的少年,这个见少离多但总是让我意外的家伙,在我眼皮子底下变成了另一个人,一种和他少年时期的憧憬完全不同的人。

"现在已经到志愿者测试阶段了,如果顺利的话,几年内就可以上市。虽然实验对象有点难找。我们招募不到志愿者,有偿的也找不到。大多数人觉得这种药有风险,但我想这次也许能治好你,我有预感。"

我不是第一次听到这种话了:"不行也没关系。"在轰鸣声中说这句话立场不太坚定,但我从最开始就没有抱过什么希望。

"有关系。"你说着,看出了我的焦躁,"现在很吵吗?"

我点点头。

你伸手捂住我的耳朵。即使我们都明白这不会对减弱声音有任何帮助。

在手掌温度的包裹中,我有些庆幸你没有放弃,也第一次相信了你说会治好我的话。

甩开种种不安，我少见地允许自己妄想以后，再一次听着音乐跳舞的画面。

在很长的一段时间里，你会对自己做的一切后悔不已。不光是因为你在我重新学会跳舞时突然失去了观看和照顾我的能力，更因为你会最后终于相信逆时药才是一切的源头。

等你明白我的意思，相信我说声音和画面的速度被改变了时，我已经过了那个最关键的瞬间了。

但你的症状会比我的更让人灰心：在你所有的生病时间里，你都看不见任何东西。

有时候我会想，这可能是我们能在一起这么长时间的根本原因：我适应性强而且被动，你拒绝现实所以主动，我们正好是相反互补的两个极端。

所以在听力出问题之后，我能够靠自己接受这个现实，而你明明有放弃音乐毅然决然去学医的果断，也坚持不懈地尝试一切治疗我的可能性，却在失去视力的那一刻几乎要被压垮。

在境遇颠倒时，我们在某些层面上交换角色，变成了对方。可能这就是爱情的意义：它将两个人揉捏在一起，让他们互相吞噬吸收对方的一部分，等回过神来的时候，他们已经各自做出了原本只有对方才会做的事情。

没有谁应该依附另一人存在，只有自己能够站立的乔木才有互相搀扶的资格。

秦浩的父亲沉默地领着我穿过客厅时，金属声叽叽喳喳、断断续续地刺激耳蜗，我假装没有注意到他母亲怨恨的眼神。

细节已经提前从视频电话里知道了。猜测是研究药品泄露但尚未证实，秦浩走在路上突然就眼前一黑，差点撞车。之后除了打个电话请朋友把自己送回家，和说要见我以外，他一句话都不说。

良久的沉默之后，秦浩说的第一句话是："我不可能瞎了。药封得好好的，全都是我亲自检查过的。"

"你看不见了这件事，和你正在研究的东西有关的可能性大吗？"我问。

他懊恼地一言不发，我想这是被我说中的意思。也没有什么别的可能性让一个健康的人突然失去视力了。

"项目组里的人来我家看过，他们也不知道怎么回事。现在志愿者肯定更难找了。"

他的书桌上散落着拟好但没签的合同，上次提到缺志愿者已经是半年前的事了。如果研究进度卡在这里，秦浩就总也不会弄清楚自己为什么看不见了。这件事的优先级在一念之间就上升到了我的听力问题之上。

"……受药器官有可能出现的器质性损伤、病变与功能丧失……"我紧盯着合同上这行字。这个器官是大脑。

最近我听到的声音已经和几年之前不太一样了，所有的音节都更加短小和急促，常常有像是人类嗓音的句子揉成一团咕哝过去，意义不明的声音流好像在高速飞驰。尖锐刺耳的短音常常出现，有少数我能听清的陌生句子让我充满不安。之前十多年为忽视声音而做的专注力练习在这种变化出现之后变得几乎无用。

一开始这种改变让我觉得有什么事情要发生了。但万万没有想到先发生事情的是秦浩。

"我听到的声音变快了。这么多年，到现在也没人告诉我怎么回事。"我把那份合同放下，用他的手捂住我的耳朵，又用自己的手抚摸他的眼皮。"你们需要人体实验的志愿者对吧？我去。研究清楚了，让他们治好你。"

有一件事以后会困扰我很长一段时间。如果我已经听见了未来会发生的事情，那它们还会按照我所知悉的方式发生吗？我有可能在已知事件发生时做出另一种相反的选择吗？

出于好奇，我会去找一些奇奇怪怪的哲学书甚至虚构作品。有一种可能性会提到说，不论我做了什么离经叛道的事情，某种强大而不可名状的命运之力都会强行把我纠正回原来的轨道之中。

遗憾的是，我没有办法验证自己是不是试图改变过轨道。我的人生只有一条，记忆也是完全直线的。如果还要说到更宽泛的可能性，要说我的记忆也会跟着改变，就更加无法验证了。

实际上，即使我在手术台上听见了接下来的人生，也没有办法像计算机一样记下每一段音频细节。也许我会记得几件重要或更在意的事情，但最多也只能凭直觉或声音内容给它们配上大致的年月。大多数的事情，只有在今后重新经历的时候，我才会想起来，啊对，当时听到的就是这样的。所以大多数时候根本没得选。

手术就和秦浩说的一样简单。我躺在房间中央，呼吸器里一氧化二氮闻起来有点甜。我不困，也不兴奋。医生们的口罩是贴心的透明材质。

出于迷信，我带上了那个很脏的碗，它细菌超标被禁止直接带进手术室，只能装进密封袋放在一边的桌子上。

其实我也没有功夫去看它。如果要描述现在听到的声音，我只能用"快"来形容。一些滚动而过的音色听上去像人在说话，另一些杂音则令我毫无头绪。在间歇性的静音之外，每秒都挤着好几十个单音。

不知道是因为提前神经性药物的作用还是别的什么原因，我逐渐能短暂地跟上那种飞速一闪而逝的音节组合。各种声线的话语一句句清晰起来，意义不大的日常对话一句接一句播放，像是几十倍速播放的磁带。在大量的陌生嗓音中，夹杂了一些即使多年过去也熟悉的嗓音。

是秦浩。日常生活中的对话一次又一次地出现，以略微陌生的声音。这个发现令我暗自惊讶，我都快忘记他高中时的声线了，但现在的应该是沉了一些，我的则像是嗓子坏掉一样忽高忽低。原来我们一直是这么对话的。

熟悉的对话让我突然明白过来了——我听到的是过去的声音。所有迟到的声音正在拼命赶上时间的脚步。原来我一直在过一种声音错位的人生，这种持续性的困扰太过于漫长持久又无法解决，它将我浸泡在过去，消磨我的脾气，斩断我与人交流的欲望。

原子胞猜对了一半，逆时药确实改变了细胞对时间的感知，但并不是回到过去，而是改变局部器官感知时间的速度。

我在大量信息涌入听觉神经时开始胡思乱想。回想起来，从第一天声音变得奇怪到现在这一刻，我听到的声音是逐渐由慢变快的，现在我才知道它们只是迟到了，就像把卡带先慢放再快放，所有的声音都来自我自己的真实经历。秦浩看见的那些漆黑画面，如果和我听到的声音一样来自迟到的过去，也许他只是看见了一段超慢速播放的过去，光子由于被过度分散而无法维持亮度。

这种声音越来越快，从间隙极短的忽有忽无逐渐变得融合成一片，声音的内容也重新难以辨认起来。

医生将前端平滑的金属针管贴在我的耳垂和下颌骨之间，音节已经短暂连续得仿佛白噪音。这个时候，纳米机器人已经带着逆时药剂的提取物直奔颞叶和枕叶了，我大口吸入更多镇静剂，时有时无的白噪音融合成起伏更加平缓的嗡鸣，汇成一个尖锐的啸音。

还有另一种可能性，是即使记得的那一小部分，我也完全按照原有的轨迹去做。如果要为未来的我找一个理由，我想这里面大概没有任何道德责任或物理规律的考量。我可能只是觉得，这是和你在一起的最好路径了。

我是一个非常被动的人，是那种绝不会成为少年漫画主角团的人，常常是生命给我什么就接受什么。但这不代表我不知道自己想要什么。你像一把斧头,劈开包围我的层叠山岩,又像阳光一样洒在我身上。在我浑然不知的时候,你已经变得如此重要。

我非常知足。在能听见的十二年未来里,我和你会经过很多苦难,发生很多争吵,然后走向一个并不算差的结局。我担心一丁点儿的差错改变都会导致更糟糕的发展。这份悲观把我压迫在命运的轨道里动弹不得。

我不热血,也不想翻身改命,我要的东西很少:希望你快乐,希望与你待在一起。为此我愿意坚定不移地照着已经有的剧本走下去。

我早该想到的。先慢后快的播放速度,只在耳朵里慢一些出现的过季食物、气候和烟花。我听到的其实全都是自己亲身经历过的声音,只不过它们出现在错误的时间。

逆时药剂影响了我过去十二年间听觉的速度。它像一块磁铁,将我听到的声音在时间轴上向它起作用的时刻吸过去,声音就在它的近处拥挤、在相对远处拉扯,而再远也许就影响不到了。像光滑布料上的一个褶皱。

我努力辨识听到的声音,耐心地等待声音追上来。在越来越难辨识的高速快放中,声音乘着快艇飞过时间的长河,和秦浩在一起的记忆历历在目,练舞时错过的配乐混着汗水汹涌而来。

这一大段人生在逆时药起效的这一瞬间就已经决定好了,它像一个可笑又无法撼动的莫比乌斯环:因为我听不见了,所以秦浩想治好我,于是才找到了逆时药;因为用了逆时药,我的听力才从十二年前开始被固定在这条荒谬又无奈的轨迹上。没有人是错的,错的是命运。

我以为这一切要结束了,但我又猜错了。这个褶皱似乎是中轴对称的。时间的横轴从十二年前走到现在,才刚好走了一半。中点之后,后面一半的信息像巨浪一样将我淹没。

我听见了未来的声音。

在手术台上,我听见的那一小部分未来里,那个未来的我也听见了那一刻所听见的更远未来。这种联结一直传递到十多年之后的夏夜,时长与我声音错位的过去正好相等,像一幅精密对称的正态分布图,曲线下的恒定面积是我听到的声音,它们的总量从未变过,只是因为药物的作用而向中间集中了一些。

有一点奇怪的是,在我发现未来里全是你时,一时间除了安心以外什么都感觉不到。那些预先告知的苦难一点也没让我感到困扰。

我又想起你打瞌睡那节数学课,不会再有的年轻光华早就从你脸上溜走了。辗转迂回,我们以后还会重新跳舞拉琴。在漫长的自暴自弃之后,你最终会接受这戏言般的过去,重新面对生活。时间是最值得感激的东西,除了时间,没什么能让一个人充盈另一个人。

在你被小青年吵醒的那个夏夜,我双耳受难的时间会走到尽头，二十四年的错位声音会在那一刻画上句号。从恢复正常听力的第一秒开始，之后的人生我一丁点儿都不知道了，所有的事情都重新成为未知。我们从普通人，变回普通人。

但我至少能预料到一件小事。我听见的第一段合拍的声音，是你为我而放弃的琴。

现在离那一刻还有十二年。

我已经迫不及待要向新人生启程了。

"如果有哪里不舒服就说话。"医生因为不确定我读唇的速度，特意用缓慢夸张的语速说，"手术已经做完了，不过你还得躺一会儿，有什么想要的吗？"

"有。我想吃樱桃。"难以置信，一个二十七岁的我居然会在手术台上做出这种小孩子的发言。"还想下象棋，要老式棋盘，不带计时功能的那一种。还想摸我家的猫，虽然现在我还没有猫，但以后会有的。"我像害怕自己下一秒就会忘记此刻的愿望一样说个不停，眼泪止不住的往外淌。"我想去海边，想和秦浩抱在一起。"天啊，太肉麻了，这些人可都是他的同事。"我想回家去，手术结束后我立马就回去，我想要下半辈子都和他待在一起。他瞎了也好、怎么都好，"我喘了一口气，"我还想跳舞给他看。他以后会看见的，我知道的。"

颗粒之中

零、椅子

酒店 24 楼露台的风。

一、乘务员

"先生,请问地上的是你的毯子吗?"
"不是。"
"那我拿走了。"
"好的。"

二、医　　生

感官上来说，我应该在一架飞机里。

睡醒时脖子两侧被空调风吹出的酸痛，滑到地上导致脚格外温暖但刚刚被拿走的毯子，前排椅背上坏掉的屏幕里我的剪影轮廓，无数个整齐排布的后脑勺，空姐在远处问询某人需要什么饮料的甜美声音。意识缥缈在睡意之外。

困倦中，我内心有些愧疚。刚才下意识就逃避了让毯子掉到地上这件事可能引发的抱怨。不知道这条毯子会不会马上被拿去洗。如果它必须很快被清洗，就平白给后勤清洗人员增加了工作量，如果没有被清洗，而是被叠起来收进柜子里了，我又觉得对不起下一位使用者。但那一刻我为了省事，还是否定了自己与毯子的关系。

强打精神把毯子甩到脑后。我坐上这趟去苏州的航班，是为了去给一名女孩做手术。她碰到了高压电，身体在触电后已经被巡逻机器用急冻喷雾快速冷冻起来以阻止进一步恶化。由于处于冷冻状态，所以也没办法做基础体检，至今为止我没有看到事故报告，只听说看监控的员工在看见她的样子后当时就吐在了绝缘服的头罩里。

急冻状态维持不了太长时间，一想到伤者还在等待，我就焦虑起来，急救医生的工作就是和死亡抢时间。

我的前座椅背屏幕坏了。这不奇怪，航空公司常常在一些意料之外的事情上低效得惊人。郁闷的是我的手表也刚好没电了，从睡醒到现在一定已经超过一分钟了,分针和秒针都还没有走过。看来为了打听时间,不得不向人搭话了。

我往窗边看。隔壁坐着一动不动的女孩。

"外面太亮了。"我的视线从她皱巴巴的大外套上滑开,那看上去像某种工装制服,"现在几点了?还是下午吗?"

她转过头来与我对视,眼神清亮。

"抱歉,我把时间弄丢了。"在她的注视之下,我紧张起来。

三、电　工

"你终于和我说话了,我等你睡醒已经等了很久了。

"窗户挡板给你拉下来了,现在不那么亮了吧。其实光在这儿跟不上你的视网膜,光线对你来说只是错觉。

"眼熟?看来你不认识我,既然如此我们先认识一下吧。我在国家电网工作,百万伏户外变电站空间工程师。当然不是养雷丘的,以前也有人这么对我说过,但是可惜那种生物我还没有见过。如果真能有小动物直接发电,我们可能会养上几千只当国宝一样供着来轮班。我有很多同事做电力调配工作,而我做一些——延展研究。

"原来如此,你是急救医生,正好是去苏州抢救一名被电伤的女士。那里正好是我工作的地方,不知道有什么能帮上你的吗?电网的事我基本都知道,这种事故很少见,所以交换信息可能会对你有帮助。

"不,那个触电的伤者不可能用手直接碰到百万伏电压附近的线路或塔，地面的人没有办法在通电情况下走到 9.5 米之内。她碰到的应该是空气。

"9.5 米是百万伏电压运输设备的极限安全距离，在这个距离之内的空气是带电的。在人跨进 9.5 米时，左脚与右脚的电压已经不一样了。有时候安全警报响起来，我们能知道是电网附近进鸟了，但是到现场去检查什么也找不到——因为鸟汽化了。

"这可比自然闪电厉害多了，闪电只有千伏，电网可是千千伏，多了三个量级。条件合适的时候，这种能量足够把宇宙空间劈出一个洞来。"

四、医生与医生

"就……怎么说呢，好像以前隐约也明白'医生救不了每个人'这个概念。不是鲁迅那种思想层面，就是字面意思的救不了每个人。我们再怎么拼命努力，每年每天，每分每秒都还是有很多人在现有技术可以治愈的病痛中受折磨致死。这些我客观上都理解的，当医学生的时候就想过这种事了。有的病人会怪罪时间、家境、运气，而怪罪医生的越来越少了。

"但真的当我成为当事人的时候，一个我自己倾注过时间和爱意的人死在我手里——虽然我根本没碰她——这种时候才真的理解到自己有多渺小和无能了。人会注意到自己每天都在用电吗，会注意到一根灯管亮着是因为有成千上万人的工作在支撑吗？不会注意到的，除非停电了，人才会问：修理的人哪儿去了？设计线路和电力运输的人干什么吃的？从那之后我不停地问自己，她需要救助的时候我为什么不去救她？懂这么多急救是干什么吃的？你能懂吧，你也是医生，虽然和我治疗不一样的东西。

"就好像死掉的不是一个你认识的人，而是你自己生命的一部分。这种黑暗笼罩的感觉，和在电视里看灾难死亡人数的距离感是不一样的，和我救活了或者没能救活一个陌生人也是不一样的。我以前是不是太天真了？"

五、医　　生

人类有一种奇怪的社会性反射，是在痛苦、难堪或紧张的程度接近大哭的临界值时突然咧嘴笑出来，这是脑在表意识之外强行调动身体来缓解紧张气氛。如果对表情系统不够了解，人可能会因此误解紧张者的真实情绪。虽然我以前也偶尔被某个人说"情商低"，但好在面部肌肉运动我是能看懂的。面前的这位女性虽然一直在微笑，但好像随时能哭出来的样子，这让我更不好意思随便接话了。

她胸口的挂坠好像一颗金属扣子，阳刻的羽毛根部地方有字母的刻字——Dr，也许是名字，也许是别的。

一边听她说个不停，我一边对抗睡意想着伤者触电的各种可能性。以鸟为例，有没有可能在一只鸟闯入带点空气范围并被汽化时，有一根羽毛因为惊慌和挣扎而脱落下来，正好被推到有电距离之外？如果被不理解原因的路人看见了，就是一只鸟飞着飞着，突然"噗"的一声，只剩下一根羽毛缓缓飘零下落。

　　鸟能被带电空气完全汽化，那人又如何呢？我迷迷糊糊地就上了飞机，关于即将手术的那位伤者，除了她是一位女性、触电濒死以外我什么准确消息都不知道了。

　　我不是第一次赶到别处出急诊，毕竟现在医院都有到机场的超快速通道，有时候急救医生出诊到隔壁城市做现场手术的速度，比伤者从事故地到医院还快。虽说也不是第一次接触电伤者，不过这一次确实有些特殊，我记得消息只说伤者"不太完整"，但是再没有更多详细情况了，接到消息五分钟以后，我已经在飞机上了。

　　这位病人接触到的空气有多高的电压？她哪些部位的损伤严重到需要截肢或更换器官，哪些部分只是轻微灼伤？她身体的一部分会不会和撞网的鸟一样汽化了？被发现时已经过去多久了，急冻及时吗？

　　只要是还活着的人，大部分的外科手术我都能做，她的状态是外科手术可以修复的吗？她的脑还好吗？身上会不会有静电需要在术前预先释放？在触电的瞬间，她在想什么呢？如果她能知道我到场了，我却表示无能为力，她会不会痛到想死？我会不会愧疚到想和她一起死？

　　我还来得及去救她吗？还能在她活着的时候赶到她所在的空间吗？

　　飞机怎么还没到机场？

六、电　　工

　　"'什么空间'是个好问题。

"你知道我们的宇宙正在扩张吧？扩张的意思是，宇宙像一个正在吹气的气球，不停地变大。

"所以就产生了这么几种状况：第一，宇宙越来越空。绝大多数的星系在光谱上都有红移，也就是说，它们全都在远离观测地点。这种远离不是星系自己在"哼哧哼哧"地跑，而是宇宙的坐标系在扩张，也就是原本只占了一点点空间的宇宙正在挤占越来越大的空间，宇宙气球越吹越大了。气球之外是什么我们不知道，但气球之内的物质总量是固定守恒的，所以物质之间的缝隙也在变大，气球里任意两点之间的距离都在互相远离。

"在一块柔软堆放的棉布上用生锈的钝刀戳一下会怎么样？不会怎么样，布料受到了挤压就会因为韧性而往下陷，就像用拇指按压枕头，只要把刀移开，布料就会还原。但是你在一块拉扯伸张的布料上戳一下，就会戳出一个洞来。百万伏的电压在极端条件下放电，就相当于在拉扯的宇宙空间里戳一刀，撕开在宇宙空间上原本的连贯宇宙力，戳出一个洞。

"你又露出那样的表情了，让你的病人看见了又该胡思乱想了。我说的绝对在现实理论物理的讨论范畴以内，我的工作就是研究这个。当然也不是每一次百万伏放电都会在空间上戳出洞来，不然国家电网可没法运作了。一般情况下鸟就只单纯是汽化了，也就是一只导体身上发生的简单物理和化学反应。

"非一般情况，也就关系到宇宙扩张会产生的第二种状况了：所有的点都跟着坐标系扩张而相互远离时，距离越远的两个点之间相对速度越大。那么距离足够远的两个点，扩张的相对速度有可能超过光速吗？

"答案是可能的。爱因斯坦断定限定物体运动不能超过光速，他的前提是狭义相对论有一个固定且有限的坐标系，物体在坐标系里运动不能超过光速。但是宇宙扩张并不是物质运动，而是坐标系本身在扩张，无论坐标系如何扩张，就像把披萨的面皮旋转甩开得更大了，可坐标系就是披萨自己，无论它转到多大多快，坐标系上每个点的坐标在扩张运动中都不会变化。

"当地球所在的那个点，在坐标系中的扩张速度相对系内另一个遥远点达到光速的时候，地球所在的这一小块时空就会处在一种微妙的错乱与极限平衡之间：表面上时间与空间都还在正常运行，但一切都在四种基本力的拉扯下绷紧成一张一戳就破的橡胶皮。这时如果有足够大的能量，比如说百万伏电压被释放到非密封空间中，"噗"——

"空间就破了。"

七、乘　务　员

"先生，请问这是你的扣子吗？落在你脚边了，上面雕刻了羽毛。"

"不是。问问这位女士吧，她好像有类似的饰品。"

"女士，这是你的吗？"

"不是。"

"那我再去问问别人。"

八、医　　生

　　坐飞机就是这样，乘务员会因为无数件小事情来打扰你，有的还会热情地给你塞一些特产食物或礼品，大部分时候我什么都不需要，坐飞机仅仅是为了到站而已。

　　我伸手去摸自己空荡荡的衬衣领口，同时感受着空荡荡的脑子，想不起来上一顿饭是什么时候吃的。以前我就经常因为忙工作忘记吃饭而被某个人强烈责备过。说起时间，我仍然不知道现在是什么时间了，邻座的女孩刚才还说光子跟不上我的视网膜，难道这飞机也飞得比光快吗？那我的时间是该暂停还是该往回退？

　　在她滔滔不绝的梦话里，我一直处于半昏睡的困倦混沌状态中，感觉很像低烧着通宵直到天亮的体验，难道这也是错觉吗？她话的意思我都能听懂，不过好像总是慢一拍。

　　飞机的座位很挤，我惦记速冻的时效，想着只要伸手就能以礼貌的距离越过女孩打开挡板了。就这么做吧，看看太阳落到什么位置了。我探身打开飞机窗户的挡板，光线溢进来——

　　只有光。窗户外面是一片纯粹的白茫，没有蓝天、白云、太阳和像遥感地图一样的暗色大地。什么也没有。

　　在震惊与困惑带来的短暂清醒之中，我分明看见女孩转头去看窗外的样子毫不意外。我突然认出了那张一直没能清醒直视的脸，她是那位伤者，是我马上要见到的那位触电的女孩。

我更不明白了，我为什么刚才没有想起来？她为什么看上去完全没事？我真的是去抢救她的吗？话说回来，鸟碰到了会汽化的电压，人碰到了为什么还能活着呢？

又看一眼飞机的窗户，我抑制不住紧张地笑了。

我在哪儿？

九、电　工

"既然如此我还是直说吧。你知道这是你第多少次睡着了又醒过来和我说话吗？是第六百零八。其实也不算很多，毕竟每一次的主观感觉时间也不太长，我不知道在这之前还有没有，反正在这一段连贯的记忆里，计数的时候我都特别小心。

"六百多次里我试着与飞机上不同的人说话，虽然还有很多事情没搞清楚，不过已经大致能知道你们的飞机本来正在途径苏州上空，而且飞在雨云之上。有一次我从乘务员嘴里套出话来了，应该是雷电把地面的变电区与雨云接起来了，所以这架飞机与我一样，被百万伏电压击中了。

"原本应该直接坠毁的飞机，却突然钻进了百万伏特撕开的空间裂口中。那时地球所在的坐标系相对于某一个遥远点的移动速度已经达到光速了，那不是第一个这种时刻，也不是最后一个，所以连巧合都算不上。

"一个未被证实的猜想说世界上其实有无数多个宇宙，就像沙漠里的沙子那么多，人能置身和能观测到的宇宙只是其中一粒沙。现在我们可能从一颗沙子到另一颗沙子了，也就是说，我们可能在原本宇宙之外的另一小颗宇宙里。

"我知道有点荒唐，你先听我说完。磨磨蹭蹭的话你不知道什么时候又会突然睡着了，醒过来的时候又只有碎片的记忆。这飞机上的一切都这样反反复复，乘客一批一批睡了又醒、醒了又睡，乘务员也不停地走来走去。水杯里的水被喝掉了，水位线高度又当着我的面一点点升回去了。所有被改变的地方都会慢慢复原，只有我一直记得所有的事情。

"我不知道这个宇宙有多大，我能触及到的可观测范围大部分时候只有这个飞机客舱，只有一次我在窗户外面看见了一个影子。我认为那是另一架飞机，模模糊糊好像写着马来西亚的英文，但它在光芒的淹没之中，我什么都看不清楚，之后也再也没有见过。这里包含物理基础在内的一切都未知，找规律全靠猜。我想这飞机里的物质流动是转圈儿的，这飞机一直在飞，可能也是在转圈儿的，所以才一直到不了任何地方。就像电荷在电网里流一样，只要能量和物质守恒，能量就能一直流、一直转。

"我猜想是因为超光速移动的坐标系在理论上是不携带信息的，所以我们可能在一个信息游离态的宇宙里，我不知道是什么在储存你或这飞机上其他人的记忆，也不知道你是如何捕获它们的。有几次你一醒来就能记得我是谁，二话不说就抱住我，还有几次我说破嘴皮子说到你睡过去，你也想不起认识过我……而且不知为何，如果你不主动找我说话的话，我是不能对你先开口的，虽然这个比喻不够恰当吧：总觉得我们好像在不同的能级或者状态上。还好你也是个死脑筋，每次都会向我问时间。

"我？看来你仍然没有想起来我是谁。不，我不只是你的病人，你坐上这趟飞机不是去苏州给我动手术的，还记得吗？苏州没有机场。"

十、清洁工

"先生，请问这是你的椅子吗？"

"……不是。"

"可我看见这间房里没有椅子了。我们酒店的每个房间都会配一把椅子的，你房里少了一把，露台上多了一把，我得提醒您，这是在24楼，非常危险的，而且是违规——诶，别关门呀，请把椅子拿……"

"砰。"

十一、医生与医生

"我一年有三百多天在天上飞来飞去，抢救各种各样的伤员，就连她死的时候我也在抢救别人——一个出车祸的初中生，也是女孩儿，救回来了，之后没再见过。收拾医疗箱想赶过去的时候他们没敢在我抢救那个初中生的中途说真话，一直骗我说在抢救她，'在抢救呢''还在抢救呢'，其实在急冻喷雾解冻之后十秒她就心肺停止运作了。不是自然死亡的，她的急救医生是个新手，直接对她上了金属工具，静电释放是压死她心脏的最后一根稻草。这种状况无法预料，不算医疗事故。我那场手术三个小时，结束后听说她人已经在停尸房了，我就想啊，如果把初中生留给别的医生抢救，我第一时间赶到她身边，她不会死的，我对自己有信心……

"但后来我一遍又一遍地问自己，我对自己真的有信心吗？要是我赶到了，我真的能把她救回来吗？一个被高压电周围的空气击中、电压不明、全身烧伤、部分汽化的病例，事故的先例数量为零。再后来有人安慰我，说起码我还救了个初中孩子，我又问自己，要是再来一次，我真的能保证把那孩子救回来吗？活下来了真的不是因为孩子自己运气好吗？

"我一辈子的自信全部崩塌了。我向单位请假，关上急救手术接单软件，把自己关在卧室里，后来为了不想看见房里她留下的东西而去住酒店，结果下意识又走进了之前与她出去度假时住过的24楼房间，我连椅子都搬出去了，结果连杀死自己都不敢。我是一个懦夫，永远在逃避责任。我的每个毛孔里都在溢出这种自问的声音：你一个急救医生，连自己最爱的人都救不回来，你还能干什么呢？你活着有什么意义？你自己反正也是要死的，为什么还要活下去呢？

"从这间房走出去以后，我就要坐飞机去认领她的尸体了。看见她以后，我离开这个世界的勇气会不会增加一些？"

十二、电　工

"你好像又想起来些事了？

"别睡着了。我的观察与猜想总结一下：在膨胀绷紧的宇宙里，百万伏放电撕破了空间，我们从空间的裂缝钻进了另一个很小的宇宙颗粒。虽然没有测量仪器能得到这里太多的物理参数，但既然我和这架飞机是两次不同的触电，却到同一个地方来了，我猜测这两个宇宙之间的通道是可以复制的，所以你说不定有机会回去。

"嗯？对，只有你和这架飞机。你们可比我幸运多了。法拉第笼效应保护了你们，这架飞机触电的时候，电流流过了飞机表面的金属，没有伤到里面。

"我刚才没说吗？抱歉我讲了太多次了，有时候会忘记哪句话是说过的，哪句话还没有。

"你登上这架飞机，是去取我的遗体，其实第一时间急冻的时候已经没剩多少了。大概还剩二十千克吧。你就是因为太自责才不想活了，真是傻得不行。

"记得你之前给我讲，医生治病疗伤，是消耗了自己的时间来延长别人的生命，也可以算作是某种以命换命吧。你不是不想活了么，我挺想的，要不你帮我个忙？要是有机会离开这个空间的话，帮我活下去吧。我们在一起这么多年了，你还没拒绝过我的请求呢。

"你要是听了我的话活了，就可以算作把我的命给你了，我也是你的医生啦。嗯？这不是眼泪，应该是这个空间的粒子不稳定造成的吧。奇怪的现象，这里的物理法则谁知道呢。

"别擦啦，我没什么不开心的。你看我像说谎的样子吗？

十三、新　　闻

晚间速报。近日苏州市城区多发雷雨天气，今天下午闪电击中国家电网设备，单个设备断电后快速自动恢复，未对居民用电造成影响。

同一时间，多位市民声称亲眼见到某民航航班于苏州上空"消失"数秒，专家表示：系集体癔症类的心理作用，希望大家注意夏日防暑。

记者跟踪调查，该航班已经安全准时降落，机上机械手表等无自动校准功能的计时设备均慢了3秒钟。事件原因正在调查之中。

十四、医生与医生

"我到现在也想不起来是什么时候拿到这东西的，那几天我跟丢了魂一样。我就记得那会儿已经请假停工了，从你这儿走出去之后什么都不愿意想，上飞机之前就只有一个念头：把她剩下的尸体接回来，然后找个不容易被人发现的地方自我了结了。

"我在飞机上打了个盹，睡醒后手里攥着这颗扣子，想不起来是什么时候带上的。结果等我到了她们单位，她电网的同事说见过，告诉我这是她给我刻的，因为我有件衣服掉了颗扣子。就是我那天穿着的那件。

"等到下飞机的时候,我已经不想死了。我拿着这颗扣子,好像拿着她送我的一整个宇宙。

"我给她办了后事,重新开始营业,还把这颗扣子缝上了。她的同事说上次看见的时候是有羽毛图案的,不知道为什么,现在只剩下模糊的羽毛形状了,好像被她热熔过一样。

"……

"还有个小事儿。在飞机上打盹那会儿我好像梦见她了,梦见问她几点了。但她就是不告诉我,好像只要她不说,就能和我多聊一会儿似的。然后飞机下边一个雷就把我惊醒了。

"……也可能是我妄想的吧。"

微　阳

一些角色与物质对应：

伊莱——电子

屋子——原子核

质砖——质子

中砖——中子

青——氢

杨——氧

海——氦

贝——钡

川——氚

龙——抽海水的管道

环形峡谷——托卡马克

| 月亮银行 |

零

夜天结束了,光芒回归万物。

伊莱从来不想为何有光。

一

青在街上看见一个奇怪的伊莱。

那伊莱拿了一把七弦琴,跳着转圈舞,一边给小孩子们讲自己的故事,似乎没有要赶着去做的工作。他的外地人口音与琴弦配在一起称得上动听,至于故事的内容则因为围观的孩子太多了,在热闹之中青没能听清多少,只能隐约分辨出这伊莱在讲自己从两百三十五个伊莱的大家族分家的故事。他称自己为贝。

青从屋门口的秋千上跳下来,把玩具收进屋子里,远远地站在外围,怀疑是自己听错了。

他围着贝身后拖着的大房子转了几圈,确实是有些壮观。认真数了数,那屋子繁复的大墙上足足有八十五块质砖和五十六块中砖。贝的五十多个家人在四周来回走动,转得青眼花缭乱。住在这附近的伊莱,家里有二三十块质砖的已经很少见,五十块的青这辈子也没见过几次,两百多的则完全没听说过。

青早已隐约觉得这世界似乎比自己知道的大一些。回家以后,他将这件事讲给邻居的杨听。杨是青从有记忆以来就认识的，身在一个八口之家。像杨那样的八伊莱小家族和青这样的独身家庭，在这附近是最常见到的。

"杨，歌者是什么？"青回想着听到的陌生词语，想起贝如此称呼自己。

杨停下手里一天忙到晚的农活儿，一边抬头看天气，希望今天不是灾天，一边给家人交待说休息一会儿："以前听人说，歌者就是随时会向别人丢出片段的伊莱。我听说他们发脾气的时候，就从自己的屋子上把中砖敲下来。"

青睁大了眼睛，围着杨转了两个圈，好奇得直跳："砖是可以敲下来的吗？他的房子不会塌吗？"他又回头观察了一会儿自己的小屋，一块质砖和两块中砖弱弱地拼接在一起，砖壳的圆弧形光滑无痕，衔接处严丝合缝，这是他的全部家当。从这里面砸下一部分这种事他想都不敢想，也从未见过有谁敢。

"这你得自己去问了，我也就是听说。"杨摊手表示自己的知识量已经到了尽头，"吟游歌者吗，真好呢，我也想去旅行啊。"大概他们成天只需要到处游玩而不用工作吧，杨一边想着一边伸展手脚，触碰和吸收太阳的光与热，又埋下头投入工作，稍微加速了运转。

想出去旅行的话青已经听过很多次了，但从未见过杨要动身，他不知道出去的方法，也没有要去打听的意思。话说回来，除了龙来的时候会带走一些伊莱以外，还没什么人从这里离开又回来过。倒是最近龙来过好几次，街上人心惶惶的。

大部分的伊莱每天上班下班，在固定的交通里选择固定的路线，日复一日地在同样的轨迹上往返，即使有时候不小心因为不可抗力偏移了道路，也会竭尽所能尽快回到原来的生活中去。

青想再去听吟游歌者讲外面的故事。杨和家人们仍旧絮絮叨叨地围着自己的屋子打转，又忙碌起来。

二

青常常与别的伊莱不太一样。比方说，一般年纪小的独身伊莱，屋子都是一块质砖和一块中砖拼成的，只有青的房子比他们要再多一块中砖；再比方说，他力图记录天气的规律，但是这些对任何伊莱的日常工作来说都没有实际价值。独身的伊莱是不用工作的，青每天只做两件事：去他喜欢的地方看看，或四处打听、涂写无用的知识。

他不是唯一奇怪的伊莱。再次去寻找吟游歌者之前，青去拜访了海。

海是青认知的伊莱中最博学的，他平时沉默寡言，但一开口就总是说起不可思议的、让人难以理解的话，大家常困惑他那些胡诌是从哪儿听来的。

有一次，海没有征兆地突然告诉旁人，那一刻的阳光不太一样。他当着大家的面闭上眼睛，去抚摸黑暗中的微弱光线，说这些光芒好像来自过去的自己，是自己的一部分物质变成了光，现在又回到自己身上。

大家哄堂大笑，开着玩笑，奉劝他去行骗，一定能名利双收。海并不反驳，只是微笑着走开了。他明白了伊莱们的心意并不相通。

青找到海的时候，海正忙着用放大镜观察自己的屋子。

"前辈，我又来了。"青希望自己没有打扰到海，"你知道街上来了个弹七弦琴的伊莱吗？"他不好意思直接用吟游歌者这样的词汇，它听上去有点儿不务正业。

"你在说贝吗？我刚从那边回来。他是个有意思的伊莱。"海放下工具慢慢转过身来，像一个手脚不灵便的老者。

青觉得海不会笑话自己："他说他以前和更多的伊莱有一个更大的家族，他们共用更大的房子。你相信这样的事情吗？是真的吗？"

"我也是第一次听说，现在看来我们没办法证明他是对的。可是反过来说，我们也并不能证明他说了假话。也许在别的地方有这样的事情。"海认真想了一会儿，除了被灾天的龙吞噬掉，好像也没什么快速旅行的方法，"最近天气都挺好的。"

青下意识缩了一下身子。杨一直告诫他龙的可怕之处，被龙吃掉的伊莱没有回来的。他们被带到什么地方去了呢？光怪陆离的画面塞满了青的想象。

"最近我一直在观察砖。"海突然说。有一瞬间，青疑惑于他是在自说自话，还是因为看出了后辈的不安，而主动打断这份恐慌。

"砖有什么不对吗？"青一边问，一边将视线越过海去看他身后的屋子。那是两块质砖与两块中砖搭起来的小屋，砖块平滑的亚光沿着圆弧外形转弯，接缝处的锯齿完美拼接，看上去比自己的屋子更稳定。

"没有什么不对，只不过我很好奇砖是由什么组成的。"海说。

青没有明白。质砖就是质砖，中砖就是中砖，是最小的物质单位，砖的形状虽然千变万化，但最坚硬的材料也无法切割它们。这样的物质怎么会是由别的东西组成的呢。

海看出了青脸上的困惑："我也是猜想罢了。你看，一个家庭是若干个伊莱和一间屋子组成的，屋子是砖组成的，砖又分质砖和中砖做的。按照这个思路想下去，质砖和中砖也应该是由别的东西组成的才对。我们不知道的事情不一定不存在，只是我们尚未知道而已。"

"你怎么会这么想？"青追问。

"我在别处见过一个歌者，他走了太远的路，连琴弦都生锈了，只好光用嗓子唱歌，那夜以继日练习的嗓音是我听过最天籁的声音。他唱说，中砖是用夸克做的——多么美妙的歌词！那一刻我产生了一种既视感，就好像他说的事情我早就梦到过了，那种震惊与陶醉是这一生任何别的时刻都不能比拟的，就像这个世界突然为我擦亮了另一面、另一种可能性。可惜匆匆一面之后，我再也没有见过他，也无法听他唱更多的歌了。

"那之后我一直想知道，为什么他会唱出只有我自己知道梦见过的事情呢？这些事情是谁发现或猜想到的？他也是梦到的吗，为什么其他那么多的伊莱就不会梦到呢？故事总是只在流转的唱者、歌者与听众之间口口相传，没有人能知道全部的真相。后来我流转到这里来落脚，却发现没有谁关心这些事情。"悲伤的神色爬上海的脸，转瞬又褪去了一些，"除了你，你是唯一对比感兴趣的伊莱。"

青目瞪口呆地听完这番话，疑问成串地冒出来："前辈你是从别的地方来的吗？那里是什么样的？唱者还在那里吗？砖是夸克做的？夸克是什么？"

一个好奇的小伊莱，海愉快又难过地想："我不知道。没有人能告诉我答案，所以我只能自己研究。"他拿放大镜柄敲敲自己的屋子，质砖发出厚实的闷响。

海突然发觉自己正在做与唱者一样的事情：把知识传递下去。他已经想不起来是什么时候开始有这样的冲动了。

青的聆听鼓舞了海："还有一件奇怪的事情，是关于我那个模糊的梦，我觉得应该告诉你，但记不太清楚了，你就随便听听，不用当真。"海慢慢说，"它好像是梦，又好像是上一生的事情，我梦到自己被龙吃掉过，进了一个很黑的地方，在那里我有一会儿浑身都疼，好像是龙在消化我，而且屋子上的砖块都变成了碎片。"

"一个噩梦，"青忧虑地说，"被龙带走的人没有能回来的。"

"最奇怪的是，我总觉得自己是主动给龙吃掉的。不用这样盯着我，我的意思是……"海认真组织起语言来"……我总觉得自己也许真的被龙带走过。也许龙才是离开这里的方法。"

海长出一口气，这么多年来他第一次把这番话说出来，幸好青没有直接否定："再多的我也不知道了。但我能记得自己是从别的地方旅行来的，从有记忆开始我就在路上了，直到流转来这里。我只不过旅行了一次，路上只见过几个歌者，就成了这里知道得最多的伊莱。虽然只有你还愿意听这些胡话，但我知道自己不是个疯子，世上别的地方一定还有和我一样的人。如果，我是说如果，能有一个时空，所有的伊莱都可以在遥远的距离上共享所有的知识，每一首歌都传唱到最远的角落，那是我能想象到的最美好的世界了。"

青想象中的"别处"画面其实是一点依据也没有的，他想那里会有把歌者、唱者这类人集中起来的公园，伊莱们像逛市场一样挑选自己喜欢的故事与歌曲，有很多像海一样在乎远方的人，还有像龙一样大但并不伤害伊莱的生物。简单说来，就是把他心目中世上所有好的东西都放在一起的地方。

可是下一步的想象就令他望而却步了。龙怎么会不伤害伊莱呢。

"前辈，你为什么想主动被龙吃掉？"青希望这个问题不算太为难，"能想起来吗？"

海沉思半晌，承认自己实在想不起来，就连这段记忆的真实性也无从考据："但是，如果以现在的心情，把那当作别人做的事情来看，好像也不是不能理解。比方说，有的伊莱会因为对某件事特别难过而自杀对吧，但自杀只是表现罢了，重要的是难过，他们难过是因为有过希望。是因为想活下去才会去自杀的。主动去寻找龙的人，我猜也是类似的心情吧。"

三

贝站在街头，手里仍旧拿着他的琴，看热闹的伊莱逐渐少了。青到的时候，他正讲到自己的旧屋子平时如何不太稳定，又讲到一颗流星如何在无光的黑夜里击中了屋顶，把大屋子砸成了两半。

  天不知道什么时候阴沉下来了，大家都暗自担心起自己的屋子来。有些伊莱因为害怕而离开了，青则愈加好奇，海的话在他脑子里转着圈。在歌者们流转传唱之前，是谁发现了这个规律世界的秩序呢？更在这之前，又是谁创造了世界呢？创造龙与伊莱的是同者吗？

  有伊莱突然大喊起来：有龙！

  青大吃一惊，扭头看远处快速靠近的阴影，脚却杵在原地一动不动了。贝的琴声停下，阳光也被龙遮挡了去。他还在琢磨，为什么龙要吃掉伊莱？为什么伊莱们无法离开屋子，有时却可以突然在相邻的屋子之间交换住处？生活的轨迹为什么是固定的？

  无数的疑问盘旋在青的头顶，但在此处无从获知答案。万众逃窜之中，他想起杨，又想起海，突然理解了他所言主动自杀的心情，终于咬紧牙关向着那巨大的黑影跃动过去，很快被卷入急流之中。

四

  青在一处光线很差的地方醒来，四周挤满了伊莱，彼此都看不清楚。一个伊莱在黑暗中抓紧他的手。

  "你醒了。"是杨的声音，"我看见你没来得及逃走，就跟上来了。"

  青能听见远近有些碎语，杨的七个家人在不远不近的地方抱怨杨的自作主张害他们落入危险，不过更多的还是在商量如何逃走：有经验的伊莱传出消息，似乎会有一次转移，那时候只要动作快应该能逃，这里有第二次被龙抓来的经验者。但没有伊莱知道在这之后还会有什么，这说明现在应该是逃走的最后机会了。

"过一会儿你跟紧我，千万别放开。"杨紧张地说。他从没做过这么危险的事，双手不住颤抖。

海和贝的奇妙故事在青的脑子里打转，他温和地松开了杨的手："杨，我要留下来。我想看看后面会发生什么，也想知道这里会不会通往别的世界。"

杨惊呆了，他在微弱光线里看见青的眼神，花了一会儿工夫才相信青是认真的。

"不行！"杨向来以为青是最好的孩子，永远乖巧地听从自己所有教导。如果他不能走上和其他伊莱一样的道路，那么生而为伊莱又有什么意义？

杨不明白了，这种离经叛道的念头是哪里学来的？这个成天跟在自己屁股后面捣鼓折腾的幼年伊莱，这个自己眼看着每天在门口荡秋千、绕圈圈的孩子什么时候变得如此陌生？他一直希望青能和自己一样，成为一个全身心劳作的伊莱，像所有伊莱一样，晴天勤快些、夜天做慢些、灾天躲在大家族背后，不要被龙带走，日复一日、年复一年。

但是这个孩子却在自己面前说要留在龙腹这样的话。回到安稳的生活有什么不好吗？

"没有消息也是消息的一种：知道龙是怎么回事的人都不再活着回去了。"他咬牙切齿，抱着侥幸想，也许青只是不懂何为危险，"你真的要留在这里吗——这个危险的地方。"

"是的。"

"即使要以生命为代价?"杨的眼里写满了悲哀。

"有什么不是以生命的代价的呢?"青反问。

孩子总要长大的,杨闭上眼想。

有声音叫嚷:"门开了,有光!是滤网!"杨最后看了青一眼,青将他推向光的方向,很快他们就看不见彼此了。门没多久有关上了,余下的伊莱还来不及哭喊,强风就将他们送到了不知何处。

青跟着风来到一处峡谷地形,左右都是通往天地的连贯高墙,暗淡的光线下看不明朗山谷高度。

他注意到飞行中有几处显眼的山壁按顺序出现了好几次,醒悟到自己一定是飞行在一处环形的山谷里。再看身边,青惊觉来到这里的全都是独身伊莱,而且他们拖着的屋子也都塞下了不止一块中砖。更多这样的伊莱还在进入山谷中的飞行队伍。

原来我并不是独一无二的,青愉快地想。

风停了。他们飘浮在黑暗之中。

五

最先起变化的是温度。

青很快满头大汗,四向张望寻找热源,但没有看见太阳,也极少有光亮。他感觉包裹自己的空气温度正在升高,却说不出热量从何处来,有些伊莱已经热得疯跑起来。这个世界对他来说太大了，到处都是不可见和不理解的地方。

在一种未曾感受过的力量托举下，青和屋子一起被推动了，这不是风，而是一种贯穿身体的力量。同时在继续升高的温度里，他可怜的小屋子被强行从自己身边拉扯开来了，从出生以来离开屋子的事情还尚未有过，撕扯令他几近晕厥。他想向周围的伊莱寻求帮助，却发现大家都自顾不暇，伊莱们与屋子的连接都被拉开了。

超高温让目所能及的所有事物疯狂逃窜，那种奇特的贯穿力量又推动着所有，向同一个方向高速飞行。青勉强在火灼的热量中睁开眼睛，看见万物都在运动。有一些屋子里连在一起的质砖与中砖也分开成单独的砖块，衔接处融变成不再适合拼接的随机齿形。眼前已经没有能看出是组合起来的东西了。贯穿力牵动他带电的身体，牢牢控制他的轨迹。

奇妙的对应。他又在固定的轨迹上行动了，只是这一次轨迹更长、更远、更难以自主选择。原先世界的规则在极端的温度和超出他理解的力量中被打破，新的秩序同时建立。

在撕心裂肺的炽热中，青开始怀疑事物本质与真相之间的距离。他曾经以为伊莱们的行动轨迹只有固定的一条，现在他却在亿万伊莱与他们屋子所组成的散乱洪流中狂奔；他曾经以为世界的参数变化区间不会超过一段日常的范围，温度区间只有几十度，天气只有无龙的晴天、有龙的灾天与黑暗的夜天，现在他无法将这几种天气中任何一项对应上眼前的状况。

如果一直以来信奉的规则与可能性都是短浅的假象，那又怎么证明现在的新经历就是全部的真实呢？

在无能为力的痛楚与飞行里，青忘记了死亡这件事情，直到他看见离自己不远的两间尚未破碎的屋子。它们都有一块质砖，其中一间有两块中砖，另一间则有三块。青突然感到少有的孤独惶恐，他不知道自己的屋子在哪儿，今天之前也没有遇见过其他和自己屋子结构一样的人。这里有这么多与自己雷同的屋子，它们原本的拥有者也都在不远的地方飘浮着吧？但在这么多看似同类的伊莱之中，并无一人与自己的心意相通。

转瞬间，那两间屋子用力地撞到一起，原本严丝合缝的砖块分开了，砖之间互补的尖齿融化得圆润平整，砖也变成几团扭曲的软泥。砖块好像互相排斥般各自独立，但并不松散分开。几圈混乱的旋转后，松开的砖块重新拼接到一起，有一块没有抢到合适角度的中砖被挤了出去，其余的部分变成一间完整的屋子，接缝重新生长出卡扣般的锯齿。

两间屋子变成了一间。

和海的屋子一样，青想，他眯着眼睛以阻挡灼眼的辐射。一些拼接时摩擦脱落的碎屑从砖块上掉下来，转眼又融化在真空中，那些碎片让青想起自己的秋千，可又没法看得真切，一阵热浪波及侧面飞行的青。原本已经在高温中备受煎熬的青捂住自己灼伤的皮肤，硬扛着向发出热量的地方移动，但已经找不到任何碎屑。

青想明白了：那碎屑是夸克，是海苦心寻找的物质，是原本世界的伊莱所不知道的异界的秩序。屋子打散砖块重组成更大的屋子，夸克损耗下来变成热量，热量穿透他的身体，他感觉自己要被灼烧成灰烬了，但并没有：不知为何，他好像是烧不坏的，只有免死的漫长痛楚真切地存在，热如刀割。

从后方飞来的砖块击中了青的背，那一瞬间他以为自己要散架了，砖块在靠近时对他产生了一种熟悉的吸引力，这种力增大了他们撞击的相对速度，同时也加剧了撞上之后弹飞的拉扯剧痛。贯穿力推动一切横穿高温，却并无任何伊莱被抛到峡谷的环形山壁上，不论散落的砖块还是勉强保持形状的屋子，都和伊莱一起被禁锢在狭小集中的通路中，拥挤碰撞。

除了之前盯着看的那一间屋子，青周身其他的砖块也产生了变化，分裂与融合成千上万地发生，一时间青被微小的太阳淹没了，好像自己也热成了太阳的一部分。他在痛苦中抱紧双臂自问，为什么要遭这份罪？

是因为好奇！他心头一惊，想起这个天真的念头。即使在此时此刻，青深层的理智里仍然有一小部分为当下的体验叫好，这是在原本平静的生活绝不会有的经历。

顶住扑面而来的热浪，青向一处夸克消失的地方飞去。

就在被热辐射淹没到失去感官时，温度开始下降了。飘浮的伊莱们一开始还为久违的凉爽叫好，但很快就扛不住独立活动的寒冷，纷纷开始占据屋子了。青也就近找了一间，与屋子建立连接时的轻易和之前撕开时的痛楚对比鲜明。他发现另一个伊莱也选中了这间屋子。

他们成为了家人。

六

青从筋疲力尽中醒来时,回到看似熟悉的世界,见到仍在沉睡的新家人,但未能找到任何曾经认识的伊莱。拖着灼伤未褪的冷却身体和新组装的屋子,他一阵走神儿,好像忘记了什么重要的事情。为什么会到这个地方来?是……是因为想要看看外面的世界。为什么会知道有外面的世界?是因为有一个怪人和一个前辈——但是无论如何也想不起来他们的名字了。

他猛拍自己的脸:记忆正在褪去,蒙上梦境般的迷雾滤镜,前辈也曾经是这样的自己吗?他以为这些经历是梦境,其实他只是想不起来了而已。

但已经发生的事情是不会真正消失的,所以海在最终遗忘一切之前至少记住了对未知的渴望——没错!前辈的名字是海,他的屋子有两块质砖与两块中砖,且坚固稳定,就和自己现在的一样……

一个年幼的伊莱撞到青的身上。

"对不起,我不是故意的。"那小伊莱拖着和他身体不成比例的屋子抬头道歉,三块中砖堆挤在一块孤零零的质砖上,"我没在附近见过你,你是谁?我叫川。"

"我……我想不起来了。"青一阵恍惚,记忆以可以察觉的速度退潮,他在搏斗,"我从别的地方来。好像是……是被龙吞下去才来到这里的。"

川睁大了眼睛:"龙!为什么你还能活着?"

"因为我想离开原本的轨迹去别处看看。我很好奇。"青看着年幼伊莱眼里的光芒，突然感到值得。他好像有些明白海为什么会想探索日常之外的世界了，仅仅因为那是没去过的地方，这个理由已经足够了。一旦伊莱经历了异界的高温洗礼，被微小的太阳笼罩过，生活的琐碎与旁人的不理解就再也不能阻止他了。

川还在兴奋地转着圈想问更多事情，青却愈发听不进了，他伸手去抚摸自己光滑的屋子外壁，下意识想从上面弄下些碎片来，他记下这个奇怪的念头。世界的奇妙被压缩成一颗微不足道的好奇斑点，点在他掌管好奇心的欲望上。浑浊的印象浮出水面，除了这颗斑点什么也不剩了："我想起来了，我只记得一个名字，那应该就是我的名字了。我叫海。"

水下的记忆光华万丈。他看着问个不停的孩子，想，为何有光？

玄　出

临

我叫临行。这名字是我妈给选的。

据养大我的钱叔说，小时候我家欠了很多债，债主追上门威胁：再不还钱就把我拐走卖了。我妈年三十去寺庙里求佛，也不知道听了什么，第二天就托人把我带走了。

我对这事，包括之后穿着我妈亲手织的姜黄色毛衣，抱着一盒庙里买的素点心，坐一天一夜火车被送到钱叔家的事全都没有印象了。我再没有见过他们。

好像也问过钱叔，为什么我妈给我起这么个名字。他说最后一次见我父母时，他们念叨着旁人听不懂的九字真言，听着第一个字像是临，最后一个字像是行，说是在庙里求来的，但没人知道那句话是什么。

后来这些事我也记不清了,唯一有印象的是,小时候每次有人初听见我的名字就问我"你是不是还有个妹妹叫密密缝",我总会没来由地冲上去跟他打一架。到后来,我要是预感哪个同学要走过来问了,会在他开口之前就冲上去。

警察的苗子可能就是打架那时候留下的。

兵

我是个街头交警,每天最疲惫也最愉快的时候,就是坐上下班的地铁去接老婆回家吃饭。愉快的原因很简单,第一我要见着老婆了,第二我几乎所有的工作内容都和堵车有关,而地铁永远不会堵车。我心目中有一个"城市最伟大发明"排行表,地铁常年稳居第一。

今天的地铁不太一样,不知道这种压迫感是来自天气太热、节假日前人流量上涨,还是上证又跌了五个点。两边站台的队伍在中部交汇成对插的梳子形,车再不来的话扶梯都快下不来人了。

起码人不会出车祸,我安慰自己,昏昏欲睡。

就是在地铁站台排队的时候,我碰见了那个和尚。他穿着特别显眼的姜黄色僧衣,那颜色让我想起收在箱子里的旧毛衣。

姜黄色的身影不紧不慢地在人群中穿行,似乎没有一个明确的目的地。在与他四目相对的前一瞬间,我移动开自己不太礼貌的视线。

但他还是走过来了。我以为他要给我布教或者施展骗术,就像常见的耶稣爱你、观音爱你或者传销组织爱你。但他只是塞给我一张小卡片，说着"秋干物燥，小心火烛"，然后留下一个暧昧的眼神，就转身离开了。

那卡片正反都跟他的衣服一样黄，一面写着"烦恼咨询，排忧解难"，另一面印着一排手机号码。这就是他的业务内容了吗？或者是什么新式骗局？

如果非要说这个和尚除了干净利落、没有废话之外，还有什么令我印象深刻的部分，大概就是电话号码的尾数是 696969 了。

我以为这事就算完了，就像任何一个在路边给你发传单的人一样，你这辈子都不会见到他们第二面。

背后反向的地铁快要进站，我这边的还要再等等，静立了几分钟的人群开始躁动。密密麻麻的人总是触发我对移动秩序的神经质，交警经验时常告诉我，不论在哪个时间地点，人特别多都不会和什么好事挂钩。如果说平时的地铁站像压缩三明治里的火腿片，现在的地铁站就可以说是豆豉鲮鱼罐头了。

我手上捏着那张硬质卡片，等待开门、下客、上客，人群缓缓挪动，一半的人都在猜想自己能不能挤上这一班车。

空气动了。有人跑起来。我没有回头看，光听抱怨的声音就能判断出有位乘客因为太急着下车而横冲直撞起来，正推搡在企图于下客区上车的插队者身上。

"赶着投胎啊！"中年人的声音先响起来，像在暗流涌动的池水里丢了颗惊雷。"赶时间抱歉！"年轻人的声音是移动的，以在这个空间里难以保持斯文的速度。

| 月亮银行 |

我从过劳头痛中猛地缓过神来,几乎是直觉感到有些事要发生而转身看,这让我看上去和周围看热闹的好事者并无二致。那年轻人离我已经只有三步之遥,聚酯纤维的蓝衬衣上全是皱。我转身时正好看到他绊倒的瞬间,在人群中我都不确定那是摔倒了,只能看见他惊慌失措的脸矮了一下,他前方的红衣大姐表情痛苦,有被推倒的趋势——踩踏。这个词让我脑子一震,等我回过神来的时候已经下意识地从人缝里横跨一步,用自己撑住了那两个要倾倒的人。那妇女挣脱出这个姿势,咒骂着算不上文明的方言挪开,年轻人也快速消失,只有被我擦身而过的候车客露出不满的神色。车站还是在微弱的秩序里拥挤着。

我找不到自己刚才的位置,只好重新排到队尾。一种怪异的感觉涌上心头,我的神经太紧张了,甚至已经预见到了几十上百的人从扇形的圆心开始倒下的场景,身体比表意识更快做出了动作。实际上那两人更可能只是普通地绊倒了一下,不会引起任何事件。这种妄想与多管闲事都是职业病的一部分,何况我还发着烧。

该买点药回去吃。这个念头强迫我注意起自己的身体,这才注意到手指的痛感。拿起来看,似乎是在人群刚开始涌动时撞到旁人,被和尚给的那张卡片划伤的。

没什么大碍。我抢在下一班地铁关门之前上了车,吮吸着跳动、流血的食指。

几站之后,那个和尚重新出现在地铁车厢里。我第一反应只是觉得巧。车站那么多人,他排队了吗?某一层意识飘浮在手指阵痛的节奏感上,其他部分游走在站立时能达到的最接近睡着的状态里。在余光中,那袭姜黄色离我越来越近,眼看就要从我面前路过,突然停下了。

和尚正递给我一个创口贴说:"施主你受伤了。"

我瞌睡醒了七分,回应他一个看骗子的眼神。地铁的空气凝滞厚重,上班时见到的追尾和十字路口拥堵的画面停留在脑中尚未退去,红衣妇女的咒骂和踩踏的想象好像在梦里。我有些晕。

在近乎昏睡的疲惫中,我鬼使神差地接过了他的创口贴,一边道谢着往破口的手指上贴,一边暗自感到这个画面有些违和。

他又说:"善哉,临兵斗者皆阵列前行,有缘会再见的。"

这声音有点耳熟,但我想不起在哪里听过:"你说什么?"

他没有回答,只是朝着我的方向低头不语。车到站了。

我一下子清醒过来,担心他会突然告诉我那个创口贴是开过光的要收几万块钱,拔腿就走。

回到家的时候客厅的灯开着,吸油烟机呜呜地响,莲藕排骨汤的香味溢出来。切菜的声音停下,郑冰出现在厨房门口,将碎发绕到耳后,露出像往常一样的笑容。累积一天的疲惫总是从这个笑脸开始消退。

"回来啦?"她伸出双臂拥抱我,亲吻我的脸颊,神色突然变得有些担忧,"你脸怎么红红的?"

"今天不是我做饭吗?"我用无伤的左手脱下鞋,夸张地吸吸鼻子假装刚刚闻到气味,"好香啊,在背着我做什么魔法料理?树根炖蜘蛛?"

她被我的怪表情逗得直笑,俯身帮我把鞋放到柜子里去:"你自己去吃蜘蛛吧。看你回来晚了,就帮你做了。今天警察叔叔又救了几场车祸呀……你的手怎么了?"

"小口子，不碍事。"

"真的？"

她挑眉毛的样子真好看。"真的。现在就能跟着郑冰老师学钢琴。上次那首月光怎么唱谱来着——嗦……嗦哆咪，嗦哆咪。"我作势跟着乱动了两下手指。

她"扑哧"地笑出声来："你先把简谱认清楚吧！"说完又跑回厨房里。

为了和一名音乐老师有更多话题，我偶尔也怂恿她教我弹个曲子什么的，虽然我也相信自己的音乐天赋打从娘胎里就没有过。

"豆子刚才下来找你了，"吃饭的时候她说，"你不在，他就出去了。火急火燎的，让他坐一会儿喝汤也不喝。"

豆子叫钱窦，是钱叔的儿子，辈分上算我的表弟。出于一些容易想象的复杂家庭原因，我总是在给他帮忙。出于另一些难以解释的个性问题，他总是能毫不害臊地找我帮忙。

有时候迷信起来，我会觉得他克我。比如说小时候只要我没考好，他铁定就要踢赢班上的足球赛。再比如说现在他是个工头，在我执勤岗附近修路，而马路边的工地对于交通来说无疑是灾难。

"别管他，成天就知道给我找事。"我一点胃口也没有，但为了表现出没什么事的样子，还是像吞药一样大口吞饭菜。结果一口饭咽急了，猛地咳嗽起来。老婆帮我擦脸时又碰到了我的头。

"你在发烧。"她摸我的额头，担忧又埋怨地看着我，怪我不告诉她。

"可能是这两天加班太累了，吃完饭立马就吃药睡觉。"我捏捏她的脸，另一手晃晃药店买回来的消炎药，"你给我弹首曲子，我就好了一半了。"

饭后她仍然给我弹贝多芬，少数几个我记得住的音乐家之一。我在沙发上想着今天地铁站的事，那和尚的身影就老在我脑子里转悠，一步一步踩着钢琴拍子走进浅梦。

斗

"哥，这事你一定得帮我。"豆子往我碗里夹了一块辣子鸡，"我那个工地最近特别奇怪，有一根桩怎么也打不进地里去，找朋友来看了，说是地下有龙脉。问别人怎么办，说是得请个和尚道士来作法事。"

"龙脉？还凤巢呢，你都找的些什么乱七八糟的朋友，能不能有点科学精神了？"

"这你别管，反正那人靠谱。"他又往我碗里夹了一块水煮肉片，"听嫂子讲，你有个道士朋友，能不能介绍过来给我帮个忙，价钱好说。"

"……那不是道士，是个和尚。我跟那人就见过两面，第一次是在地铁站，他往我手上塞了张小卡片，跟发小广告似的。"

"那你就能告诉别人你住哪个小区呀？哥，我们这么多年交情，你可不能这么蒙我。"

一块猪肝从我碗里肉堆成的小山上滑下来。前几天我吃完药在沙发上睡着了，没一会儿就退了烧，但老婆却被我传染了。昨晚上我们出去散步，聊起这件事，抬头就在路口碰见那和尚，我差点觉得他是在跟踪我。老婆听完倒是没起疑心，忙说这不就是有缘吗，打着喷嚏就走上去谢谢人家的创口贴。我就是喜欢她这么天真。

我扒拉着碗里的饭菜,平时每次用来教育豆子那套"都是新社会的人了,不能那么迷信"的说辞在嘴边提溜了半天,硬是没说出口。和尚那句有缘会再见在脑子里转悠了几遍,好像我自己也真的变得迷信起来了。

"哥,我那工地上的工期误不得,停一天损失好几万。那帮农民工你知道的,干不干活都照样找我拿工资,甲方也催得紧。再说了,工地上那条路正好经过你执勤的路口,你不也老嫌堵吗?早完工早通畅。"

他用调子打弯的口哨催促我。小时候豆子总有这种野路子,不知从哪儿学会了吹口哨就回来教我。进了警校之后教官听见了,骂我像二流子,没个警察的样子,我就戒了。那之后豆子的口哨就多了一层调侃的玩笑意味,意思是我太严肃。

老板娘端着脸盆大的毛血旺上来了。

"你这是点了多少呀?我们才两个人。"

豆子"嘿嘿"一笑。"没事儿,放心吃,这不是找你帮忙嘛,这顿算公家的。吃不完我都包回去,晚上让食堂给工人开荤。"

说着夹起一块红油毛肚,哧溜进嘴里。

我找出卡片,联系了和尚,意料之中的,他愿意帮忙。但他说不收钱,我就警惕起来了。一般不收钱的好事,后面都跟着更大笔的手续费、转账费和材料费。

"施主你多虑了,善恶有报,我只希望事成之后你也帮我一个忙。"

"什么忙?"

"天机不可泄露。"

就在这种怎么听都不靠谱的前提之下，他跟着我到了豆子的工地。我一上午陪在和尚身边跑来跑去，时刻警惕他提任何与钱有关的事情。要不是在警校时习惯了队里的拉练，可能体力早就跟不上了。

我跟和尚在弟弟的坚持下戴上红色安全帽，在工地上来回溜达。但其实后来也只有我在戴了，问和尚不怕高空坠物吗，他只是答我"时候未到"就继续四处转悠。如果他是在做戏，那也是真挺豁出去的。

一路上我感觉自己就像游行的猴子，民工会停下手里的活儿观察我们。不论从哪部分看，我俩都不像应该出现在工地上的人。而和尚一点儿都不在意，也不要人带路，取得豆子的同意后就在工地里四处走，有些地方去过好几次。我怀疑这是他的障眼法，又想起我们认识到现在也才几天，我连他的名字都不知道。

走进来之前我没想过豆子的工地有这么大，每次远远从十字路口看这边，只能隔着贴了建筑公司宣传纸的外墙看见插向天际的机器臂挤在一起，一车一车的水泥罐、横纹钢运进去，一群一群的农民工下班走出来，大楼就这么一层一层长起来了。平地变成围墙、围墙变成大坑、大坑变成楼群。最后人们会坐着各种带轮子的工具搬进来，大部分会将常用活动半径控制在十公里以内，每天经过固定的那几个路口，把所有的交通压力留给像我这样的人。

任我行怎么跟令狐冲说的来着——有人的地方就有堵车，人就是堵车。原句好像有点区别，但差不多是这个意思。

在我看着尚未建成的浇筑楼房忧虑未来时，不知不觉就跟着和尚跑了很久。但他真就只是四处闲聊：看见二十八楼绑钢筋的小伙子说鞋不错，碰见电梯大婶问她最近孩子成绩怎么样，走到模具老师傅中间问候大家的腰椎健康。就这么来回转悠了两个小时。

"临行施主为何愁容满面呢？"和尚走到一处尚未封窗的三十一层窗口，停下脚步问我。这层楼里只有灰溜溜的柱子和剪力墙，铁丝绑扎伸出墙壁的螺纹钢，看不明白用途的建材堆放在角落。

我指向一面墙，说本来应该在那个方向的五百米外上班："一想到今天上午本应执勤却请假来跟着你闲逛，我就觉得那个路口又要堵。不知道同事一个人忙不忙得过来。"

"你确有一颗向善之心，确认了这一点我就安心了。我们来说说这工地上的脉象。"和尚衣袖一挥，示意我靠近窗口，也不管我是否乐意。我迟疑了一瞬间，想到他把我推下去好像也不会得到任何好处，才走上前去。

窗户外面远远能看见执勤岗的路口，现在早高峰已经过了，正午还没到，正是上午车不算多的时间。即使如此，等红灯排队的车辆也有三四十辆，路口其他几个方向虽然被楼房挡住看不见，但想来也该是行车缓慢。国庆节快到了，这几天车比平时更多。

再近一些的地方，围墙内的工人在这个高度看下去好像是戴彩色安全帽的蚂蚁忙来忙去。一只用手推车运铁丝的红蚂蚁有些匆忙，另一只赶着去洗手间的黄蚂蚁低头看手机，他们在楼外侧的转角突然会车，眼看要撞上时黄蚂蚁突然打了方向盘，朝侧面迈了一步，红蚂蚁也发现对方，减速让行。

一次微小的车祸化解了。

"善哉。"他满意地点头，表示我也可以做到刚才的事，即从这个高度挪动一个人。我当时的表情一定像是在看神经病一样。

"这块工地的脉象基本已经解开，但还欠缺最后一环。"他取出两颗浅棕色的果壳，"吃核桃吗？"

"……保险起见我问一句，这是普通核桃吧？"

"我自己种的，绿色健康无农药。"和尚将核桃的外中脊交叉，"咔嗒"一捏，较脆弱的那颗破碎裂开，他吃掉露出的果仁以示无毒，碎壳放回口袋。最后这个文明的动作似乎让我放松了两分戒备，这才想起早上确实只喝了半碗稀饭，跑来跑去也是有些想吃东西。他又取出新的，如法捏开一颗递给我。

"在别人手中，这的确是普通核桃，但在你手中，它是这个工地的郁结。刚才我四处走动，已经将人心一层层化开，哀怨堵塞都在这里面了。贫僧没有办法消化这许多，只好请你帮忙。"

我听完差点没当着他面把刚吞下去的核桃仁抠出来。后来我没有追问他是不能消化核桃还能消化他所谓的哀怨人心，因为总觉得如果开口问了，他就一定会把话题带向更奇怪的方向。何况这玩意口味和别的任何核桃没有区别。唯一奇怪的是，工地上所有的工人都变得和蔼可亲起来。是他们都很自来熟，还是核桃里有迷幻剂？

好在我除了原先就有的低烧以外尚未出现别的不适，和尚也终于去找豆子，让他再试试。完全不知道我们在哪晃荡了一上午的豆子倒是比我更信任和尚。他只是问不用挂鞭炮？也不用烧香？那和尚低着视线说善哉："市里公共场合禁鞭禁鸣禁油烟，我们也要遵守法规的。"

抱着姑且一试的心情，弟弟吩咐说让桩基复工，没想到冲击钻三两下真就打下去了，比平时还顺利。豆子感激得不行，也不顾我的白眼，大师前大师后地连声说没招待好，问收多少钱，这个数够不够。

和尚摆手，让赏一碗食堂剩饭就行，不要任何招待。而我的怀疑也在和他一起吃饭时达到顶点。

"大师，你知道这是什么吗？"

"水煮肉片。"

"你知道这是你的碗吗？"

"善哉，施主你可以试着接受一些关于出家人的新观念了，只要适量，现代和尚也可以抽烟饮酒、结婚生子、选择性征、摇滚朋克。酒肉穿肠过，佛祖心中留。旧经书的戒律严令六根清净、禁止酒肉，归根结底是为了禁止罪恶。现今世代的罪恶已经重新定义，经书中的糟粕也就可以舍弃了。你知道基督教正在接纳同性恋吗？"

"……行吧我不管你那么多，你刚才是怎么做到的？我是说让桩打下去的事。"

"施主你有没有觉得，升学率特别高的学校校风往往越来越好，罪犯多的街区治安只会越来越差，活跃的企业产值会长期攀升，腐败的单位亏空也只会越来越难以填满，集体一旦走上了某种倾斜，就不是随便什么外力介入就能轻易改变的，你觉得为什么？"

"因为……社会价值体系的变化？"

"放下你大学思修课学的那一套吧。因为这些地方的人群已经不是个体,而是黏滞在一起的整体了。他们之间的生物电波互相传染均衡成极为接近的波长,并产生峰值越来越高的共振,当这种共振突破一个小集体能够维持的平衡时,他们就会出点岔子,着火、工伤、结构垮塌,或者桩打不进土里,就都是常有的事了。"

我踌躇了一会儿,觉得这和尚的话,说玄乎吧,好像又有点科学,说科学好像又有点玄,还是没忍住问:"交通事故也是?"

"尤其是交通事故。知道为什么建筑行业的死亡率和事故率是所有行业里最高的吗?因为这个行业是大人群行业中性别最不平衡的、平均受教育程度也足够低的,人员组成的生物共性与思想理念高度相似性让他们更容易彼此同化,这都是大脑在多个维度上的脑波无意识相互通感均匀化然后共振的结果,或者施主想简称为心灵感应也可以。"

我一边听着,一边又添了一碗饭,今天怎么这么饿。

"而交通事故是另一个极端,生理特征分布均衡广泛的大量人在同一时刻进入交通心灵感应云,产生的效果只有混乱二字可以描述。施主的处境也跟这根桩是一样的。"

一口米差点噎着。"我?这些跟我有什么关系?就算你说的有道理吧,我是个普通的交警,一整天在马路上做事,局里同事跟我基本没什么交集。而且我们队人际氛围也挺普通,我待了两年也没觉得自己有什么变化啊?"

"这也是你的特质所在。"和尚说着不知从哪儿掏出了一颗佛珠,动态视力驱使我的眼球跟着它转了几圈,"你能够吸收别人的心灵,却不被同化。"

"……我该高兴还是怎么的？"

"你的气氛场太独特了，心灵感应力比别人要强一些，甚至有些易燃。最近是不是还受过伤？"

我沉默半晌，重新拾起这人是骗子的心情，猜测他接下来是不是要向我推荐清火去热的中药了。要问受伤，最近手指划伤不就是因为他给我张卡片吗？

卡片。我从口袋里拿出那张卡片，右下角细小的血痕已经干了。

他看了很高兴："原来是它给你挡了一灾，善哉善哉。上次见到你的时候，你的体生物电波已经在多个不同的轴上触及峰值，这次看着就平缓了不少，我还想着是在什么地方宣泄过了。要不是这卡片，你早就病了。"

"我就直说了吧，大师你越来越扯了。"

"你会相信我的。"他看着窗外几乎堵成静态图片的丁字路口，将那颗佛珠放到我的手上，它看上去像是用实木刻出来的，玻璃弹珠大小，沟壑深浅不均，仿佛是像乱刀胡划的刻痕却又分布均匀，有一种充满混乱的规律感，"施主多吃点吧，你马上就要大病一场。"

者

离我家很近的地方有个水塘子叫乐湖，音乐的乐，挨着湖有两个小景区、一座矮山和一座演出很少的音乐厅，没什么历史，仅有的商业是几家咖啡厅和婚纱摄影，除了闲来无事到处拍照的大学生以外，几乎没人往这附近走，到晚上一半的路段连路灯都没有。可毕竟地理上挺靠近市中心，所以景区入口的丁字路口总有四个志愿者指挥着行人过马路。其实他们也就是拿着小红旗站一会儿，大多数时候过马路的人还不如志愿者多。以前在警校时我经常闯祸，教官开玩笑说，这样下去怕是毕不了业，只能去乐湖做志愿者了。

现在我站在乐湖天桥上，远远看着那几个聊天的志愿者，居然有点羡慕。他们只有餐补、没有工资，所以这些人不是为了工作而站在那里，而是真的想帮忙维护交通秩序。何况这里人很少，从不堵车。

乐湖波光粼粼，说明现在有微风，但我一点儿也感觉不到。今天晚上已经喝了三瓶矿泉水，全出汗了。水看上去很凉快，树荫里有个钓鱼的老头，想来在这里垂钓应该是不合规定的，但也没有人去管他。一只鸭子从水里钻出来，形单影只地滑行一段后又扎进水里，留下几圈扩散的波纹。

"临行施主，你看这湖水，像不像一面镜子。"

"那核桃里有什么？"

"一种短效大脑增强剂。"

"你给我下毒？"

"非也。我们生而为人，在地球上占据资源的优势，是因为我们有与其他动物的视、听、嗅、味、触，也有它们不太有的意识。但别说搞清楚意识了，人连五感都还没有完全折腾清楚。中学毕业之后，人人都知道光在晶状体里如何成像、声在空气里振动传播，却不知道再进一步如何。所有相关的常规医学治疗，也不过是想办法修复或模仿受损的器官。"

"为什么是核桃？因为核桃补脑吗？"

"不，我只是喜欢吃核桃而已。施主你确实需要加强一下科学素养了，以形补形都是胡说八道。"

我想跳进湖里洗个澡。今天怎么这么热？

"但是实际上，我们自己的身体才是经历过最残酷自然选择的工具，所有精密的感知能力都超过了现有最尖端的探测机器。你闻到晚风里湖水和燃烧不充分的化石燃料气味，其实是闻到了挥发性分子振动时量子隧穿效应触发的神经脉冲。你碰到这天桥的栏杆，其实是99.9999999999%空洞中飘浮着的核外电子被迫从一个能级跳跃到另一个能级时消耗你手掌肌肉能量做的功。换句话说，这个几乎不存在的世界能被你观测到，全都是因为你自己的身体对外部世界能够产生微小的反应，世界只存在于你的感觉里，万物心灵皆通。你热不热？"

只听懂了最后一句话的我露出一个"你怎么知道我热？"的表情。

"都写在你脸上了。核桃都是我自己培养的，定期服用增强剂也是我感知世界的途径之一，本质上和上班族每天早上摄取定量咖啡因是一码事。现在我眼中的施主你，正因为高速新陈代谢而发出微暗的光泽。你不用这么看自己的手，感知的方式也因人而异，这是现实的非客观性。来试试这个。"和尚不慌不忙地看向湖中逐渐弱化的涟漪，"你觉得那只鸭子在哪儿？"

我在晚间看不明朗的乐湖里搜寻了一圈，以自己也说不明白的原因垂下眼睛深吸一口气，能闻到自己身上汗液蒸发后凝聚过的尿素氨味、老婆挑选的洗发水、上午在工地沾染的某种涂料。在这层气味之外，还有几十种植物树叶、烟草、桥下的烤红薯和几种尾气，怎么还有人开柴油车？再往外，我闻到一些腥味，来自好几个方向。

是鱼。这种腥味跟随着它们原始心脏的脉动一阵阵涌过来，伴随着不知是不是我假想的心跳声，和音乐厅沉闷缥缈的歌剧。在所有飘零的小心脏中，有一颗心跳突然变强变快了，接着来的是一丝微弱的血腥气。在这阵听觉与嗅觉的微小间隔中间，还有一种难以形容的感觉。

我朝那个方向转过身去睁开眼睛，漫长的一秒后鸭子从平静水面钻出来，仰着细长的脖子抖动头部，离它潜下去消失的位置隔了几十米。虽然看不清楚，但我想它是在吞下一条小鱼。新的涟漪与鱼腥气在扩散逃离。歌剧里唱着我认不出的语言，怎么听怎么觉得是在形容鱼的味道。

和尚颔首："核桃吸收了。血脉四通，递质八达，只欠东风，病到药除。善哉。"

我看都不看他，转身下天桥向街头小贩买了一个三斤重的红薯，掰开就啃，像三天没吃饭一样狼吞虎咽。

这是我这辈子吃过最甜的烤红薯。

皆

我发烧了。

劝阻老婆请假之后，她喂我喝完粥就上班去了，出门之前叮嘱我：

如果饿了，锅里还有汤饭，不要再像昨天夜里一样爬起来啃三个生玉米棒。我连连点头，摸着她的黑眼圈让她不要担心，在她出门之后，又撑着墙下床拉开冰箱煮了一袋2.4千克的速冻饺子，用手机播放平时录的她在家弹琴的视频。小时候看的香港老版本电视剧《封神榜》里有个角色叫杨戬，就是二郎神那个杨戬。他在变成神仙之前是一个特别惨的人类小伙子，也有个心地善良的老婆。在那个农耕时代，像他这样力气大、肯干活、自家有一片农田还特别勤快的人，居然一直过着吃了上顿没下顿的贫穷生活，只有一个理由，就是他特别能吃，一顿能吃五桶饭。这样吃下去我怕是等不到器官移植技术成熟并降价就要患上肠胃恶疾了，而且不会变成神仙。

我以为视频能给自己催眠或者安神，但没有用，我还是又饿又困、体温三十九。窗外遥远工地的机器韵律变成了城市的海，浪的起伏拍着屋子的墙，像是潮汐。

看见床头的佛珠，迷迷糊糊想起之前的和尚，总觉得出家人不至于真的给我下毒。不知道是因为发烧还是那核桃真像他说的那样玄乎，能增强什么大脑的感知能力，我现在连家里哪里有苍蝇飞都能听出来，窗户关上也有源源不断的冗杂噪音吵个不停。

反正吃完躺着也睡不着，为了有点事情做，我第二次打通了他的电话。

"施主哪位？"

"地铁站认识的。"

"哪一站？"

果然是撒网式发卡片吗，我一定是脑子被门夹过才会再打这个电话。

"哪一站？"那个声音似乎感受不到我的窘迫。

"循礼门。"

"原来如此，江城脉络眼的临行施主，你听上去已经病了，身边有人没有？"

"没有。你叫我什么玩意来着？"

"贫僧这就来。"

"啊？"

电话挂了。

我没想通这种骗子平时都怎么盈利，上次在工地上他也没收钱。这个电话该不会收费每分钟一百二吧。但几分钟后的敲门声着实吓了我一跳。

在质问了好几次他为什么知道我家住哪无果以后，想到现在我可能打不赢一个体力正常的男人，出于安全起见我没请他进来就关上了门，又因为站不太稳拖了把椅子到厨房等水开。手机响了，是一条长到我差点以为是赌场广告的短信。但我认出了那个696969的号码。

和尚在短信里给我分析城市，以及城市和我的关系。他告诉我，我病了是因为城市病了，我最常执勤的地方是这个城市交通心灵感应云的暴风眼，加上体质特殊，我的健康已经和城市的健康息息相关。而我经历那么多次恐怖的交通堵塞还能活这么久，是因为我一直在从老婆身上获得生命力。

如果他说的是真的，那么老婆简直是治愈我身心的天使，没有她，我早就在生物意义上死了,我却浑然不知。

我回短信过去问怎么才能好呢?

"此病虽从外来,却由心生,满足你自己的愿望就好了。"

"我哪有什么愿望,就想每天上班别那么堵,站在路中央看哪边都不动是真的很闹心。"

"这就对了,路通了,你就通了。病由心生,愿也由心生,你的心灵感应是城市级别的,只是你自己察觉不到而已。所以你的愿望,其实是城市的健康。这是一个劫,既是你的,也是城市的。"

我盯着手机屏幕看了半天,时间被头痛与口渴拉得很长,终于还是叹一口气,站起来又去开门。

"知道人为什么比计算机聪明吗?"

"人哪里比计算机聪明了,真正聪明的计算机会很多人不会的事情。"

"施主不要钻牛角尖,我说的是终极情况下,出于彭罗斯瓷砖问题和哥德尔不完备定理的理论,人的意识一定比有限逻辑组合的图灵机要复杂。"

"说人话。"

"你见过白蚁穴吗?"

"没有,如果大师你想要的话,我还存着除白蚁公司的电话。"

"白蚁有一种从地面拔地而起的巢穴,是用土建成的。你知道白蚁筑巢的时候脑子里在想什么吗?"

"想巢啊,还能想什么。"

"不，筑巢的工蚁并不能理解巢。工蚁只知道自己要找一颗土，放到之前别人放的另一颗土上面，再吐一点口水上去。这是一件很神奇的事情，没有任何一个工蚁可以理解筑造巢穴这件事情，事实上整个蚁穴中都没有能理解蚁穴的蚂蚁，他们甚至不能看清楚巢穴的整体形状。跟工地的工人不一样，工蚁的工作简单得跟筑巢这件事几乎没有关联。但他们所有蚂蚁加起来却可以做出拯救部族的大事。我们管这种简单重复运作产生复杂结果的现象叫玄出，英文叫 emergance。"

"……我有点饿，大师你吃饺子吗？那我拿两个碗。"

"交通系统也是一样的。每一辆车里起控制作用的那个，不论是人脑也好自动驾驶的电子脑也好，都只有一个想法：到达目的地。这个想法如此简单，与别的车和道路都没有任何冲突。但当有这个想法的交通工具到达一定数量之后，交通堵塞和车祸就出现了。每个人都在想这件事，最后加起来却做成了那件事，这是因为每个人都在自己没有察觉到的情况下进入了这份集体心灵感应，量变的云积累导致了质的变化，创造出一辆车不可能创造出的复杂新效果。这个也是玄出。

"进一步说，虽然白蚁巢穴不是一天修好的，但车流却是每天都要起落的。要想打通城市，其实应该去打通人心。用一般人能理解的说法，假设所有人都分毫不越雷池地遵守交通规则，行人、平衡车、自行车、电动车、摩托车、轿车、公交车、货车、渣土车、卡车都做到在交通法规和道德素质上应该做的事情，路上还能这么堵吗？怕是难了不少。

"再进一步，个体信息传递之间的微小延迟一旦在集体传递中无意识被放大了，就会引发巨大的蝴蝶效应，一场五个小时的高速堵车可能只是因为一百公里外有人稍微减速点了一根烟。

"但为什么人的身体里有这么多无意识的电信号和化学信号,你大脑里每一个分子运动归根结底都是中学物理级别的简单运动,但人就不会出现长时间的堵塞呢?很简单,因为你只有一个产生意识的脑。人的意识,就是人的玄出。"

"那我为什么突然这么能吃?这两天我吃了一个星期的饭,满脑子都是胡言乱语,感冒发烧还传染了郑冰,也就是我老婆。话说在前头,你别把她扯进来,我只想退烧回去上班。"

"施主稍安勿躁。你还记得昨晚在乐湖天桥上的见闻听触吗,那其实是感官增强剂在起作用,也就是那个核桃。它的效力能持续48个小时,到明天的这个时候为止。你现在想到胡言乱语是不是有些陌生?那就对了,这些话语不是来自你自己的记忆,而是来自这楼里楼外别人的,你现在就像一个加大功率的信号接收器,能够吸收一定距离里所有与你同频率的大脑信号。"

"……所以我要怎么做?拉条横幅去街上号召电动车等红灯吗?这些什么……大脑信号之类的,怎么能停?我快被吵死了。"

"善哉。你要是只能拉横幅喊号子的体质,我也不会找上你了。早上吃的什么?"

"鲫鱼高汤烫饭。"

"上次想起鲫鱼是什么时候?"

"昨晚上。"

"这就对了,万物归一。施主能够直接把自己的想法放进太太的脑子里,你们管这个叫心有灵犀或者默契。默契不过是心灵感应架桥牢固的表现而已。别那么看贫僧,每个人类生来就有这种本能,和吞咽或哭泣一样。只不过不同的人这份能力的强弱不同,用普世常见的标准来说,大概就是'有号召力的人'和'不会聊天的人'分别为高低极端。昨晚那只鸭子本来不饿,是你将自己强烈的进食欲望放进了它脑子里。之前在豆施主那边我也只是稍微推动影响了那些人的简单心灵。既然病好起来的前提是城市道路通畅,而你又有影响他人想法的能力,那么计划就很简单了:你要成为城市的脑,控制道路上所有人的心灵感应云。如果成功了,你和冰施主的身体就都会好起来了。"

阵

高处。

以前老婆总说想住到三十层,因为视野开阔,但我们家在四楼,只能看见小区里的池塘。一到夏天,青蛙和知了就吵得不行。

豆子正好相反。他说他们做房子的知道,高层怎么都比低层危险的,风大、水压小、电梯坏了这种破事儿一来都是顶上几层最倒霉。知道什么楼层最好吗?中间十五六左右。因为最贵。

我回过神来,站在两百层大厦的天台边缘,晚高峰和秋老虎叠加两层燥热。

"施主,现在你要试着连上云端。"

"大师,我觉得有点恶心……还有点饿。"

"你难受是因为高烧,和你正在做的事情关系不大。但是换个角度说,也正是因为发烧才让你的身体和意志都更加放松,这对顺利入侵于你而言有些庞大的心灵感应云和防止过于集中的意识流烧伤脑细胞都是有正面效果的。"

我盯着他的表情肯定很难看,因为他没说过可能受伤。

"下面这条街道就是你平时工作的十字路口,行车密度也和往年今日相差无几。听。"

虽然有些不情愿,但是想到我和老婆的身体健康都和现在做的事情有关系,我还是照他所说竖起耳朵听了一瞬间——

只有一瞬间。

就在注意力集中的时刻,我好像用力砸进四面八方的噪音里,像是人类语言的声音、金属摩擦和发动机进气的呼啸声将我掀翻在地,我立刻趴在地上干呕起来,又很想揪住和尚打一架,好在胃里的东西好像已经消化了,没有什么可以吐出来的。

"看来还是要些练习。施主现在看上去很愤怒,这是初期副作用,我刚才提到对脑细胞有可能的危险性来激怒你也是为了让你适应。意识粘连中的间歇性愤怒、沮丧与大喜过望因人而异,但原因都是电信号脉冲冲撞的密度高出了平日的状态,这种脑频刺激很接近极端负面情绪。试试看控制自己:过滤出有效信息。"

控制自己?我平时为什么不跟肇事司机干架?因为扣分扣奖金。要是不扣呢?队里有纪律。要是没纪律呢?老婆会伤心。郑冰难过的脸在头昏眼花里放大,我平息下来。

"善哉，这就对了。去感受城市的律动吧。"

困惑被反胃逼退三分，我盘腿坐在了水泥地上，四处堵塞的道路和臆想中的鸣笛声从栏杆缝隙透过来。

阳光太刺眼了。烟头、车灯、钢筋热弯熔断的顶端。上次想睡个一年好像还是在警校的第一年跟教官打架之后跑圈一整天吧？

我闭上眼，醒了过来。

那里飘浮着一团沟壑分明的脂状肉团，纤细的闪电像遛狗绳一样断续扭动在我们之间，一时我竟说不出是谁遛谁。它让我想起重庆火锅和成都兔头，下一秒我意识到，这两个地方吃脑子都是出名的。

那是个人脑。一个人类世界的切片。而最奇怪的部分在于，我一点都不觉得奇怪。

到处都是脑子。这是医学院解剖课教室吗。我试着转动视角，这才发现有些在我的背后，但我仍然能知道它们在哪里。另一些脑子在我的前、左、右、下，但没有在上面的。密密麻麻的蛛丝飘荡在我和那些脑中间，我像是山顶峰的蜘蛛。

呕吐的感觉静止了，我好像什么也不能做。遥远的节奏顺着蛛丝传过来，一开始像垃圾车在我周身倾泻一样可怕，我差点想转身躲开。

但我忍住了。任凭疯狂念头在脑中耳边冲撞，将我拖入旋涡。我想起有一次深夜在东湖边追停的酒驾，那男人打开车门就疯了一样往湖里跳，湖边夜黑没灯，手机电筒功率也不够用，我怕他死了，只有跳下去，靠月光分辨他和湖上水草、游船与垃圾的区别。

杂音轰炸就如同那一小片脏黑杂乱的湖角，此刻我是一大锅夹着碎石炒米中央的一粒。所有的路口上演所有的老剧本，混乱也可以依照个人喜好归类。

归类。这个念头一闪而过，水草、游船和人影即使在光线极差的地方也总还是有点区别。环绕我的那些暴躁不安的脑子看上去彼此并不太一样，这种区别与其说在声音上，不如说更像是一种类似波纹震动而不是的东西、一种难以细说的可图形化的旋律。我想起豆子小时候因为多动而喜欢反复踢向足球金属门框，我则坐在附近试图从中找到不同的震频，那幅画面曾给我一些我所缺乏的勇气与行动力。

我冷静了一些，仿佛球门框的旋律近在耳边。那些脑子在各处叫嚣着同一个声音：我要去那里。结果他们缠绕在一起谁都去不成，愿望与现实的对比让两者都显得更加剧烈。

一些末梢打结的细节清晰起来，好像在画面之中，又好像远在天边。

人们在人行道一侧攒成一丛，八成人在变灯之前突然跟着某个没有城市交通概念的老人一起集体闯红灯，剩下两成站在原地清晰地看着这一切，并咒骂他们早晚撞死，但始终没有如愿看到。

电动车们给自己颁发全路段豁免权证书，可以随心情开上人行道、机动车道、二环高速路和一切看上去不该出现两轮交通工具的地方，总之除了自行车道之外哪里都去。他们蔑视道路交通法规，因为那是写给有驾照的人看的，骑电动车只需要一千三百块买辆车和一颗不怕死的心，就能贴着六米高的王者大卡车逆行抢道了。

违停惯犯们基本都精分，他们时常忘记自己被堵在看上去像两车道的四车道马路上时是如何咒骂路两侧车主的八辈儿祖宗的，有时甚至不惜打电话投诉，希望我们立刻派出十八个交警去贴罚单，等开到自己的目的地，这些苦恼和投诉电话就像晨梦一样消失了，他们找到马路口四分之三个车位的长度，拉起手刹。

到处都是不成文的规定。

我感到和尚所言的愤怒，恨不能砸碎这一切。在此之前我只以为，不喜欢这些人就是我的工作，现在我几乎产生了抹消他们的念头。在克制自己向随便什么挥拳的冲动同时，想要放弃一切从这里跳下楼的沮丧与全知全能错觉产生的愉悦交错片段性地出现，情绪在微秒尺度里跳转在极端之间。真想打一架。

在核桃作用下，我能感知到脚下这两条交叉的街道，最远按车辆数目算大概上百米。所有在移动的人类意识像在圆盘中直线移动的黑点，他们速度不一样，大概是因为身下是不同的交通工具，他们的纵横行进有些起落交错，我意识到那是因为红绿灯。除了少数不规则运动的人以外，我逐渐可以从大多数人单调的路线中预测出下几秒会发生的事情。

我注意到有些点的颜色更浅更亮，它们似乎光滑无暇，而另一些则更暗更硬，拒人于千里之外。和尚探查到我的疑惑："浅色说明这些人的大脑意识纯净，他们更有可能是孩童之类的人。"

我尽力保持信息涌入的平稳状态，极力不让情绪冲破这份艰难的稳定，寻找和等待着那个劫数，同时也安抚自己焦躁的心情。即使从这个怪异的角度观察，路口也和每天一样。

终于看见一些端倪：马路中央一颗意识模糊的脑子有些混沌飘散，

想着车上的货物渐渐向路边几个澄澈透亮的静立脑子滑过去。

货车司机疲劳驾驶和等红灯的小孩子。

我想大声把快睡着的货车司机叫醒，但说不出话来，他坚硬浑浊的频率和我相去甚远。我又想让等灯的孩子们退一步，却难以插入他们缜密灵敏的心灵。我可以听见他们的念头、想象他们的样子甚至气味，却不能推动这些人。

光能感受有什么用！怒意与自暴自弃上头，对孩子们即将被撞飞这件事我没有任何办法，也不能在想象里造一把对准货车司机的武器……

"我佛慈悲。"和尚的声音适时出现，仿佛是在提醒我不要妄想犯杀戒。我放松不知何时咬紧的牙关冷静三分，好在时间似乎流得有些慢，又或者是我比较快。我想这就是和尚说的"劫"了，我得改变那辆货车的路径，或者他路径上其他人的行进方向，但这两点我都不能直接做到。也许我可以找一个更容易推动……或者说更容易入侵的心灵，在不致死的情况下把货车向另一个方向撞开或撞停。

这真的可以吗？就算我有能力对别人的意识动些手脚，我真的有这个资格来左右他人的安危？万一我控制不好呢？生命这种东西要如何放在天平上衡量？如果我知道一名罪犯要杀人，那提前杀死罪犯算是行善还是作恶？《前目的地》里那个备受指责的爆炸杀人犯，他制造少数人的死亡来制止多数人的死亡，谁能说他是罪恶的？

没有时间给我思考这些道理了，货车已经逼得旁边车道喇叭连连，离路边的孩子也越来越近。我搜寻附近在路上行驶的车，但大多数人都只是在制造恼人和毫无营养的想法，牢牢禁锢在自己的欲念里，并没有打开允许我进入的窗口，又或者是我的功力太浅。眼看货车路线越来越偏离白线，我才终于找到另一条交叉路上，一颗容易入侵的心灵，正好与货车司机呈垂直路线。两辆车上都只有一个脑子，如果这辆车撞上货车，最坏的情况是两名成年人死亡；如果不撞上去，最好的情况是八个孩子被碾到货车下面。

我很想犹豫一下寻求帮助，但和尚既不催迫也不提示，仿佛这本来就是我自己的事情一样。在万分焦躁之中，我还是在那个极容易入侵的心灵里灌入这样的念头：踩油门。

"砰——"

我猛地睁开眼，出了可能有一斤汗，心脏像锤子一样撞在胸膛上。那和尚走到我正面来，用体温贴碰了一下我的额头。三十度半。即使不用眼睛看，我也知道下面乱作一团，有很多人脑子里塞满惊慌或恐惧，但只有两条生命正在变得微弱与游离。我突然想起乐湖鸭子嘴里那条鱼，在它心脏加速声与流血气味之间我所感觉到的怪异，和这种生命流逝感很接近。我开始相信万物心灵皆通了。

"善哉。这小劫过了。"

我一阵空虚，然后才心有余悸，希望看点什么会动的东西来分散紧张的注意力，但视野里连一只路过的鸟都没有。我害了一个无辜的人，也救了一些无辜的孩子。如果把这件事讲给老婆听，她会生我的气吗？

无论如何已经发生了，刚刚那一刻已经不能做出更好的应对了，我没有办法停下时间或者回到今天早上把货车司机打一顿让他出不了门。总有事情要发生的，我是有点内疚，但这不是我的错。我尽力了，我的烧退了也能说明这一点,耳边这些因为五感敏锐而吵个不停的噪音会减弱的,老婆的感冒也会慢慢好起来的。今天给她买点什么菜回去呢?去接她下班吧,再用外卖叫个芝士蛋糕,她喜欢芝士蛋糕。我拿出手机,在尚未平息的余音里集中精神挑选蛋糕,试图在恍惚中忘掉刚才的一切。

豆子打电话来。

"哥你在哪儿呢?你同事说你请两天假了。"

"你什么时候认识我同事了?"

他发出烟嗓深呼吸的鼻息声,没有问我为什么喘着大气:"就刚才,我听见路口撞车就出来看。是嫂子,她出车祸了。"

列

直到护士查房,我才发现已经是晚上十一点了。手机未读消息99+,估计不是钱叔就是同事的,现在全单位都知道这车祸了,探病的来了几拨,一直是豆子在帮我接待。

点滴还挂着。和尚怎么说来着,我一直在从老婆身上获取生命力。但他没说我的选择也要她来承担。这不公平,从我能改变那场车祸的时候开始就不公平。我不想承担这种责任,火车轨道的扳手为什么是我来扳动?

床边四五个塑料袋里不记得谁送来的水果我吃了一半,外卖因为菜量而错误预估了用餐人数,三双没用过的筷子丢在床头柜上无所适从。整个住院部的丧气和苦闷就在我耳边洗脑，直到夜深了才慢慢睡下一些。这核桃的效力怎么还不退？

我早该想到的，什么更容易入侵的心灵，这世界上与我心灵架桥牢固的人，不是只有一个吗。都他妈是我自己做的孽。

我从床单里抬起头，房里站了一个人。

"这也在你的预料之中吗？"

"城市选择的个体不是我可以猜到的。冰施主是帮你承担痛苦的治愈者，是能吸收你所有黑暗效果的人。你的业障只会落在你自己身上，或者你身边。"

和尚递给我一串米白色的佛珠，每一颗都是没有成熟的小核桃。"这能吸收一些郁结，它能代替你的陪伴，你的工作还没有做完。今天的行为已经触动了这个城市交通的平衡，或者如果你愿意称之为'车祸怨灵'也行。它的暗流还盘旋在各处，虚弱了些但也酝酿着爆发。就在明天下午。如果施主你不去，暴风眼会产生非常严重的堵车，然后会孕育出更大宗的车祸。"

我抓过那串佛珠朝窗外丢出去。即使在做这个动作之前，我也下意识感受了一下外面路面上是否有人会被砸中，我惊异于自己对这能力的控制力，但内心也充满抗拒。我又饿了。

"我不能去。她还没有脱离危险期，我要在这里陪她。"要是万一有什么不测，最后时刻我也要在她身边的念头在我制止自己想下去之前就出现，但我说不出口。

和尚没有被我激怒，只是说还在那个天台等我，如果需要别的帮

| 月亮银行 |

助给他打电话,就离开了。

  我感到悔恨。之前在天台上,一切懊恼仅仅是因为制造了一场车祸,伤害到了一个遥远未知的人,我做那件事的时候有认真考虑那个人的感受吗?我亲手把老婆推到这个境地。为什么在那个人是自己不认识的人时就可以更加心安理得——想到这个词时我用力捶向自己的胸口——地将之推上火坑,而一旦发现这人是郑冰之后就开始后悔?如果早就知道那是她,但也知道那是唯一的选择,我还会这么做吗?

  我更觉卑微又渺小,将脸又埋回被子里,宁愿床上的人是自己。

  即使很想将这一切怪罪于和尚强加给我的责任,但我还是明白本质上与他无关。我到底为什么要当交警?不当交警是不是就没这些破事了?曾经在高中或者更早的时候没有地铁,我每天上学放学坐公交车被堵在路上,堵得难受极了,空气污浊、路人素质参差,我觉得这个城市可以变得更好,所以是抱着这样稚嫩的一腔热血进了警校。

  毕业后工作才没几年,当年那个立志要建设城市建设交通的愣头青已经变成一个朝九晚六每天盼着下班回家休息的社畜。这种建设交通的愿望是什么时候开始变得这样淡薄的?是因为自己根本没有能力改变。可是现在我似乎获得这份虽然是短暂的能力之后,为什么完全不觉得快乐?过去的二十多个小时我一次都没有笑过,几乎被涌进脑子里的各种意识吵得神经衰弱。

  说到底,我并不是想控制交通或想为王,我只是想让世界变得稍微好一点。我的世界其实挺小的,就这个小家,这个城市。我微小的幸福不过来自于和老婆一起逛逛街说说垃圾话,做饭吃,听她弹琴,出门买个菜路况良好。如果那一场车祸由郑冰自己来选,她开着车注意到了那辆该死的货车,并且知道自己冲上去就能阻止一切,她会怎么选?

我不记得自己什么时候趴在病床边睡着的。我做了个梦,梦见和尚说的堵车怨灵,像一团黑黝黝的雾气,长着一万只眼睛。我在梦里与它对视,也满是恐惧,但没有像以前梦见怪物一样玩命逃跑。背后远远地有人在弹琴,琴声停下时,有双手轻轻推了我一下。

醒来的时候我清楚地知道这玩意绝不是梦里那种儿童怪物一样的形象,但它确实存在。我想起和尚的话,今天下午有一场大车祸。我仍然充满抗拒,但抗拒里又有一些动摇。如果更熟练地运用自己的能力,能不能在完全避免伤亡的情况下解开一切?不过就算可以,我为什么要去累个半死?会不会搭上我自己的安危?

手机振动打断了我。和尚发来一个定位地址,点进去是一家文身店。

我想起来昨天还有很多消息没有看,大多是同事和钱叔发来的,还有一条陌生号码的短信。

"您的芝士蛋糕已经放在门口了,满意的话请打一个五星好评吧:)"

我松开郑冰的手,在心里默念一定要醒过来,一定要没事,起身离开了病房。

前

表弟听我说要去文身馆的时候确认了三遍我是谁,还用手探了探我的额头，问我要不要过阵子再作决定。

"警察也让文身？"

"紧急情况，用完再想办法洗吧。"

"哥你要文个什么？"

"武汉市地图。"

"……哥你现在可不能垮，嫂子还需要你，要不我们去找个心理医生看看？"

到了文身店，和尚已经在等了。店主用极不信任的眼光看着这个组合，一个烟不离嘴站在店门口不停接打电话安排渣土车还忧心忡忡往里看的小伙子，一个擅自走到店里唯一的凳子上就开始数佛珠的僧衣和尚，一个把随身带的警员证卷进上衣里存进储物柜还眼神游离满脸通红的男人。

和尚开始说话的时候我的心情几乎可以算得上感激，我实在不想再把注意力放在背部的刺疼和头晕上了。

"施主，给你姓名的人告诉过你这两个字的出处吗？"

"如果你是要吟诗一首游子吟，我劝你打住。"

"并非如此。从你的慧根佛缘来看，临行这个名字大概率是取自'临兵斗者皆阵列前行'的首末两字。"

"……你仔细说说。"

"这九字真言在经书上原本的意思有不少是超过当今科学理念的，但起名字大抵是个心愿寄托。九字分别意：不动不惑、延命恢精、勇猛果敢、操控肉体、通心控人、听灵界声、视救护人、凌空飞行、入超人境。施主你最缺的是生命精力和勇猛果敢,你的太太和弟弟正好在这两方面补上了这些感应波的波谷段。你注意到他两人名字的读音正好也在九字之中了吗?"

"钱窦和郑冰,还真是。"我假装没有看见文身师见到疯子一般的困惑眼神,也没有听见他心想"这么扯淡也有人信",暗自希望他不要手抖。怎么从来没人告诉过我文身这么疼?

"善哉,万物遵循佛法与牛顿三定律,冥冥之中自有注定。而临行二字意为,入超人境为果,不动不惑为因,因前果后,务必牢记。这不动不惑——"

恍惚之中,我又想起老婆在家弹琴的样子。

"——保持自我,拿捏物喜己悲、权衡笑泪怒骂,凡事有度,当心迷失自己……"

前天晚上她还给我换冰贴、哼月光,嗦哆咪嗦哆咪……

我终于管不住自己胡思乱想的昏沉脑子,睡着了。

楼顶。背后的顶楼大钟指向 16 点 58 分。城市生长的钢材撞击声从四面八方传来。

一天之前,我亲手在这个天台把郑冰推进病房。现在我要将更多人挡在病房或更糟糕的地方外面。

和尚收拾好我吃剩的一堆核桃壳,静静站在一边。我则在黏稠的意识洪流里拼命撑住自己不要飘走。我不知道自己听见了多大范围的声音,你在圣诞夜的江滩广场上也判断不出身边是挤着一万个人还是一百万个。心灵的声音摩肩接踵。原来我一直住在这么拥挤的地方。

我闭着眼睛,好像飘浮在城市上空,云层的重量挤压我。我仍然在山顶,蛛丝延伸到太远的地方,在似乎不存在的视觉上变成了一张天幕大的网,降落下雨帘般的扭动连线,所有道路上的人又变成了点,熵增在持续。我又听见看见闻见那些闯红灯的、实线变道的、超速的、加塞的人以0到100之间的速度朝所有方向移动。一锅混乱。

太吵了。那就从混乱开始。

我沿着丝线探出手去,抚平这些积灰的死结。触觉在生长。他们的抱怨、哀求、庆幸、平淡、欲望全都涌进我的耳蜗,我听不清任何一个,却又能理解所有万千个。

如果所有人都能分毫不越雷池,如果能更有节奏一点,跟着指挥者的红黄绿拍子律动,如果不受交通法管制的交通工具也能走在自己该走的区域,是不是会好一点?我不断重复这个念头,寻找有类似观念的人,将他们作为扩音器,把这个念头一遍又一遍广播出去,直到听见逐渐放大的回音。

有效。混乱移动了,好像什么都没变,又好像有一点小小的变化,像晚风轻轻吹过汗毛的痒。不守规则的声音变弱了,逐渐消失不见。我好像是把他们并联起来了。

静静等待这一串休止符过去,世界好像变得顺滑了一些,同时出现的还有一股令人恶寒的呕心,一种混合了所有尾气、怒骂、诅咒的尖啸。我用力咽下铁锈、机油与嗓子口的胃酸,咽下因为微小进展而出现的、被大脑增强剂放大万倍的扭曲喜悦。

这就是"堵车恶灵"?我没有工夫吐槽和尚的命名品位。它发现我了吗？万千次堵车所玄出的东西会有意识吗？

  我将注意力从五感上挪开一点，调近焦距、缩小光圈，以图在间隙之中喘一口气。快想，下面怎么办。和尚还说过什么来着，高速路上的堵车是怎么造成的……信息传递的微小延迟。

  信息在哪儿？

  手指在痒。

  我听见形状。针点大小的念头像黑点，成群结队从指尖爬上手心手背，所有飞驰在道路上的心灵铺成可识别的微小图形。小臂上开出高架桥转向口般回旋曲折的花，六方向转盘围绕手肘尖端腾空展开，最窄的两车道小路挤进肩头皮肤纹理褶皱。每一个点都是道路上人们的脑子与我的联结，它们攀爬蔓延、挤进炎症尚未消退的地图文身里，变化着铺满我的背。

  我举起的双手在视线后上方停住，像一个休止符，一根分叉的天线。一部分道路因为背上文不下而被挤到上臂，此刻跟着指尖伸向天空。

  好像过了一百年，又好像只过了几秒钟，他们死金摇滚般的噪音滚动，拥堵还在。我浑身冒汗，又热又饿。表意识再次感激地铁的存在，明天是国庆节，今天车流量是平时的好几倍。

  世上本没有路，交通工具集体动起来，也就有了路。

  我能从半空看见自己的背，或者俯仰整座城市。点在动。

  没有办法寻找病灶，几乎所有地方都是病灶，血癌晚期的病人差不多也就这样了。就算人们已经在遵守交通规则，堵塞还是以超过我计数能力和道路运输消化能力的速度产生。我被这一团乱麻吵到头疼，口干舌燥，热得喘气。这根本就是一锅快煳的黏粥。

在焦躁与尾气扑面的热量之外，出现了一层难以描述的悸动。它像一丝若有若无的声音，在遥远的地方呼唤我，在720°视野之外安抚我的不安与罪恶感，告诉我放松一些，聆听信息之巅的心跳。拉长的煎熬让我欢迎任何新的可能性，我几乎没有考虑就微微关上思考，打开自己为五感蒙上的锁链——

纯粹的信息在爆炸扩张的边缘停止膨胀，向原点回缩，向球心处的我坍塌。在一些缥缈的抚慰下，我打开毛孔迎接蛛丝的颤动，接纳城市倾泻的泥沙洪流。

愤怒逐渐消失了。道路上众生的喜怒哀乐都在我眉眼间流淌、行动取舍全都受到我细微念头的影响，大量的信息不经思考就走过我已经放松的身体，这种信息流淌的快活体验，和尚怎么从没提过？我煞费苦心关闭自己、提防一切，忍耐身体的痛楚与愤怒这么久，原来只要张开怀抱接纳感觉就可以如此愉悦。高量级的区域控制权让个体意志显得微不足道，我可以改变他们但并不需要这么做。这一须臾间我被全知全能的感觉丰盈，几乎热泪盈眶，甚至突然可以理解那些掌握权力与力量的人。

紧绷的神经松动了。交通仍然在我的蛛网之下，但我什么也不想做了，这样放任一切就行了。有什么好干预的呢，交通自己会找到办法的。纵观全城，道路上此时此刻正在发生的小摩擦也不在少数，甚至这种细枝末节的小事也会增加信息的厚度与丰富性。我接纳一切。我开始接受交通事故没什么大不了，死亡和伤痛也没什么大不了，我读取但不需要控制这个世界，我是高位的观测者，我根本不在乎任何——

车祸。

这一瞬间的清醒救了我。以前值班时看过无数的、连打上厚重马赛克之后都不能上电视的画面，混着郑冰的脸从记忆深处涌出来，将我拉回强烈的胃抽搐与头痛中。几乎撕裂脸颊的笑容凝固在脸上，提醒我刚才在经历不可思议的狂喜。我为什么笑？和尚提醒过我小心极端的情绪反应。我已经控制不好自己的情绪了吗？

奇怪。刚才那份放松警惕迎接信息山海的心情似乎是我自己的意愿，接受交通现状好像也是我自己的推论。

但以前我从未有过类似这样的"意愿"和"推论"，这是第一次。想到这里我惊出一身冷汗。这个似乎从我内心升起的"接纳一切"的愿望在以前从未出现过，而我没道理毫无预兆就产生一个未曾想过的、与之前所有观念完全相反的念头。那核桃能影响感知的程度，但不该能改变思路的方向。

只有一种可能性：那不是我的念头，而是堵车怨灵偷偷塞给我的。它试图同化我，将自己对交通的态度展示给我，对无序、伤亡和意外事故袖手旁观甚至乐在其中，我现在仍然能想起那种充斥着合理性与不作为的冰冷感觉。他把"交通事故没什么大不了"之类的念头放进我的意识，就像我将郑冰原本放在刹车上的右脚挪到油门。

我不光差点就陷进去了，即使现在，身体里也有无数个声音在叫嚣着痛苦，渴望放下怒气和浑身痛楚，回到刚才的愉悦状态。它仍然在持续影响我吗？我如此强烈地想要放弃一切努力。

冷静。不动不惑。把注意力放到别处，放回到城市。点仍然在我背上，踩着粗糙的红绿灯鼓点挪动。专心做刚才中断的事情。

大师怎么说的来着。白蚁、城市和人的玄出。城市交通不过是个大型复杂程序，那些人脑不是人，而是点，所有的像素点加起来才是整幅画，所有的单音节拼起来才是完整的曲子。

旋律和节奏呢？路人看见变灯时呼喊伙伴，刹车片和引擎的起落，喇叭、风声、公交车到站播音，从我来到这个世界上就开始听见的这些声音，在今天之前已经重复过亿万次。乐谱也不过是有限单音的无限排列组合。

城市需要一点节奏，一点韵律，我能在想象里弹钢琴吗？在看老婆演奏了那么多次以后？我不能。她五岁就学琴了，在孩童时期长期接触的器物会随着生长而变成自己的一部分，而我什么乐器都没有学过。

什么乐器都没学过吗？

嗦。哆。咪。嗦哆咪。嗦哆咪嗦哆咪。注意到的时候，我正在用口哨吹《月光奏鸣曲》了。

我只有这身体可以调用。想不到我还会再吹口哨。

最开始的不习惯过去之后，口哨变得相对平缓流畅，多年未练习的生涩慢慢消退了，气息从卷舌中央划过，被横纹肌挤出变化音调。那些根本篆刻不下的想象中的道路上，人们的嘶喊正在减弱，串联的黑点跟上了小节的拍子，速度拉近、行驶变得相对均匀。心灵感应云正在流动，生物体征波从尖锐变得和缓。

那股恶臭的尖啸突然占据了听觉，它在挣扎着抵抗，压过一切其他声音，我听不见自己的口哨了，想要停下来休息一会儿。头实在太痛，不只是头，我好像浑身都疼起来，还混杂着内脏搅动的错觉画面，虽然我明知道大部分脏器应该是没有痛觉神经的。

另一个极端的喜悦在失控的边缘召唤我。歇斯底里像墨水滴进我体内，我已经分辨不出疼痛是来自真的身体还是意识假象。我仍然小心接受着城市的信息，总是有个体脱离出拍子，不顾一切冲上节奏外的道路。尖锐耳鸣产生的耳朵剧痛打断口哨声，我几乎要脱离入定状态。

不能止步于此。

我必须把这肿瘤切除手术做下去，虽然我的医疗培训前天才开始，也没有拿到任何形式的医师证。这一刻城市好像一个啜泣的孩子，它与标语广告中的"绿色城市"之间隔着生生不息的空气污染、噪声污染、食物污染、一万个亚健康理由与只有每天深夜才能喘口气的交通。这是城市的代谢与自我整理，我只是帮忙解开一些小结，或小劫。个体也许不足惜，但个体也有权利活得舒服一点。

口哨又勉强续起来，差点断开的节奏只是迟缓了半拍。我假想这肉体并不属于自己，也尽力不去听干扰的声音，才发现自己不是曲子的唯一贡献者。人们开始加入这百万人合唱。不，他们并不是真的在唱歌，而是下意识进入同调思考的节奏，那些只在头脑中出现的脑波拼凑成旋律、声部和章节，我只是既不等待也不匆忙地吹口哨，就能够刚好合拍。

城市在所有参与者毫不知情的大合唱中流动起来了。

楼顶大钟洪亮的"当——当——"声将我惊醒,上次在这么近的地方看撞钟好像还是本命年去归元寺。我回头看时间,17点整。

有什么东西的气息消失了。

我饿得一阵眼花,晕厥歪倒在地上,着地之前还习惯地猜测今天老婆买了什么菜,然后才想起来这个愿望还得等一等。我砸到地板上了,这疼痛度简直算得上温和体贴。

车如流水。

行

再去医院的时候老婆已经醒了,她说好像是睡了个懒觉,梦里我一直叫她起床,她实在拗不过我,就醒过来了。她还说事故应该划她全责。"我是故意撞上去的,因为那辆车要撞到人群了,有很多小孩子站在那里。"见我目瞪口呆的样子她又像做了错事一样小声问,"你不会怪我吧?"

老婆出院那天,我突然发现了那串被我丢出去的佛珠,居然就挂在窗户外面的梧桐树梢上。出于我道不明的原因,它从米白色变得紫黑。无论如何,我向着那个方向默默道谢。

那之后,我一直没再见到和尚,卡片找不到了,手机里的短信不知什么时候删掉了,佛珠当时因为树太高根本不能拿到,之后再去医院看居然也没有了。所有的事情都像一场梦。

我把交警的工作辞了,重新学习了一些技能,半年之后转行在城市智能交通开发公司工作。有天部门里出去聚会大家都喝大了，经理说 HR 当时本来没准备要我的，在我转身离开时看见了后颈领口露出来的文身，认出来是一角地图，当时就觉得此人建设交通欲望强烈，必有作为。我听着酒醒了一半，几乎可以感受到他脑子里强烈的赞赏，没敢说是那是因为时间没到文身不能洗。

我想回家陪老婆了，她最近刚教会我弹 ABC。

手机来了短信。

"施主，别来无恙。最近的身体如何？"

我居然不觉得意外。看了一眼醉成一片的同事们。

"没再病过，话说回来有个不太重要的问题一直想问你，你号码挺少见的，696969，有什么特别含义吗？是因果循环之类的？"

"没有，随机分到的。缘在冥冥。"

我差点忘了他是个神棍。

"善哉，先因后缘，先玄后出。就像你以为那场病是一个结果，其实它是一个开头。你的城市在那一天玄出，但其他的时间还有若干多天，其他的空间还有若干多城市。你不是换工作了吗？那些经历是为了让你在新工作里长远地普渡众生。而我正在找下一个有缘人。"

本想问问他怎么知道我换工作了，但又觉得没什么好问的。下一个有缘人？怕也是个堵城吧。

"大师你在哪儿？"

"北京。"

经理从背后勾上来八卦我的终身大事和家庭，扯了几句有的没的，突然清嗓子。

"话说啊,临行,我们打了个赌,"经理嘴里蔓延着酒气,"你是有个妹妹吗?"

四下有偷偷伸过来的耳朵。熟悉的打架冲动涌现上来,但我终究没有动手。

"谁知道呢,"我说,"要是真有的话,有缘会再见的。"